JOSH MALERMAN
Der Fluss

Buch

Da draußen ist etwas … etwas Schreckliches, das nicht gesehen werden darf. Wer immer es erblickt, gerät augenblicklich in mörderische Raserei. Niemand weiß, was es ist oder woher es gekommen ist.

Fünf Jahre nach den ersten Hinweisen auf die tödliche Gefahr ist die Menschheit beinahe ausgelöscht. Malorie hat sich mit ihren beiden kleinen Kindern in einem Haus verbarrikadiert und hinter verdunkelten Fenstern von der Außenwelt abgeschottet. Doch Malorie merkt, wie ihre Kräfte schwinden. Lange hält sie dieses Leben nicht mehr aus. Getrieben von Verzweiflung und einem Funken Hoffnung entschließt sie sich, ihre Zuflucht zu verlassen. Sie lässt ihre Kinder Augenbinden anlegen und führt sie zum Fluss. Malorie weiß, dass dort ein Ruderboot liegt. Doch die Reise wird schrecklich und sie können sich auf nichts verlassen außer Malories Verstand und die geschulten Ohren der Kinder. Eine einzige falsche Entscheidung, und sie werden sterben. Denn etwas hat sich auf ihre Fährte gesetzt – ein Mensch, ein Tier oder tatsächlich ein bisher unbekannter Schrecken?

Autor

Josh Malerman ist ein großer Fan von Gruselliteratur und zählt mehr als 500 Horrorfilme zu seinen Favoriten. Er schrieb zunächst Gedichte und Kurzgeschichten, doch seine professionelle Karriere startete er mit Songtexten, bevor er sich ganz seinem Debüt *Der Fluss* widmete. Josh Malerman ist Sänger und Chef der gefeierten Indie-Band *The High Strung*, mit der er bereits zweimal in Guantanamo Bay aufgetreten ist. Er lebt heute mit seiner Verlobten in Royal Oak, Michigan.

JOSH MALERMAN

DER FLUSS

DEINE LETZTE HOFFNUNG

THRILLER

DEUTSCH VON FRED KINZEL

blanvalet

Die Originalausgabe erschien 2014 unter dem Titel »Bird Box« bei Ecco,
an imprint of HarperCollins Publishers, New York.

Dieser Roman ist auf Deutsch bereits unter dem Titel »Bird Box« erschienen.

FSC www.fsc.org MIX Papier aus verantwortungsvollen Quellen FSC® C014496

Verlagsgruppe Random House FSC® N001967

1. Auflage
Taschenbuchausgabe August 2016 bei Blanvalet in der Verlagsgruppe
Random House GmbH, Neumarkterstr. 28, 81673 München

Redaktion: Gerhard Seidl
Umschlaggestaltung und -motiv: © Johannes Wiebel | punchdesign, unter
Verwendung eines Motivs von Shutterstock.com
bs · Herstellung: wag
Satz: Vornehm Mediengestaltung GmbH
Druck und Einband: GGP Media GmbH, Pößneck
Printed in Germany
ISBN 978-3-7341-0316-2

www.blanvalet.de

1

Malorie steht in der Küche und überlegt.

Ihre Hände sind feucht. Sie zittert und tippt mit dem großen Zeh nervös auf den rissigen Fliesenboden. Es ist noch früh, die Sonne lugt wahrscheinlich gerade eben über den Horizont. Sie beobachtet, wie ihr dürftiges Licht die schweren Vorhänge vor dem Fenster in eine weichere Schattierung von Schwarz verwandelt, und denkt: *Das war Nebel.*

Die Kinder schlafen am Ende des Flurs unter Maschendraht, der mit schwarzem Tuch bedeckt ist. Vielleicht haben sie sie vor wenigen Augenblicken auf den Knien im Garten herumkriechen hören. Was für Geräusche sie auch gemacht haben mag, sie müssen über die Mikrofone zu den Verstärkern neben ihren Betten gelangt sein.

Sie blickt auf ihre Hände und entdeckt einen feinen Film im Kerzenlicht. Ja, sie sind feucht. Der Morgentau ist noch frisch auf ihnen.

Jetzt in der Küche atmet Malorie tief durch, bevor sie die Kerze ausbläst. Sie sieht sich in dem kleinen Raum um, nimmt die verrosteten Geräte und das gesprungene Geschirr zur Kenntnis. Den Pappkarton, der als Mülleimer dient. Die Stühle, manche von ihnen mit Schnur zusammengehalten. Die Wände sind schmutzig. Schmutz von den Händen und Füßen der Kinder. Aber auch ältere Flecken. Der Sockel der Wände im Flur ist verfärbt, tiefe Purpurtöne, die mit der Zeit zu Braun verblasst sind. Sie stammen von Blut. Der

Teppichboden im Wohnzimmer ist ebenfalls verfärbt, egal wie viel Malorie schrubbt. Es gibt keine Chemikalien im Haus, die ihr helfen würden, ihn sauber zu bekommen. Vor langer Zeit hat Malorie die Eimer mit Wasser vom Brunnen gefüllt und sich mithilfe einer Anzugjacke darangemacht, die Flecken überall im Haus zu beseitigen. Doch sie wollten nicht weggehen. Selbst die weniger hartnäckigen blieben, ein Schatten ihres ursprünglichen Ausmaßes vielleicht, aber immer noch erschreckend sichtbar. Eine Schachtel Kerzen verbirgt einen Fleck in der Eingangsdiele. Die Couch im Wohnzimmer steht seltsam schief, sie wurde so hingeschoben, um zwei Verunreinigungen zu überdecken, die für Malorie wie Wolfsköpfe aussehen. Im Obergeschoss, bei der Treppe zum Dachboden, verhüllt ein Berg muffig riechender Mäntel purpurne Kratzer, die tief in den Sockel der Wand eingegraben sind. Gut drei Meter entfernt befindet sich der schwärzeste Fleck im Haus. Sie benutzt den hinteren Teil des ersten Stockwerks nicht, weil sie sich nicht überwinden kann darüberzusteigen.

Früher war das einmal ein hübsches Haus in einem hübschen Vorort von Detroit. Es war familienfreundlich und sicher. Vor nur einem halben Jahrzehnt hätte es ein Immobilienmakler stolz hergezeigt. Doch an diesem Morgen sind die Fenster mit Pappkarton und Holz abgedeckt. Es gibt kein fließendes Wasser. Ein großer hölzerner Eimer steht auf der Küchentheke. Er riecht schal. Es gibt keine herkömmlichen Spielzeuge für Kinder. Teile eines Stuhls wurden zurechtgeschnitzt, um die Rolle kleiner Menschen zu spielen. Gesichter wurden ihnen aufgemalt. Die Küchenschränke sind leer. Es gibt keine Gemälde an den Wänden. Kabel laufen unter der hinteren Tür hindurch und nach oben zu den Schlafzimmern, wo Verstärker Malorie und die Kinder auf jedes Geräusch aufmerksam machen, das von außerhalb des Hauses kommt. So leben die drei. Sie gehen für lange Zeiträume nicht nach draußen. Wenn sie es tun, dann mit verbundenen Augen.

Die Kinder haben die Welt außerhalb ihres Zuhauses nie gesehen. Nicht einmal durch die Fenster. Und Malorie hat seit mehr als vier Jahren nicht hinausgeschaut.

Vier Jahre.

Sie muss diese Entscheidung nicht heute treffen. Es ist Oktober in Michigan. Es ist kalt. Eine Reise von zwanzig Meilen auf dem Fluss wird hart werden für die Kinder. Vielleicht sind sie noch zu jung. Was, wenn eins von ihnen ins Wasser fällt? Was würde Malorie, mit verbundenen Augen, dann tun?

Ein Unfall, denkt Malorie. *Wie schrecklich. Nach all dem Kampf, nachdem wir so lange überlebt haben. Wegen eines Unfalls umkommen.*

Malorie schaut auf die Vorhänge. Sie beginnt zu weinen. Sie würde gern jemanden anschreien. Sie würde gern jemanden anflehen. *Das ist unfair,* würde sie sagen. *Das ist grausam.*

Sie blickt über die Schulter zum Eingang der Küche und dem Flur, der zum Schlafzimmer der Kinder führt. Sie könnte die Kinder informieren, sich anhören, was sie zu sagen haben. Ihre Vorschläge würden gut sein. Erst vier Jahre alt, aber darauf trainiert zu *lauschen.* In der Lage, beim Steuern eines Boots zu helfen, das blind gerudert wird. Malorie würde die Reise ohne sie nicht machen können. Sie braucht ihre Ohren. Kann sie auch ihren Rat gebrauchen? Würden sie mit ihren vier Jahren etwas dazu zu sagen haben, *wann* der beste Zeitpunkt ist, um das Haus für immer zu verlassen?

Malorie sinkt auf einen Küchenstuhl und unterdrückt ihre Tränen. Ihr nackter großer Zeh tippt noch immer auf den

Boden. Langsam hebt sie den Blick zur Kellertreppe. Dort hat sie einst mit einem Mann namens Tom über einen Mann namens Don gesprochen. Sie sieht zur Spüle, wohin Don einst Eimer voll Brunnenwasser getragen hat, zitternd, weil er im Freien gewesen war. Wenn sie sich vorbeugt, kann sie die Diele sehen, wo Cheryl das Futter für die Vögel zubereitet hat. Und zwischen ihr und der Haustür liegt schweigend und dunkel das Wohnzimmer, wo mehr Erinnerungen an zu viele Leute ruhen, als sie verdauen kann.

Vier Jahre, denkt sie und möchte die Faust durch die Wand stoßen.

Malorie weiß, dass aus vier Jahren leicht acht werden können. Und aus acht werden schnell zwölf. Und dann werden die Kinder erwachsen sein. Erwachsene, die nie den Himmel gesehen haben. Die nie aus einem Fenster geschaut haben. Was würden zwölf Jahre, in denen sie leben wie Kälber, mit ihnen machen? Gibt es einen Punkt, fragt sich Malorie, an dem die Wolken am Himmel unwirklich werden und der einzige Ort, an dem sie sich je zu Hause fühlen werden, hinter dem schwarzen Tuch ihrer Augenbinden ist?

Malorie schluckt schwer und stellt sich vor, sie allein aufzuziehen, bis sie Teenager sind.

Könnte sie es überhaupt schaffen? Könnte sie sie noch einmal zehn Jahre beschützen? Könnte sie lange genug über sie wachen, bis die Kinder über sie wachen können? Und wozu? Was ist das für ein Leben, für das sie sie beschützt?

Du bist eine schlechte Mutter, denkt sie.

Weil sie keinen Weg findet, sie die Weite des Himmels kennenlernen zu lassen. Weil sie keinen Weg findet, sie ungezügelt im Garten, auf der Straße, im Wohnviertel mit seinen leeren Häusern und verrosteten Autos herumlaufen zu lassen. Oder ihnen auch nur ein einziges Mal einen kurzen Blick in den Weltraum zu gewähren, wenn der Himmel schwarz wird und die Sterne plötzlich wunderschön an ihm stehen.

Du bewahrst sie für ein Leben, das nicht lebenswert ist.

Durch ihre Tränen sieht Malorie verschwommen die Vorhänge noch eine Idee heller werden. Wenn da draußen Nebel ist, wird er nicht lange anhalten. Und wenn er ihr helfen kann, wenn er sie und die Kinder auf ihrem Weg zum Fluss, zum Ruderboot verbirgt, dann muss sie die Kinder jetzt wecken.

Sie schlägt mit der flachen Hand auf den Küchentisch, dann wischt sie sich die Augen aus.

Sie steht auf, verlässt die Küche und geht zum Schlafzimmer der Kinder.

»Junge!«, brüllt sie. »Mädchen! Aufstehen.«

Im Schlafzimmer ist es dunkel. Das eine Fenster ist mit so vielen Decken verkleidet, dass auch dann kein Licht hineingelangt, wenn die Sonne im Zenit steht. Es gibt zwei Matratzen, auf jeder Seite des Raums eine. Über ihnen erheben sich schwarze Kuppeln. Früher war mit dem Maschendraht, der den Stoff trägt, ein kleiner Garten beim Brunnen auf der Rückseite des Hauses eingezäunt. Aber in den letzten vier Jahren hat er als Schutz für die Kinder gedient; nicht damit sie nicht gesehen werden, sondern damit sie selbst nichts sehen. Unter dem Tuch und dem Draht hört Malorie jetzt Bewegung, und sie kniet nieder, um den Draht von den Nägeln im Holzboden des Zimmers zu lösen. Sie zieht bereits die Augenbinden aus der Tasche, als die Kinder sie mit verschlafenen, überraschten Mienen ansehen.

»Mommy?«

»Steht auf. Sofort. Ich möchte, dass ihr euch beeilt.«

Die Kinder reagieren schnell. Sie jammern nicht und sie beschweren sich nicht.

»Wohin gehen wir?«, fragt das Mädchen.

Malorie gibt ihm eine Augenbinde und sagt: »Leg die an. Wir fahren auf dem Fluss.«

Die beiden nehmen ihre Binden und ziehen sich den schwarzen Stoff straff über die Augen. Sie sind äußerst versiert darin. Experten, falls sie mit ihren vier Jahren Experten in irgendetwas sein können. Es bricht Malorie das Herz. Sie sind noch Kinder und sollten neugierig sein. Sie sollten fragen, warum sie heute auf dem Fluss fahren werden – auf dem sie in ihrem Leben noch nie waren.

Aber stattdessen tun sie einfach, was man ihnen sagt.

Malorie legt ihre eigene Augenbinde noch nicht an. Sie will erst die Kinder fertig machen.

»Nehmt euer Puzzle mit«, sagt sie zu dem Mädchen. »Und nehmt beide eure Decken mit.«

Sie ist unsagbar aufgeregt. Es ist viel mehr als Hysterie. Malorie geht von einem Zimmer zum anderen und prüft alles Mögliche, kleine Dinge, die sie vielleicht gebrauchen könnten. Plötzlich fühlt sie sich fürchterlich unvorbereitet. Sie fühlt sich ungeschützt, als würde das Haus mitsamt dem Erdboden darunter einfach verschwinden und sie gänzlich der Außenwelt aussetzen. Doch auch im Irrsinn dieses Moments hält sie am Konzept der Augenbinden fest. Was für Werkzeuge sie auch einpacken mag, welcher Haushaltsgegenstand ihr auch als Waffe dienen könnte, sie weiß, dass die Augenbinden ihr stärkster Schutz sind.

»Bringt eure Decken mit!«, erinnert sie die Kinder und hört die beiden kleinen Körper bei ihren Vorbereitungen. Dann geht sie in ihr Zimmer, um ihnen zu helfen. Der Junge, der klein für sein Alter ist, aber von einer drahtigen Kraft, auf die Malorie stolz ist, überlegt, welches von zwei T-Shirts er nehmen soll. Beide sind ihm zu groß. Sie gehörten früher einem Erwachsenen, der längst nicht mehr da ist. Malorie entscheidet für ihn und sieht, wie sein dunkler Haarschopf unter dem Stoff verschwindet, um anschließend wieder aus der Kopföffnung zu sprießen. In ihrem nervösen Zustand nimmt Malorie noch wahr, dass der Junge in letzter Zeit ein wenig gewachsen ist.

Das Mädchen, das durchschnittlich groß ist für sein Alter, versucht, ein Kleid über den Kopf zu ziehen, ein Kleid, das es zusammen mit Malorie aus einem alten Bettlaken genäht hat.

»Es ist kühl draußen, Mädchen«, sagt Malorie. »Ein Kleid taugt nicht.«

Das Mädchen runzelt die Stirn. Sein blondes Haar ist verstrubbelt, weil es eben erst aufgewacht ist.

»Ich trage außerdem eine Hose, Mommy. Und wir haben unsere Decken.«

Zorn lodert in Malorie auf. Sie kann keinen Widerstand gebrauchen. Nicht heute. Nicht einmal, wenn das Mädchen recht hat.

»Kein Kleid heute.«

Die Welt draußen, die leeren Einkaufszentren und Restaurants, die Tausende von unbenutzten Fahrzeugen, die vergessenen Produkte in zwecklosen Ladenregalen, all das drängt auf das Haus ein. Alles raunt von dem, was sie erwartet.

Sie holt eine Jacke aus dem Schrank in dem kleinen Schlafzimmer am anderen Ende des Flurs. Dann verlässt sie den Raum, und sie weiß, es wird zum letzten Mal sein.

»Mommy«, sagt das Mädchen, das ihr im Flur begegnet. »Brauchen wir unsere Fahrradhupen?«

Malorie atmet tief durch.

»Nein«, antwortet sie. »Wir werden alle zusammen sein. Während der ganzen Fahrt.«

Als das Mädchen ins Schlafzimmer zurückgeht, überlegt Malorie, wie erbärmlich es ist, dass Fahrradhupen die größte Unterhaltung ihrer Kinder sind. Sie spielen seit Jahren mit ihnen. Ihr ganzes Leben lang tröten sie sich von einer Seite des Wohnzimmers zur anderen zu. Das laute Geräusch ist Malorie immer auf die Nerven gegangen. Aber sie hat sie ihnen nie weggenommen. Sie hat sie nie versteckt. Selbst in den Wirren ihrer frühen Mutterschaft hat Malorie begriffen, dass in dieser Welt alles gut war, was die Kinder zum Lachen brachte.

Sogar als sie Victor noch Angst damit gemacht haben.

Ach, wie sich Malorie nach diesem Hund sehnt! Als die Kinder noch klein waren und sie sie allein erzog, saß in ihren Fantasien, wie sie den Fluss hinunterfahren würde, immer Victor, der Border Collie, neben ihr im Ruderboot. Victor hätte sie gewarnt, wenn ein Tier in der Nähe war. Möglicherweise hätte er auch etwas verscheuchen können.

»Okay«, sagt sie nun, da sie mit ihrem geschmeidigen Körper im Eingang zum Kinderschlafzimmer steht. »Das war's. Jetzt fahren wir los.«

Es gab Zeiten, ruhige Nachmittage, Abende, an denen Gewitter tobten, da Malorie ihnen erzählt hat, dass dieser Tag kommen könnte. Ja, sie hat schon früher vom Fluss gesprochen. Von einer Reise. Sie hat darauf geachtet, es nie ihre »Flucht« zu nennen, weil sie den Gedanken nicht ertrug, dass die Kinder ihr tägliches Leben für etwas hielten, dem man entfliehen muss. Stattdessen hat sie vor einem künftigen Morgen gewarnt, an dem sie sie hastig wecken und von ihnen verlangen würde, sich darauf vorzubereiten, ihr Zuhause für immer zu verlassen. Sie wusste, sie konnten ihre Unsicherheit entdecken, so wie sie eine Spinne an einer verhüllten Fensterscheibe hinaufkrabbeln hören konnten. Seit Jahren stand ein kleiner Beutel mit Lebensmitteln im Schrank, die immer ersetzt wurden, wenn sie ungenießbar waren. Malories Beweis dafür, dass sie die Kinder irgendwann wecken *könnte*, wie sie es gesagt hatte. *Versteht ihr*, dachte sie immer, *das Essen im Schrank gehört zu dem Plan*.

Und jetzt ist dieser Tag gekommen. An diesem Morgen. In dieser Stunde. Der *Nebel*.

Der Junge und das Mädchen treten vor, und Malorie kniet sich vor sie. Sie überprüft ihre Augenbinden. Sie sind sicher. In diesem Moment, da sie von einem kleinen Gesicht zum anderen schaut, begreift Malorie voll und ganz, dass die Reise fort von hier nun endlich begonnen hat.

»Hört mir zu«, sagt sie und fasst die Kinder am Kinn. »Wir werden heute in einem Ruderboot den Fluss hinunterfahren. Es könnte eine lange Fahrt werden. Aber es ist absolut wichtig, dass ihr beide alles genau so macht, wie ich es euch sage. Habt ihr verstanden?«

»Ja.«

»Ja.«

»Es ist kalt da draußen. Ihr habt eure Decken. Ihr habt eure Binden. Mehr braucht ihr im Augenblick nicht. Versteht ihr mich?«

»Ja.«

»Ja.«

»Unter keinen Umständen wird einer von euch seine Augenbinde abnehmen. Wenn ihr es tut, tue ich euch weh. Verstanden?«

»Ja.«

»Ja.«

»Ich brauche eure Ohren. Ihr beide müsst so aufmerksam

horchen, wie ihr könnt. Auf dem Fluss müsst ihr über das Wasser hinaus horchen, über den Wald hinaus. Wenn ihr ein Tier im Wald hört, sagt ihr es mir. Wenn ihr etwas im Wasser hört, sagt ihr es mir. Verstanden?«

»Ja.«

»Ja.«

»Stellt *keine* Fragen, die nichts mit dem Fluss zu tun haben. Du wirst vorn sitzen«, sagt sie und tippt den Jungen an. Dann berührt sie das Mädchen. »Und du wirst hinten sitzen. Wenn wir zum Boot kommen, lenke ich euch an eure Plätze. Ich werde in der Mitte sitzen und rudern. Ich will nicht, dass ihr beide miteinander von einem Bootsende zum anderen redet, es sei denn, es geht um etwas, was ihr im Wald hört. Oder im Fluss. Verstanden?«

»Ja.«

»Ja.«

»Wir halten nicht an, egal aus welchem Grund. Erst wenn wir dort ankommen, wo wir hinfahren. Ich sage euch Bescheid, wenn es so weit ist. Wenn ihr Hunger bekommt, esst aus diesem Beutel.«

Malorie führt den Beutel an ihre kleinen Handrücken.

»Schlaft nicht ein. Ihr dürft auf keinen Fall einschlafen. Ich brauche eure Ohren heute mehr, als ich sie je zuvor gebraucht habe.«

»Nehmen wir die Mikrofone mit?«, fragt das Mädchen.

»Nein.«

Während Malorie spricht, schaut sie von einem verbundenen Gesicht zum anderen.

»Wenn wir dieses Haus verlassen, halten wir uns an den Händen und gehen auf dem Fußpfad, der zum Brunnen führt. Wir gehen durch die kleine Lichtung im Wald hinter unserem Haus. Der Weg zum Fluss ist zugewachsen. Wir werden unsere Hände vielleicht kurz loslassen müssen, und wenn wir das tun, möchte ich, dass ihr euch beide an meiner Jacke oder aneinander festhaltet. Verstanden?«

»Ja.«

»Ja.«

Klingen sie, als hätten sie Angst?

»Hört mir zu. Wir fahren an einen Ort, wo keiner von euch jemals war. Wir entfernen uns so weit vom Haus, wie ihr euch bisher noch nie von ihm entfernt habt. Es gibt Dinge da draußen, die euch wehtun werden, die Mommy wehtun werden, wenn ihr nicht hört, was ich euch jetzt, heute Morgen sage.«

Die Kinder schweigen.

»Versteht ihr?«

»Ja.«

»Ja.«

Malorie hat sie gut trainiert.

»Also gut«, sagt sie, und ihre Stimme lässt eine Spur Hysterie erkennen. »Wir gehen. Wir gehen jetzt, auf der Stelle. *Wir gehen.*«

Sie drückt die Köpfe der beiden an ihre Stirn.

Dann nimmt sie je ein Kind an der Hand. Sie durchqueren rasch das Haus. In der Küche wischt sich Malorie mit zitternden Händen über die Augen und zieht ihre eigene Augenbinde aus der Tasche. Sie bindet sie straff um den Kopf und das lange schwarze Haar. Mit der Hand am Türgriff zögert sie, es ist die Tür, die zu dem Fußpfad hinausgeht, auf dem sie zahllose Eimer Wasser geholt hat.

Sie ist im Begriff, das Haus aufzugeben. Die Realität des Augenblicks überwältigt sie.

Als sie die Tür öffnet, strömt die kalte Luft herein, und Malorie macht einen Schritt vorwärts, vor ihrem geistigen

Auge verschwimmt alles vor nackter Angst und Szenarien, die so grausig sind, dass sie vor den Kindern nicht darüber sprechen kann. Sie stammelt beim Reden und schreit beinahe.

»Haltet meine Hand. Beide.«

Der Junge nimmt Malories linke Hand. Das Mädchen lässt seine winzigen Finger in ihre rechte gleiten.

Mit verbundenen Augen bewegen sie sich vom Haus fort.

Der Brunnen ist zwanzig Meter entfernt. Kleine Holzpflöcke, die früher zu Bilderrahmen gehörten, stecken den Weg ab und bieten Orientierung. Beide Kinder haben die Hölzer mit ihren Schuhspitzen unzählige Male berührt. Malorie hat einmal zu ihnen gesagt, das Wasser im Brunnen sei die einzige Medizin, die sie bräuchten. Aus diesem Grund, das weiß sie, haben die Kinder den Brunnen immer respektiert. Sie haben sich nie beschwert, wenn sie Wasser mit ihr holen mussten.

Der Erdboden um den Brunnen herum ist jetzt uneben unter ihren Füßen. Er fühlt sich unnatürlich, weich an.

»Hier ist die Lichtung«, ruft Malorie.

Sie führt die Kinder vorsichtig. Ein zweiter Fußpfad beginnt zehn Meter vom Brunnen entfernt. Der Eingang zu ihm ist schmal, und er teilt den Wald. Von hier sind es weniger als hundert Meter bis zum Fluss. Am Wald angekommen, lässt Malorie vorübergehend die Hände der Kinder los, damit sie nach dem halb zugewachsenen Eingang tasten kann.

»Haltet euch an meiner Jacke fest!«

Sie fühlt an den Ästen entlang, bis sie ein Unterhemd ertastet, das an einem Baum am Eingang des Fußpfads festgebunden ist. Sie hat es selbst vor mehr als drei Jahren hier befestigt.

Der Junge bekommt ihre Tasche zu fassen, und sie spürt, wie das Mädchen sich an seiner Tasche einhakt. Malorie ruft ihnen zu, während sie gehen, sie fragt ständig, ob sie sich aneinander festhalten. Zweige von Bäumen stochern ihr ins Gesicht. Sie schreit nicht auf.

Bald haben sie die Markierung erreicht, die Malorie in den Boden gesteckt hat. Das zersplitterte Bein eines Küchenstuhls. Es steckt in der Mitte des Pfads, sodass sie darüberstolpern und es bemerken muss.

Sie hat das Ruderboot vor vier Jahren entdeckt, es lag nur fünf Häuser von ihrem eigenen entfernt vertäut. Es ist mehr als vier Monate her, seit sie zuletzt danach gesehen hat, aber sie ist überzeugt, dass es noch da ist. Dennoch fällt es schwer, sich nicht den schlimmsten Fall vorzustellen. Was, wenn jemand anderer es vor ihr genommen hat? Eine andere Frau, nicht unähnlich ihr selbst, die fünf Häuser in die andere Richtung wohnt und seit vier Jahren jeden Tag Mut für ihre Flucht sammelt. Eine Frau, die einmal genau dieses rutschige Ufer hier hinuntergestolpert ist und dieselbe Erlösung empfand, als sie den stahlverstärkten Bug des Ruderboots ertastet hat.

Die kalte Luft greift nach den Kratzern in Malories Gesicht. Die Kinder beklagen sich nicht.

Das ist keine Kindheit, denkt Malorie und führt sie zum Fluss.

Dann hört sie es. Noch bevor sie die Anlegestelle erreicht, hört sie das Ruderboot im Wasser schaukeln. Sie bleibt stehen, überprüft die Augenbinden der Kinder und zieht beide nach. Sie führt sie auf die hölzernen Planken.

Ja, denkt sie, *es ist noch da.* Genauso wie die Autos immer noch in der Straße vor ihrem Haus geparkt sind. Genauso wie die Häuser immer noch leer sind.

Es ist kälter außerhalb des Walds, abseits des Hauses. Das Geräusch des Wassers ist ebenso beängstigend wie aufmunternd. Sie geht in die Knie, wo sie das Boot vermutet, lässt die Hände der Kinder los und tastet nach der stählernen Bugspitze. Ihre Finger finden zuerst das Seil, mit dem das Boot festgebunden ist.

»Junge«, sagt sie und zieht die eiskalte Bugspitze zur Anlegestelle. »Vorn rein. Steig vorn ein.« Sie hilft ihm. Sobald er stabil sitzt, nimmt sie sein Gesicht in beide Hände und schärft ihm noch einmal ein: »Horche! Über das Wasser hinaus. *Horche!*«

Sie weist das Mädchen an, auf der Anlegestelle zu bleiben, während sie blind das Seil losmacht und vorsichtig auf die Mittelbank steigt. Noch halb im Stehen hilft sie dem Mädchen an Bord. Das Boot schaukelt einmal heftig, und Malorie umschließt die Hand des Mädchens zu kräftig. Das Mädchen schreit nicht auf.

Auf dem Boden des Boots haben sich Laub, Zweige und Wasser gesammelt. Malorie fährt mit der Hand hindurch und findet die Ruder, die sie auf der rechten Seite des Boots verstaut hat. Die Ruder sind kalt. Feucht. Sie riechen nach Mehltau. Sie setzt sie in die Metallhalterungen ein. Sie fühlen sich kräftig an, robust, als sie sich mit einem davon von der Anlegestelle abstößt. Und dann …

Sind sie auf dem Fluss.

Das Wasser ist ruhig. Aber es gibt Geräusche hier draußen. Bewegung im Wald.

Malorie denkt an den Nebel. Sie hofft, dass er ihre Flucht getarnt hat.

Aber der Nebel wird vergehen.

»Kinder«, sagt Malorie und atmet schwer. »*Lauscht!*«

Endlich, nach vier Jahren des Wartens und Trainierens,

nach vier Jahren, in denen sie den Mut zum Aufbruch gesammelt hat, rudert sie fort von der Anlegestelle, vom Ufer und von dem Haus, das sie und die Kinder beschützt hat – ein ganzes Leben lang, wie es ihr scheint.

2

Es sind neun Monate, bis die Kinder zur Welt kommen. Malorie wohnt mit ihrer Schwester Shannon in einem bescheidenen Haus zur Miete, das keine der beiden bisher verschönert hat. Sie sind vor drei Wochen eingezogen, trotz der Bedenken ihrer Freunde. Malorie und Shannon sind gesellige, intelligente Frauen, aber in der Gegenwart der jeweils anderen neigen sie zu einem zänkischen Verhalten, wie sich noch an dem Tag herausstellt, an dem sie ihre Kisten ins Haus tragen.

»Ich habe mir überlegt, dass es sinnvoller ist, wenn ich das größere Schlafzimmer nehme«, sagte Shannon auf dem Treppenabsatz im Obergeschoss. »Nachdem ich die größere Kleiderkommode von uns beiden habe.«

»Komm, hör auf«, erwiderte Malorie, die einen Milchkasten mit nicht gelesenen Büchern in den Händen hielt. »Dieses Zimmer hat die bessere Aussicht.«

Die Schwestern debattierten lange darüber, obwohl beiden bewusst war, dass sie ihre Freunde und Eltern bestätigten, indem sie schon an ihrem allerersten Tag in Streit gerieten. Schließlich erklärte sich Malorie einverstanden, eine Münze zu werfen, was zugunsten von Shannon ausging. Malorie glaubt immer noch, dass dabei irgendwie gemogelt wurde.

Jetzt, heute, denkt Malorie jedoch nicht an die kleinen Dinge, mit denen ihre Schwester sie in den Wahnsinn treibt. Sie räumt nicht stillschweigend hinter Shannon auf, schließt keine Schranktüren, folgt nicht einer Spur von Pullovern und Socken durch die Flure. Sie bläst nicht die Backen auf und schüttelt nicht den Kopf, während sie Spülwasser einlässt oder einen von Shannons nicht ausgepackten Kartons aus der Mitte des Wohnzimmers schleift, wo er ihnen beiden im Weg steht. Stattdessen steht sie nackt vor dem Spiegel im Badezimmer des Obergeschosses und betrachtet ihren Bauch.

Deine Periode ist auch früher schon manchmal ausgeblieben, sagt sie sich. Aber das tröstet sie kaum, weil sie schon seit Wochen nervös ist – sie weiß, sie hätte vorsichtiger sein sollen mit Henry Martin.

Das schwarze Haar fällt ihr auf die Schultern. Sie zieht die Lippen seltsam kraus, legt die Hände auf ihren flachen Bauch und nickt langsam. Egal wie sie es sich erklärt, sie *fühlt* sich schwanger.

»Malorie!«, ruft Shannon aus dem Wohnzimmer. »Was treibst du da drin?«

Malorie antwortet nicht. Sie dreht sich zur Seite und neigt den Kopf. Ihre blauen Augen sehen grau aus im blassen Badezimmerlicht. Sie legt eine Hand auf die Ablage neben dem Waschbecken und drückt den Rücken durch. Sie versucht, ihren Bauch magerer aussehen zu lassen, als würde das beweisen, dass kein kleines Leben in ihm sein kann.

»Malorie!«, ruft Shannon noch einmal. »Da ist schon wieder so ein Bericht im Fernsehen! Etwas ist in Alaska vorgefallen.«

Malorie hört ihre Schwester, aber was draußen in der Welt vor sich geht, interessiert sie im Augenblick nicht sehr.

In den letzten Tagen hat sich eine Geschichte im Internet verbreitet, die den Namen »Russlandbericht« bekommen hat. Sie handelt davon, dass der Beifahrer eines Lkws, der auf einer verschneiten Straße in der Nähe von Sankt Petersburg unterwegs war, seinen Freund, der am Steuer saß, anzuhalten bat und ihn dann angriff. Er kratzte ihm mit den Fingernägeln die Lippen aus dem Gesicht. Dann nahm er sich mithilfe einer Kreissäge von der Ladefläche des Lastwagens das Leben. Eine grausige Geschichte, aber ihre Bekanntheit schreibt Malorie der scheinbar sinnlosen Art und Weise zu, wie zufällige Ereignisse durch das Internet zu Berühmtheit gelangen. Dann tauchte jedoch eine zweite Geschichte auf. Ähnliche Umstände. Diesmal in Jakutsk, fast fünftausend Kilometer östlich von Sankt Petersburg. Dort begrub eine dem Vernehmen nach psychisch »stabile« Mutter ihre Kinder lebendig im Garten der Familie, ehe sie sich selbst mit den scharfen Rändern von zerbrochenem Geschirr das Leben nahm. Und eine dritte Geschichte aus dem russischen Omsk, dreitausend Kilometer südöstlich von Sankt Petersburg, verbreitete sich im Netz und wurde rasch zu einer der meistdiskutierten Seiten in allen sozialen Medien. Diesmal gab es Videobilder. Solange sie es schaffte, hatte Malorie einem Mann zugesehen, der eine Axt schwang und dessen Bart rot vor Blut war. Er versuchte, den nicht im Bild sichtbaren Mann anzugreifen, der ihn filmte, was ihm schließlich auch gelang. Aber diesen Teil hatte Malorie nicht gesehen. Sie bemühte sich, das Thema überhaupt nicht weiter zu verfolgen. Aber Shannon, die schon immer dramatischer veranlagt war, bestand darauf, ihr die erschreckenden Nachrichten zu übermitteln.

»*Alaska*«, wiederholte sie durch die Badezimmertür. »Das ist in *Amerika,* Malorie!«

Shannons blondes Haar verrät die finnischen Wurzeln ihrer beider Mutter. Malorie ähnelt mehr ihrem Vater: kräftig, tief liegende Augen und die glatte, helle Haut einer Bewohnerin des Nordens. In Michigans Upper Peninsula aufgewachsen, träumten beide davon, im südlichen Teil des Staats, bei Detroit, zu leben, wo es ihrer Vorstellung nach Partys, Konzerte, Jobs und Männer in Hülle und Fülle gab.

Dieser letzte Punkt hatte sich als wenig ergiebig für Malorie erwiesen, bis sie Henry Martin traf.

»Ach du lieber Himmel«, brüllt Shannon. »In Kanada ist eventuell auch etwas vorgefallen. Das ist eine ernste Sache, Malorie. Was machst du denn eigentlich da drin?«

Malorie dreht den Hahn auf und lässt das kalte Wasser über ihre Finger laufen. Sie spritzt sich etwas davon ins Gesicht, blickt in den Spiegel und denkt an ihre Eltern, die nach wie vor auf der Oberen Halbinsel wohnen. Sie wissen nichts von Henry Martin. Sie selbst hat ja seit dieser einen gemeinsamen Nacht nicht mehr mit ihm gesprochen. Und doch ist sie jetzt wahrscheinlich für alle Zeiten mit ihm verbunden.

Plötzlich geht die Badezimmertür auf. Malorie greift nach einem Handtuch.

»Herrgott noch mal, Shannon.«

»Hast du mich verstanden, Malorie? Die Geschichte ist überall. Es heißt inzwischen, es habe damit zu tun, dass man etwas *sieht*. Ist das nicht merkwürdig? Auf CNN sagten sie gerade, das sei die eine Konstante bei allen Zwischenfällen. Dass die Opfer etwas gesehen haben, bevor sie Leute angriffen und sich selbst umbrachten. Ist das zu glauben? Sag?«

Malorie dreht sich langsam zu ihrer Schwester um. Ihre Miene ist ausdruckslos.

»Hey, ist alles in Ordnung mit dir, Malorie? Du siehst nicht so toll aus.«

Malorie fängt an zu weinen. Sie beißt sich auf die Unterlippe. Sie hat das Handtuch genommen, aber sich bisher noch nicht damit bedeckt. Sie steht immer noch vor dem

Spiegel, als würde sie ihren nackten Bauch mustern. Shannon bemerkt es.

»Oh, Scheiße«, sagt Shannon. »Machst du dir etwa Sorgen, dass du …?

Malorie nickt bereits. Die Schwestern treten in dem rosafarbenen Badezimmer aufeinander zu, und Shannon nimmt Malorie in die Arme, tätschelt ihr den Hinterkopf, beruhigt sie.

»Okay«, sagt sie. »Lass uns nicht ausflippen. Wir fahren erst mal einen Test holen, wie man das so macht … Oder? Keine Sorge. Ich wette, bei mehr als der Hälfte der Leute, die den Test machen, stellt sich heraus, dass sie nicht schwanger sind.«

Malorie antwortet nicht. Sie seufzt nur tief.

»Okay«, sagt Shannon. »Fahren wir.«

3

Wie weit kann ein Mensch hören?

Mit verbundenen Augen zu rudern ist sogar noch schwerer, als sich Malorie vorgestellt hat. Schon viele Male hat das Ruderboot die Ufer gerammt und ist für mehrere Minuten festgesteckt. In dieser Zeit wurde sie von Visionen bestürmt, in denen unsichtbare Hände nach den Augenbinden der Kinder griffen. Finger, die aus dem Wasser auftauchen, aus dem Schlamm, wo sich Fluss und Erde treffen. Die Kinder haben nicht geschrien, sie haben nicht gejammert. Dafür sind sie zu geduldig.

Aber wie weit kann ein Mensch hören?

Der Junge hat geholfen, das Boot wieder flottzumachen, er ist aufgestanden und hat gegen einen bemoosten Baumstamm gedrückt, und jetzt rudert Malorie wieder. Trotz dieser frühen Rückschläge spürt Malorie, dass sie vorankommen. Es wirkt belebend. Vögel singen in den Bäumen, jetzt, da die Sonne herausgekommen ist. Tiere streifen durch das dichte Laub des Waldes ringsum. Fische springen aus dem Wasser, das Geräusch des Aufspritzens setzt Malories Nerven unter Strom. All das hören die drei nur. Nichts davon sehen sie.

Von Geburt an wurden die Kinder dazu trainiert, die Geräusche des Waldes zu verstehen. Als sie Babys waren, band ihnen Malorie T-Shirts über die Augen und trug sie zum Waldrand. Dort beschrieb sie ihnen die Geräusche des

Waldes, auch wenn sie wusste, dass sie zu klein waren, um etwas von dem zu verstehen, was sie ihnen erzählte.

Blätter rascheln, sagte sie etwa. *Ein kleines Tier, wie ein Kaninchen.* Immer in dem Bewusstsein, dass es etwas sehr viel Schlimmeres sein konnte. Schlimmer sogar als ein Bär. In jenen Tagen und den Tagen, die folgten, als die Kinder alt genug waren, um zu lernen, trainierte Malorie sich selbst ebenso sehr, wie sie die beiden trainierte. Doch sie würde nie so gut hören, wie die Kinder es eines Tages tun würden. Sie war vierundzwanzig Jahre alt, als sie endlich in der Lage war, den Unterschied zwischen einem Regentropfen und einem Klopfen an ein Fenster allein mithilfe des Gehörs zu erkennen. Sie wuchs auf der Grundlage ihres *Sehvermögens* auf. Ist sie damit die falsche Lehrerin? Als sie Blätter ins Haus brachte und die Kinder mit verbundenen Augen unterscheiden ließ, ob sie auf ein Blatt trat oder es in der Hand zerdrückte – waren das die richtigen Lektionen für sie?

Wie weit kann ein Mensch hören?

Der Junge mag Fische, das weiß sie. Mithilfe einer rostigen Angelrute, die sie aus einem im Keller gefundenen Regenschirm zusammengebastelt hatte, fing Malorie oft welche im Fluss. Der Junge liebte es, sie im Eimer in der Küche herumplanschen zu sehen. Er fing auch an, sie zu zeichnen. Malorie weiß noch, dass sie dachte, sie würde jedes Tier auf dem Planeten fangen und nach Hause bringen müssen, damit die Kinder wussten, wie es aussah. Was könnte ihnen sonst noch gefallen, wenn sie die Chance hätten, es zu sehen? Was würde das Mädchen von einem Fuchs halten? Von einem Waschbären. Selbst Autos waren mythische Gegenstände, die sie nur von Malories amateurhaften Zeichnungen kannten. Büsche, Gärten, Schaufensterfronten, Gebäude, Straßen und Sterne – sie würde die ganze Welt neu für sie erschaffen müssen. Aber das Beste, was sie hatten, waren Fische. Und der Junge liebte sie.

Jetzt, da sie auf dem Fluss wieder ein leises Plätschern hört, befürchtet sie, seine Neugier könnte ihn veranlassen, die Augenbinde abzunehmen.

Wie weit kann ein Mensch hören?

Die Kinder müssen für Malorie *in* den Wald hineinhören, *in* den Wind, *in* die schlammigen Ufer, die zu einer ganzen Welt lebender Geschöpfe führen. Der Fluss ist ein Amphitheater, überlegt Malorie, während sie rudert.

Aber er ist auch ein Grab.

Die Kinder *müssen* lauschen.

Malorie kann die Vorstellung von Händen nicht abstreifen, die aus der Dunkelheit kommen, die Kinder am Kopf packen und ihnen vorsätzlich die schützenden Augenbinden abnehmen.

Schwer atmend und schwitzend hofft Malorie, dass ein Mensch weit genug hören kann, um in Sicherheit zu sein.

4

Malorie fährt. Die Schwestern benutzen ihr Auto, einen 1999er Ford Fiesta, weil es mehr Benzin im Tank hat. Sie sind erst fünf Kilometer von zu Hause entfernt, aber schon gibt es Anzeichen dafür, dass sich etwas verändert hat.

»Schau«, sagt Shannon und zeigt auf mehrere Häuser. »Decken vor den Fenstern.«

Malorie bemüht sich, darauf zu achten, was Shannon sagt, aber ihre Gedanken kehren immer wieder zu ihrem Bauch zurück. Der Medienwirbel wegen des Russlandberichts beunruhigt sie, aber sie nimmt das Ganze nicht so ernst wie ihre Schwester. Auch andere Leute im Netz sind, wie Malorie, skeptisch. Sie hat Blogs gelesen, vor allem *Silly People*, wo Fotos von Leuten gepostet werden, die Vorsichtsmaßnahmen treffen, und darunter stehen witzige Bildunterschriften. Während Shannon abwechselnd aus dem Fenster schaut und ihre Augen abdeckt, muss Malorie an einen dieser Einträge denken. Er zeigte eine Frau, die eine Decke vor das Fenster hängt, und darunter stand: *Schatz, was hältst du davon, wenn wir das Bett genau hierher stellen?*

»Ist das nicht unglaublich?«, sagt Shannon.

Malorie nickt schweigend. Sie biegt links ab.

»Komm«, sagt Shannon. »Du musst wirklich zugeben, dass die Sache langsam interessant wird.«

Ein Teil von Malorie gibt ihr recht. Es ist tatsächlich interessant. Auf dem Gehsteig kommt ein Paar vorbei, das sich

Zeitungen an die Schläfen hält. Manche Fahrer haben ihre Rückspiegel hochgedreht. Malorie fragt sich vage, ob das die Anzeichen einer Gesellschaft sind, die langsam zu der Überzeugung gelangt, dass etwas nicht stimmt. Und wenn ja, *was*?

»Ich verstehe nicht«, sagt Malorie, teils weil sie sich abzulenken versucht, teils weil ihr Interesse wächst.

»Du verstehst was nicht?«

»Halten sie es für gefährlich hinauszusehen? Irgendwohin zu sehen?«

»Ja«, sagt Shannon. »Genau das glauben sie. Wie ich dir schon gesagt habe.«

Shannon, denkt Malorie, hatte immer schon einen Hang zum Dramatischen.

»Das klingt doch verrückt«, sagt sie. »Und schau dir diesen Typen an!«

Shannon sieht in die Richtung, in die Malorie zeigt. Dann wendet sie den Blick ab. Ein Mann im Businessanzug geht mithilfe eines Blindenstocks. Seine Augen sind geschlossen.

»Niemand schämt sich, wenn er sich so benimmt«, sagt Shannon, die Augen auf ihre Schuhe gerichtet. »So weit ist es schon gekommen.«

Als sie zu Stokely's Drugs einbiegen, deckt Shannon ihre Augen mit der Hand ab. Malorie bemerkt es, dann schaut sie quer über den Parkplatz. Andere tun dasselbe.

»Was befürchtet ihr zu sehen?«, fragt sie.

»Darauf hat noch niemand eine Antwort.«

Malorie hat das große gelbe Schild des Drugstores schon unzählige Male gesehen. Aber es hat noch nie so wenig einladend gewirkt.

Dann wollen wir jetzt mal deinen ersten Schwangerschaftstest kaufen, denkt sie beim Aussteigen. Die Schwestern überqueren den Parkplatz.

»Ich glaube, sie sind bei den Arzneimitteln«, flüstert Shannon und öffnet die Tür des Ladens; die andere Hand behält sie halb über den Augen.

»Shannon, hör auf damit.«

Malorie geht voran zum Gang mit den Artikeln für Familienplanung. Es gibt Schwangerschaftstests von zehn verschiedenen Herstellern.

»Es gibt so viele davon«, sagt Shannon und nimmt einen aus dem Regal. »Benutzt denn niemand mehr Kondome?«

»Welchen soll ich nehmen?«

Shannon zuckt mit den Achseln. »Der hier sieht so gut aus wie jeder andere.«

Ein Mann weiter hinten im Gang öffnet einen Karton mit Bandagen. Er hält sich eine davon an die Augen.

Die Schwestern bringen den Test zur Kasse. Andrew, der in Shannons Alter und einmal mit ihr ausgegangen ist, arbeitet heute. Malorie will den Moment schnell hinter sich bringen.

»Wow«, sagt Andrew und scannt die kleine Schachtel ein.

»Halt den Mund, Andrew«, sagt Shannon. »Der ist für unseren Hund.«

»Ihr beide habt jetzt einen Hund?«

»Ja«, sagt Shannon und nimmt die Tüte, in die er den Test gesteckt hat. »Eine Sie. Und sie ist sehr beliebt in der Nachbarschaft.«

Die Heimfahrt ist eine Tortur für Malorie. Die Plastiktüte zwischen ihren Sitzen lässt den Gedanken aufkommen, dass sich ihr Leben bereits verändert hat.

»Schau«, sagt Shannon und zeigt mit derselben Hand aus dem Fenster, mit der sie ihre Augen bedeckt hat.

Sie kommen langsam an ein Stoppschild. Vor dem Haus an der Ecke sehen sie eine Frau, die auf einer Leiter steht und eine Wolldecke über das Erkerfenster nagelt.

»Wenn wir nach Hause kommen, mache ich das auch«, sagt Shannon.

»Shannon.«

Ihre Straße, in der sich sonst die Nachbarskinder tummeln, ist menschenleer. Keine blauen Dreiräder mit Aufklebern, keine Wiffleball-Schläger.

Sobald sie im Haus sind, eilt Malorie ins Bad, und Shannon schaltet sofort den Fernseher ein.

»Ich glaube, du musst einfach nur draufpinkeln, Malorie«, ruft sie.

Im Bad kann Malorie die Nachrichten hören.

Als Shannon in der Badezimmertür erscheint, starrt Malorie bereits auf den rosa verfärbten Streifen und schüttelt den Kopf.

»O Mann«, sagt Shannon.

»Ich muss Mom und Dad anrufen«, sagt Malorie. Ein Teil von ihr wappnet sich bereits, sie weiß, dass sie dieses Baby haben will, auch ohne Mann dazu.

»Du musst Henry Martin anrufen«, sagt Shannon.

Malorie wirft ihrer Schwester einen raschen Blick zu. Den ganzen Tag lang ist ihr schon klar, dass Henry Martin beim Aufziehen dieses Kindes keine große Rolle spielen wird. In gewisser Weise hat sie das bereits akzeptiert. Shannon kommt mit ihr ins Wohnzimmer, wo nicht ausgepackte Kisten auf dem Boden vor dem Fernseher stehen. Auf dem Schirm ist eine Beerdigungsprozession zu sehen. CNN-Moderatoren sprechen darüber. Shannon geht zu dem Gerät und stellt den Ton leiser. Malorie setzt sich auf die Couch und ruft Henry Martin von ihrem Handy aus an.

Er meldet sich nicht. Also schickt sie ihm eine SMS.

Wichtig. Ruf mich an, sobald du kannst.

Plötzlich springt Shannon von der Couch auf und fängt

zu brüllen an. »Hast du das gesehen, Malorie? Ein Zwischenfall in Michigan! Ich glaube, sie haben gesagt, es war auf der Upper Peninsula!«

Malorie hat bereits ihre Eltern im Kopf. Als Shannon den Ton wieder lauter macht, erfahren sie, dass man ein älteres Ehepaar aus Iron Mountain erhängt im nahen Wald gefunden hat. Der Sprecher sagt, sie hätten ihre Gürtel benutzt.

Malorie ruft ihre Mutter an. Sie meldet sich nach dem zweiten Läuten.

»Malorie.«

»Mom.«

»Du rufst sicherlich wegen dieser Nachrichten an, oder?«

»Nein. Ich bin schwanger, Mom.«

»Ach, du meine Güte, Malorie.« Ihre Mutter ist einen Moment lang still. Malorie hört ihr Fernsehgerät im Hintergrund. »Bist du ernsthaft mit jemandem zusammen?«

»Nein. Es war ein Unfall.«

Shannon steht jetzt vor dem Fernseher und reißt die Augen auf. Sie deutet darauf, als wolle sie Malorie daran erinnern, wie wichtig das ist. Ihre Mutter ist still am Telefon.

»Alles in Ordnung, Mom?«

»Na ja, eigentlich mache ich mir im Augenblick mehr Sorgen um dich, Liebes.«

»Ja. Nicht gerade der beste Zeitpunkt, alles in allem.«

»Wie weit bist du schon?«

»Fünf Wochen, denke ich. Vielleicht sechs.«

»Und wirst du es behalten? Hast du diese Entscheidung bereits getroffen?«

»Ja. Ich meine, ich weiß es erst seit ein paar Minuten. Aber ich werde es behalten, ja.«

»Hast du dem Vater Bescheid gesagt?«

»Ich habe ihm geschrieben. Ich rufe ihn auch noch an.«

Jetzt macht Malorie eine Pause. Dann fährt sie fort. »Fühlt ihr euch sicher da oben, Mom? Geht es euch gut?«

»Ich weiß nicht, ich weiß es einfach nicht. Niemand fühlt sich sicher, und wir haben große Angst. Aber im Augenblick mache ich mir mehr Sorgen um dich.«

Auf dem Bildschirm erklärt eine Frau mithilfe eines Diagramms, was möglicherweise passiert ist. Sie zieht eine Linie von einer kleinen Straße, wo man den Wagen des Paars verlassen aufgefunden hat. Malories Mutter sagt, dass sie jemanden kennt, der das ältere Paar kannte. Ihr Nachname sei Mikkonen. Die Frau auf dem Bildschirm steht jetzt vor einem Fleck blutigen Grases, wie es scheint.

»O *Gott*«, sagt Shannon.

»Ach, ich wünschte, dein Vater wäre zu Hause«, sagt ihre Mutter jetzt. »Und du bist *schwanger.* Ach, Malorie.«

Shannon nimmt ihrer Schwester das Telefon aus der Hand. Sie fragt, ob ihre Mutter weitere Einzelheiten weiß. Was sagen die Leute dort oben? Ist das der einzige Zwischenfall? Treffen die Leute Vorsichtsmaßnahmen?

Während Shannon weiter hektisch in das Telefon spricht, steht Malorie von der Couch auf. Sie geht zur Haustür und öffnet sie. Dann blickt sie die Straße entlang und denkt: *Wie ernst ist diese Geschichte?*

Man sieht keine Nachbarn in den Gärten. Keine Gesichter in den Fenstern der anderen Häuser. Ein Wagen fährt vorbei, und Malorie kann das Gesicht des Fahrers nicht sehen. Er deckt es mit der Hand ab.

Auf dem Rasen neben dem Gehweg liegt die Zeitung vom Morgen. Die Schlagzeile auf der Titelseite handelt von der wachsenden Zahl der Zwischenfälle. Sie lautet schlicht: NOCH EINER. Shannon hat ihr wahrscheinlich schon alles erzählt, was die Zeitung zu sagen hat. Malorie hebt sie auf und dreht sie um, und ihr Blick bleibt an etwas auf der Rückseite hängen.

Es ist eine Privatanzeige. Ein Haus in Riverbridge öffnet Fremden seine Türen. Ein »sicheres Haus« steht da. Eine Zuflucht. Ein Ort, der als »Asyl« dienen wird, wie seine Besitzer hoffen, während sich die bitteren Neuigkeiten häufen.

Malorie wird zum ersten Mal von einem Gefühl der Furcht ergriffen. Sie blickt erneut zur Straße. Die Tür eines Nachbarhauses geht auf und wird dann rasch wieder geschlossen. Mit der Zeitung in der Hand sieht Malorie über die Schulter zu ihrem eigenen Haus, in dem der Fernseher immer noch plärrt. Am anderen Ende des Wohnzimmers tackert Shannon eine Decke über eins der Fenster.

»Los, komm rein hier«, sagt Shannon. »Und mach die Tür zu.«

5

Bis zur Geburt der Kinder sind es noch sechs Monate. Malorie ist die Schwangerschaft inzwischen anzusehen. Vor allen Fenstern im Haus hängen Decken. Die Eingangstür ist immer abgesperrt und steht nie offen. Berichte über unerklärliche Ereignisse sind mit alarmierender Häufigkeit aufgetaucht. Was früher eine Eilmeldung zweimal in der Woche war, geschieht jetzt täglich. Regierungsvertreter werden im Fernsehen zu dem Thema interviewt. Berichte von Maine bis Florida haben beide Schwestern inzwischen Vorsichtsmaßnahmen treffen lassen. Shannon, die täglich Dutzende von Blogs besucht, fürchtet sich vor diesem und jenem, ein bisschen vor allem, was sie liest. Malorie weiß nicht, was sie glauben soll. Im Netz tauchen stündlich neue Geschichten auf. Es ist das Einzige, worüber in den sozialen Medien diskutiert wird, und es ist das einzige Thema auf den Nachrichtenseiten. Neue Websites widmen sich vollständig der Information über den Gegenstand. Eine Seite zeigt nur eine Weltkarte mit kleinen roten Gesichtern auf den Orten, wo etwas passiert ist. Als Malorie das letzte Mal nachgesehen hat, waren es mehr als dreihundert Gesichter. Im Netz wird es »das Problem« genannt. Allgemein verbreitet ist die Ansicht, dass – was immer »das Problem« sein mag – es eindeutig beginnt, wenn ein Mensch *etwas sieht*.

Malorie hat sich geweigert, es zu glauben, so lange es ging. Die Schwestern haben ständig gestritten, Malorie hat die Seiten zitiert, die sich über die Massenhysterie lustig machten, Shannon hat alles andere zitiert. Aber bald musste Malorie nachgeben, als die Seiten, die sie frequentierte, Berichte über eigene Angehörige brachten und die Autoren dieser Blogs einräumten, sie seien besorgt.

Risse, dachte Malorie damals, *die sich selbst bei den Skeptikern zeigen.*

Tage vergingen, in denen Malorie eine Art Doppelleben durchmachte. Keine der Schwestern verließ mehr das Haus. Beide achteten darauf, dass die Fenster abgedeckt waren. Sie schauten CNN, MSNBC und Fox, bis sie rein körperlich nicht mehr in der Lage waren, die Wiederholung der immer gleichen Geschichte zu sehen. Und während Shannon immer ernster und bedrückter wurde, klammerte sich Malorie an einen Rest Hoffnung, dass die ganze Sache einfach aufhören würde.

Aber sie hörte nicht auf. Und es wurde schlimmer.

Nachdem sie drei Monate lang wie Eingesperrte gelebt hatten, wurden Malories und Shannons schlimmste Befürchtungen wahr, als ihre Eltern nicht mehr ans Telefon gingen. Sie beantworteten auch keine E-Mails.

Malorie wollte zur Oberen Halbinsel hinauffahren. Aber Shannon weigerte sich.

»Wir werden einfach hoffen müssen, dass ihnen nichts passiert ist, Malorie. Wir werden hoffen müssen, dass ihr Telefon abgestellt wurde. Jetzt irgendwohin zu fahren wäre dumm. Das gilt schon für eine Fahrt zum Laden, und neun Stunden lang zu fahren wäre Selbstmord.«

»Das Problem« endete immer mit Selbstmord. Fox News hatten das Wort so oft vermeldet, dass sie inzwischen Synonyme benutzten. »Selbstzerstörung«, »Selbstopferung«, »Harakiri« … Ein Sprecher bezeichnete es als »eigenhändige

Auslöschung«, eine Wendung, die sich nicht durchsetzte. Das Fernsehen zeigte ständig die Anweisungen der Behörden. Eine landesweite Ausgangssperre wurde verhängt. Man riet dazu, die Türen zu verschließen, die Fenster abzudecken und vor allem nicht nach draußen zu schauen. Im Radio wurde Musik vollständig durch Diskussionen ersetzt.

Ein Blackout, denkt Malorie. *Die Welt, das ganze Leben draußen, wird lahmgelegt.*

Niemand hat Antworten. Niemand weiß, was vor sich geht. Menschen sehen etwas, das sie dazu treibt, andere zu verletzen. Sich selbst zu verletzen.

Menschen sterben.

Aber warum?

Malorie versucht, sich zu beruhigen, indem sie sich auf das Kind konzentriert, das in ihr heranwächst. Sie scheint jedes einzelne Symptom zu erleben, das in ihrem Ratgeberbuch aufgezählt wird. Leichtes Bluten. Empfindliche Brüste. Starke Müdigkeit. Shannon betont Malories Stimmungsschwankungen, aber es sind die Gelüste, die sie wahnsinnig machen. Aus Angst davor, zum Laden zu fahren, bleiben den Schwestern nur die Vorräte, die sie kurz nach dem Kauf des Schwangerschaftstests in großen Mengen angelegt haben. Doch Malories Vorlieben haben sich geändert. Normale Lebensmittel widern sie an. Deshalb kombiniert sie Dinge. Orangenbrownies. Huhn mit Cocktailsoße. Roher Fisch auf Toast. Sie träumt von Eiscreme. Oft blickt sie zur Haustür und denkt, wie einfach es wäre, sich ans Steuer des Wagens zu setzen und zum Laden zu fahren. Sie weiß, es würde nur fünfzehn Minuten dauern. Aber jedes Mal, wenn sie drauf und dran ist, es zu tun, kommt im Fernseher der nächste grauenhafte Bericht. Und außerdem, wer weiß, ob die Angestellten überhaupt noch zur Arbeit im Laden erscheinen.

»Was denkst du, sehen die Leute?«, fragt Malorie.

»Ich weiß es nicht, Mal«, antwortet Shannon. »Ich weiß es einfach nicht.«

Die Schwestern stellen einander diese Frage ständig. Es ist unmöglich, die Theorien zu zählen, die dem Internet dazu entsprungen sind. Alle machen sie Malorie eine Heidenangst. Geisteskrankheit als Folge von Radiowellen in schnurloser Technologie ist eine davon. Ein fehlerhafter Evolutionssprung in der Entwicklung der menschlichen Art lautet eine andere. Esoteriker behaupten, es liege daran, dass die Menschheit in Berührung mit einem Planeten ist, der bald explodieren wird, oder mit einer sterbenden Sonne.

Manche Leute glauben, da draußen seien irgendwelche Wesen.

Die Regierung sagt nichts, außer dass man die Türen geschlossen halten soll.

Malorie sitzt allein auf der Couch, reibt langsam über ihren Bauch und sieht fern. Es beunruhigt sie, dass es nichts Positives zu sehen gibt, dass das Kind ihre Nervosität spüren könnte. In *With Child*, ihrem Ratgeber, steht, dass genau das passiert. Das Baby nimmt die Emotionen der Mutter wahr. Dennoch kann sie den Blick nicht vom Bildschirm wenden. Auf einem Schreibtisch an der Wand hinter ihr läuft der Computer. Das Radio ist leise zu hören. Alles zusammen vermittelt Malorie das Gefühl, in einer Kommandozentrale zu sein. Mittendrin, während alles zusammenbricht. Es überwältigt einen. Und es nimmt erschreckende Formen an. Es gibt keine Werbespots mehr. Und die Nachrichtensprecher stocken bei ihren Ansagen längere Zeit und geben so schamlos ihre eigene Überraschung preis, wenn sie live neue Meldungen erhalten.

Über diesem Mediengetöse hört Malorie, wie Shannon im Obergeschoss umherläuft.

Dann, als Gabriel Townes, einer der führenden Sprecher von CNN, schweigend ein Blatt Papier liest, das ihm gerade gereicht wurde, hört Malorie einen dumpfen Schlag von oben. Sie hält inne.

»Shannon!«, ruft sie. »Alles in Ordnung?«

Gabriel Townes sieht nicht gut aus. Er war in letzter Zeit viel auf Sendung. CNN hat bekannt gegeben, viele ihrer Reporter würden nicht mehr zum Sender kommen. Townes schläft inzwischen dort. »Wir stehen das zusammen durch«, lautet sein neuer Slogan. Seine Frisur ist nicht mehr so tadellos. Er ist kaum geschminkt. Noch erschütternder ist die erschöpfte Art und Weise, in der er die Nachrichten vorträgt. Er wirkt eingesunken.

»Shannon? Komm hier runter. Sieht aus, als hätte Townes etwas Neues.«

Aber es kommt keine Antwort. Oben bleibt alles still. Malorie steht auf und macht den Ton des Fernsehgeräts leiser.

»Shannon?«

Gabriel Townes spricht über eine Enthauptung in Toledo, nur rund einhundertzwanzig Kilometer von dort entfernt, wo Malorie zusieht.

»Shannon?! Was treibst du da oben?«

Keine Antwort. Townes spricht leise im Fernseher. Es gibt keine begleitende Grafik. Keine Musik. Keine eingeschobenen Beiträge.

Malorie steht in der Mitte des Raums und sieht zur Decke. Sie reduziert die Lautstärke des Fernsehers noch mehr, dann schaltet sie das Radio aus und geht zur Treppe.

Am Geländer sieht sie langsam nach oben. Die Lichter sind aus, aber ein dünner Strahl, der Sonnenlicht sein muss, zeichnet sich an der Wand ab. Sie legt die Hand auf das

Geländer und setzt den Fuß auf die erste Stufe. Bei einem Blick über die Schulter zur Haustür läuft vor ihrem inneren Auge eine Verschmelzung sämtlicher Berichte ab, die sie gehört hat.

Sie geht die Treppe hinauf.

»Shannon?«

Sie ist jetzt oben. Sie zittert. Aus Shannons Schlafzimmer sieht sie Sonnenlicht kommen. Langsam geht sie zu der offenen Tür und schaut hinein.

Eine Ecke des Fensters ist entblößt. Ein Teil der Decke, die sich gelöst hat, hängt lose herab.

Malorie wendet rasch den Blick ab. Nichts rührt sich, und von unten hört man leise den Fernseher.

»Shannon?«

Ein Stück weiter hinten im Flur steht die Badezimmertür offen. Das Licht brennt. Malorie geht darauf zu. Sobald sie dort ist, hält sie die Luft an, dann sieht sie hinein.

Shannon liegt mit dem Gesicht zur Decke auf dem Boden. Aus ihrer Brust ragt eine Schere. Rund um sie ist Blut, es sammelt sich in einer Lache auf dem Boden. Es scheint mehr Blut zu sein, als ihr Körper enthalten konnte.

Malorie schreit auf, hält sich am Türrahmen fest und rutscht wimmernd zu Boden. Das harte Licht des Badezimmers lässt jedes Detail erkennen. Die reglosen Augen ihrer Schwester. Die Art und Weise, wie der Stoff des T-Shirts mit den Schneiden der Schere in Shannons Brust gezogen wurde.

Malorie kriecht zur Badewanne und übergibt sich. Das Blut ihrer Schwester klebt an ihr. Sie versucht, Shannon aufzuwecken, aber sie weiß, das wird nicht passieren. Malorie steht auf, spricht mit Shannon, erzählt ihr, dass sie Hilfe holen wird. Sie wischt sich das Blut von den Händen und stürzt nach unten, wo sie ihr Handy vom Sofa aufhebt. Sie ruft die Polizei an. Niemand meldet sich. Sie ruft noch einmal an. Keine Antwort. Dann ruft sie ihre Eltern an. Noch immer geht niemand ans Telefon. Sie macht kehrt und rennt zur Haustür. Sie muss Hilfe holen. Ihre Hand umklammert den Türknopf, aber sie stellt fest, dass sie ihn nicht drehen kann.

Lieber Gott, denkt Malorie. *Shannon würde das nie von sich aus tun. Du lieber Himmel, es ist wahr! Etwas ist da draußen.*

Und was immer Shannon gesehen hat, es muss nahe beim Haus sein.

Ein Stück Holz ist alles, was sie von dem trennt, das ihre Schwester getötet hat. Von dem, was ihre Schwester *gesehen* hat.

Jenseits des Waldes hört sie den Wind. Andere Geräusche gibt es nicht. Keine Fahrzeuge. Keine Nachbarn. Nur Stille.

Sie ist allein. Plötzlich wird ihr quälend deutlich klar, dass sie jemanden braucht. Sie braucht Schutz. Sie muss einen Weg finden, wie sie dieses Haus verlassen kann.

Malorie stürmt in die Küche, das Bild Shannons lodert heiß in ihrem Kopf. Sie zieht einen Stapel Zeitungen unter der Spüle hervor und blättert ihn wie von Sinnen durch. Schwer atmend und mit weit aufgerissenen Augen, sieht sie die Rückseite jeder Ausgabe durch.

Schließlich findet sie es.

Die Privatanzeige. Riverbridge. Leute, die Fremde in ihr Haus einladen. Malorie liest die Anzeige noch einmal durch. Dann liest sie sie ein weiteres Mal. Sie fällt auf die Knie und hält die Zeitung umklammert.

Riverbridge ist zwanzig Minuten Fahrzeit entfernt. Shannon hat etwas da draußen gesehen, und es hat sie getötet. Malorie muss sich selbst und ihr Kind in Sicherheit bringen.

Plötzlich bricht ein endloser Strom heißer Tränen aus ihr heraus. Sie weiß nicht, was sie tun soll. Sie hat noch nie so viel Angst gehabt. Alles in ihr fühlt sich heiß an, als würde sie brennen.

Sie weint lauthals. Dann liest sie durch ihre tränennassen Augen die Anzeige noch einmal.

Ihre Tränen fallen auf das Papier.

6

»Was gibt es, Junge?«

»Hast du das gehört?«

»Was? Was hast du gehört? *Sprich!*«

»Horch.«

Malorie tut es. Sie hört auf zu rudern und lauscht. Da ist der Wind. Da ist der Fluss. Da sind das hohe Kreischen von Vögeln in der Ferne und das gelegentliche Rascheln kleiner Tiere im Unterholz. Da sind auch ihr eigener Atem und das Hämmern ihres Herzens. Und über diese Geräusche hinaus, irgendwo aus ihrem Innern, kommt ein Laut, der ihr sofort Angst macht.

Etwas ist mit ihnen im Wasser.

»Seid still!«, zischt Malorie.

Die Kinder schweigen. Sie legt die Rudergriffe über ihre Knie und ist still.

Etwas Großes ist vor ihnen im Wasser. Etwas, das sich erhebt und spritzt.

Nach allem, was Malorie geleistet hat, um die Kinder vor dem Wahnsinn zu schützen, fragt sie sich, ob sie die beiden genügend auf die alten Realitäten vorbereitet hat.

Wie etwa die wilden Tiere, die sich einen Fluss zurückerobern, den der Mensch nicht mehr beansprucht.

Das Boot neigt sich auf die linke Seite von Malorie aus gesehen. Sie fühlt die Wärme von etwas, das den Stahlrand berührt, wo die Ruderenden aufliegen.

Die Vögel in den Bäumen verstummen.

Sie hält den Atem an, denkt an die Kinder.

Was spielt mit der Nase ihres Bootes?

Ist es eins der Wesen, denkt sie hysterisch. *Bitte nein, lieber Gott, lass es ein Tier sein. Bitte!*

Malorie weiß, sollten die Kinder ihre Augenbinden abnehmen, sollten sie schreien, bevor sie verrückt wurden, sie selbst würde die Augen dennoch nicht öffnen.

Obwohl Malorie nicht paddelt, bewegt sich das Boot wieder. Sie packt eins der Ruder und bereitet sich darauf vor, damit auszuholen.

Aber dann hört sie, wie sich das Wasser teilt. Das Ding bewegt sich. Es klingt weiter entfernt. Malorie atmet so schwer, dass sie unwillkürlich keucht.

Sie hört ein Tasten zwischen den Bäumen am Ufer links von ihr und stellt sich vor, dass das Ding an Land gekrochen ist.

Oder vielleicht ans Ufer spaziert.

Steht dort ein Wesen und studiert das Astwerk der Bäume und den Schlamm zu seinen Füßen?

Gedanken wie diese erinnern sie an Tom. Den guten Tom, der jede Stunde des Tags überlegt hat, wie man in dieser schrecklichen neuen Welt am besten überlebt. Sie wünschte, er wäre hier. Er würde wissen, was dieses Geräusch verursacht hat.

Es ist ein Schwarzbär, sagt sie sich.

Die Vögel fangen wieder zu singen an. Das Leben in den Bäumen geht weiter.

»Das habt ihr gut gemacht«, stößt Malorie hervor. Ihre Stimme ist belegt vor Anspannung.

Sie beginnt wieder zu rudern, und bald mischt sich das Geräusch des Mädchens, das seine Puzzleteile verschiebt, mit dem Spritzen der Ruderblätter im Wasser.

Sie stellt sich vor, wie die Kinder mit ihren schwarzen Stoffbinden flussabwärts treiben. Die Sonne macht sie verlegen, weil sie selbst durch das Tuch noch sichtbar ist. Ihre eigene Augenbinde sitzt straff und feucht am Kopf. Sie reizt ihre Haut an den Ohren. Manchmal gelingt es ihr, es zu ignorieren. Dann wieder kann sie an nichts anderes denken, als sich zu kratzen. Trotz der Kälte taucht sie regelmäßig die Fingerspitzen ins Wasser und befeuchtet das Tuch dort, wo es scheuert. Direkt über den Ohren. Auf dem Nasenrücken. Am Hinterkopf, wo es verknotet ist. Das nasse Tuch hilft, aber Malorie wird sich nie ganz an das Gefühl des Stoffs in ihrem Gesicht gewöhnen. Selbst ihre Augen, denkt sie beim Rudern, selbst ihre Wimpern bekommen das Tuch satt.

Ein Schwarzbär, sagt sie sich wieder.

Aber sie ist sich nicht so sicher.

Solche Abwägungen haben alle Handlungen Malories in den letzten viereinhalb Jahren bestimmt. Von dem Moment an, da sie beschlossen hat, auf die Anzeige in der Zeitung zu antworten, und bei dem Haus in Riverbridge eingetroffen ist. Jedes Geräusch, das sie seitdem gehört hat, hat Visionen von Dingen ausgelöst, die viel schlimmer sind als jedes Tier auf Erden.

»Das habt ihr wirklich gut gemacht«, sagt Malorie zu den Kindern. Es soll sie beruhigen, aber ihre Stimme verrät ihre eigene Furcht.

7

Riverbridge.

Malorie war vor Jahren einmal in dieser Gegend. Bei einer Silvesterparty. Sie erinnert sich kaum noch an den Namen des Mädchens, das das Fest veranstaltet hat. Marcy Soundso. Maribel, vielleicht. Shannon kannte sie, und Shannon war in jener Nacht auch gefahren. Die Straßen waren matschig gewesen. Dunkelgraue Schneemauern säumten die Nebenstraßen. Die Leute nahmen die Eiszapfen von der Dachrinne für ihre Drinks. Jemand zog sich halb nackt aus und schrieb 2009 in den Schnee. Jetzt ist der Höhepunkt des Sommers, Mitte Juli, und Malorie fährt. Verängstigt, allein und voll Trauer.

Die Fahrt ist eine Tortur. Malorie fährt nicht schneller als dreißig Stundenkilometer und hält hektisch nach Straßenschildern und anderen Autos Ausschau. Dazwischen schließt sie immer wieder die Augen.

Die Straßen sind leer. An allen Häusern, an denen sie vorbeikommt, sind die Fenster abgedeckt oder mit Brettern zugenagelt. Schaufenster sind kahl, Parkplätze verödet. Sie hält den Blick unmittelbar auf den Asphalt vor ihr gerichtet und folgt der Karte mit der markierten Route auf dem Sitz neben ihr. Ihre Hände am Lenkrad fühlen sich kraftlos an. Ihre Augen schmerzen vom Weinen. Das Schuldgefühl, weil sie ihre Schwester tot auf dem Badezimmerboden ihres Hauses zurückgelassen hat, will nicht vergehen.

Sie hat sie nicht beerdigt. Sie ist einfach weggefahren.

Die Krankenhäuser haben auf ihre Anrufe nicht reagiert, ebenso wenig die Beerdigungsinstitute. Malorie hat sie notdürftig mit einem blaugelben Halstuch zugedeckt, das Shannon geliebt hat.

Das Radio hat manchmal Empfang, dann wieder nicht. Ein Mann spricht von der Möglichkeit von Krieg. Wenn sich die Menschheit zusammentut, sagt er, aber dann kommt nur noch statisches Rauschen. Sie kommt an einem stehen gelassenen Auto am Straßenrand vorbei. Die Türen sind offen. Eine Jacke hängt vom Beifahrersitz und berührt die Straße. Malorie schaut rasch wieder nach vorn. Dann schließt sie die Augen. Und öffnet sie wieder.

Das Radio funktioniert jetzt. Der Mann spricht immer noch von Krieg. Etwas bewegt sich rechts von ihr, sie nimmt es aus dem Augenwinkel wahr. Sie sieht nicht hin. Sie schließt das rechte Auge. Vor ihr landet ein Vogel mitten auf der Straße und fliegt dann wieder auf. Als Malorie die Stelle erreicht, sieht sie, dass sich der Vogel für einen toten Hund interessiert hat, Malorie überfährt ihn. Der Wagen holpert, sie schlägt sich den Kopf am Dach an, auf dem Rücksitz rattert ihr Koffer. Sie zittert. Der Hund sah nicht nur tot aus, er sah verbogen aus. Sie schließt die Augen. Sie öffnet sie.

Ein Vogel, vielleicht derselbe wie eben, krächzt vom Himmel. Malorie kommt an der Roundtree Street vorbei. Ballam Street. Horton. Sie weiß, sie ist ganz in der Nähe. Links von ihr huscht etwas. Sie schließt das linke Auge. Sie passiert ein leeres Postauto, die Briefe sind auf dem Betonboden verstreut. Ein Vogel fliegt zu tief, er prallt fast gegen die Windschutzscheibe. Sie schreit auf, schließt beide Augen und öffnet sie wieder. Im selben Moment sieht sie das Straßenschild, nach dem sie sucht.

Shillingham.

Sie hält sich rechts und bremst, als sie auf die Shillingham Lane einbiegt. Sie muss nicht auf ihrer Karte nach der Nummer 273 schauen. Sie hat die Zahl während der ganzen Fahrt im Kopf gehabt.

Abgesehen von einigen Autos, die vor einem Haus auf der rechten Seite abgestellt sind, ist die Straße leer. Es ist eine normale Wohngegend. Die meisten Häuser sehen gleich aus. Die Rasenflächen sind überwuchert. Alle Fenster sind verhängt. In ihrer Ungeduld blickt Malorie zu dem Haus, vor dem die Autos stehen, und weiß, es ist das, nach dem sie sucht.

Sie schließt die Augen und tritt auf die Bremse.

Nachdem sie schwer atmend steht, bleibt das schwache Abbild des Hauses in ihrem Gedächtnis.

Die Garage ist auf der rechten Seite. Die Garagentür ist beige und geschlossen. Ein braunes Schindeldach ruht auf Wänden aus Ziegeln und weißem Holz. Die Eingangstür ist dunkelbraun, dunkler als die Dachziegel. Die Fenster sind abgedeckt. Es gibt einen Dachboden.

Die Augen weiterhin geschlossen, holt Malorie tief Luft, dreht sich um und tastet nach dem Griff des Koffers. Das Haus ist vielleicht fünfzehn Meter von der Stelle entfernt, wo sie gehalten hat. Sie weiß, sie parkt mit beträchtlichem Abstand vom Gehsteig, aber das ist ihr egal. Sie atmet tief und langsam, um sich zu beruhigen. Der Koffer ist jetzt neben ihr auf dem Beifahrersitz. Mit geschlossenen Augen lauscht sie. Da sie nichts außerhalb des Wagens hört, öffnet sie die Fahrertür, steigt aus und langt nach ihren Sachen ins Wageninnere.

Das Baby strampelt.

Malorie erschrickt und öffnet beinahe die Augen, um auf

ihren Bauch hinunterzuschauen. Stattdessen führt sie die Hände an den Bauch und reibt.

»Wir sind da«, flüstert sie.

Sie nimmt ihren Koffer und geht blind und vorsichtig zum Rasen vor dem Haus. Sobald sie das Gras unter ihren Füßen spürt, bewegt sie sich forscher und läuft prompt in einen niedrigen Busch. Die Nadeln stechen sie am Handgelenk und an der Hüfte. Sie macht einen Schritt rückwärts, lauscht und spürt Beton unter ihren Schuhen. Vorsichtig folgt sie ihm bis dorthin, wo sie die Haustür vermutet.

Sie hat recht. Sie stellt ihren Koffer auf der Eingangsstufe ab und tastet an den Ziegeln entlang, bis sie eine Glocke findet. Sie läutet.

Zunächst gibt es keine Reaktion. Sie hat das entmutigende Gefühl, am Ende zu sein. Ist sie umsonst so weit gefahren, hat sie sich für nichts und wieder nichts dieser Welt gestellt? Sie läutet noch einmal. Dann noch einmal und noch einmal. Keine Reaktion. Sie klopft, schlägt verzweifelt an die Tür.

Niemand ruft zu ihr heraus.

Doch dann hört sie gedämpfte Stimmen aus dem Haus.

O mein Gott! Hier ist jemand. Jemand ist zu Hause!

»Hallo?«, ruft sie leise. Der Klang ihrer Stimme in der menschenleeren Straße erschreckt sie. »Hallo! Ich habe die Anzeige in der Zeitung gelesen.«

Schweigen. Malorie wartet, horcht. Dann ruft jemand zu ihr heraus.

»Wer sind Sie?«, sagt ein Mann. »Woher kommen Sie?«

Malorie fühlt Erleichterung, Hoffnung. Ihr ist nach Weinen zumute.

»Ich heiße Malorie! Ich bin von Westcourt herübergefahren!«

Es gibt eine Pause. Dann: »Sind Ihre Augen geschlossen?«

Es ist die Stimme eines anderen Mannes.

»Ja! Meine Augen sind geschlossen.«

»Sind sie schon lange geschlossen?«

Lasst mich einfach rein, denkt sie. LASST MICH REIN!

»Nein«, antwortet sie. »Oder ja. Ich bin mit dem Auto aus Westcourt gekommen. Ich habe sie so oft geschlossen, wie es ging.«

Sie hört leise Stimmen. Manche klingen zornig. Die Leute streiten, ob sie sie hereinlassen sollen oder nicht.

»Ich habe nichts gesehen!«, ruft sie. »Ich schwöre es. Ich bin keine Gefahr. Meine Augen sind geschlossen. Bitte. Ich habe die Anzeige in der Zeitung gelesen.«

»Lassen Sie die Augen geschlossen«, sagt ein Mann schließlich. »Wir öffnen die Tür. Wenn wir es tun, kommen Sie möglichst schnell herein. Okay?«

»Okay. Ja, okay.«

Sie wartet. Die Luft ist ruhig, still. Nichts geschieht. Dann hört sie das Klicken der Tür. Sie tritt rasch vor. Hände greifen nach ihr und ziehen sie ins Haus. Die Tür fällt krachend hinter ihr zu.

»Jetzt warten Sie«, sagt eine Frau. »Wir müssen umhertasten. Wir müssen sicher sein, dass Sie allein gekommen sind.«

Malorie steht mit geschlossenen Augen da und lauscht. Es hört sich an, als würden sie mit Besen an den Wänden entlangfühlen. Mehr als ein Händepaar berührt ihre Schultern, ihren Hals, ihre Beine. Jemand ist nun hinter ihr. Sie hört Finger auf der geschlossenen Tür.

»In Ordnung«, sagt ein Mann. »Alles okay.«

Als Malorie die Augen öffnet, sieht sie fünf Leute in einer Reihe vor ihr stehen. Schulter an Schulter füllen sie die Eingangsdiele aus. Malorie starrt sie an. Sie starren sie an. Einer von ihnen trägt eine Art Helm. Seine Arme sind mit Wattekugeln und Klebeband bedeckt, wie es aussieht. Kugelschreiber, Bleistifte und weitere spitze Gegenstände ragen aus dem Band wie die Kinderversion mittelalterlicher Waffen. Zwei andere Personen halten Besenstiele in der Hand.

»Hallo«, sagt der Mann mit dem Helm. »Sie verstehen natürlich, warum wir die Tür auf diese Weise öffnen. Alles Mögliche könnte mit Ihnen hereinschlüpfen.«

Trotz des Helms sieht Malorie, dass Tom hellbraunes Haar hat. Seine Gesichtszüge sind kräftig. Seine blauen Augen funkeln intelligent. Er ist nicht viel größer als Malorie und unrasiert, seine Bartstoppeln sind beinahe rötlich.

»Ich verstehe«, sagt Malorie.

»Westcourt«, sagt Tom und tritt auf sie zu. »Das ist eine ganz schöne Strecke. Was Sie getan haben, war äußerst mutig. Warum setzen Sie sich nicht erst einmal, damit wir darüber reden können, was Sie unterwegs gesehen haben?«

Malorie nickt, aber sie rührt sich nicht vom Fleck. Sie hält den Griff ihres Koffers so fest umklammert, dass ihre Knöchel weiß hervortreten und schmerzen. Ein größerer, kräftigerer Mann nähert sich.

»Lassen Sie mich den nehmen«, sagt er.

»Mein Name ist Jules. Ich bin seit zwei Monaten hier. Wie die meisten von uns. Tom und Don sind ein bisschen früher eingetroffen.«

Jules' kurzes, dunkles Haar sieht schmutzig aus. Als hätte er im Freien gearbeitet. Er wirkt freundlich.

Malorie sieht einem Hausgenossen nach dem anderen ins Gesicht. Es sind vier Männer und eine Frau.

»Ich bin Don«, sagt Don. Auch er hat dunkles Haar. Ein wenig längeres. Er trägt eine schwarze Hose und ein purpurnes Button-down-Hemd mit bis zu den Ellbogen aufgekrempelten Ärmeln. Er sieht älter aus als Malorie, siebenundzwanzig, achtundzwanzig. »Sie haben uns einen Heidenschreck eingejagt. Seit Wochen hat jetzt niemand mehr an diese Tür geklopft.«

»Das tut mir sehr leid.«

»Kein Problem«, sagt der vierte Mann. »Wir haben alle dasselbe getan. Ich bin Felix.«

Felix sieht müde aus. Er scheint noch sehr jung zu sein, einundzwanzig, zweiundzwanzig. Seine lange Nase und das buschige braune Haar lassen ihn fast wie eine Zeichentrickfigur wirken. Er ist hochgewachsen wie Jules, aber schmaler.

»Und ich bin Cheryl«, sagt die Frau und streckt eine Hand aus. Malorie schüttelt sie.

Cheryls Gesichtsausdruck ist weniger einladend als der von Tom und Felix. Ihr braunes Haar verbirgt einen Teil des Gesichts. Sie hat ein ärmelloses Shirt an und sieht ebenfalls aus, als hätte sie gearbeitet.

»Jules, hilfst du mir, dieses Ding abzunehmen?«, sagt Tom. Er müht sich mit seinem Helm ab, aber die behelfsmäßige Rüstung ist ihm dabei im Weg. Jules hilft ihm.

Ohne den Helm sieht Malorie mehr von ihm. Das sandfarbene Haar über dem hellen Gesicht ist zerzaust. Die Andeutung von Sommersprossen verleiht ihm Farbe. Sein Bart besteht nur aus besseren Stoppeln, aber der Schnauzer ist ausgeprägter. Sein kariertes Hemd und die braune Hose erinnern Malorie an einen Lehrer, den sie einmal hatte.

Während sie ihn zum ersten Mal betrachtet, merkt sie kaum, dass er auf ihren Bauch schaut.

»Nichts für ungut, aber sind Sie schwanger?«

»Ja«, sagt Malorie kraftlos; sie befürchtet, sie könnten es als Belastung auffassen.

»Oh, Scheiße«, sagt Cheryl. »Das darf doch wohl nicht wahr sein.«

»Cheryl«, sagt Tom. »Du machst ihr noch Angst.«

Malorie ist still. Sie blickt von einem Gesicht zum anderen und nimmt den Ausdruck darin zur Kenntnis. Sie scheinen sie zu studieren. Zu überlegen, ob sie der Aufgabe gewachsen sind, jemanden aufzunehmen, der schließlich ein Kind zur Welt bringen wird. Malorie wird plötzlich bewusst, dass sie es unter diesem Aspekt nie betrachtet hat. Auf der Fahrt hierher hat sie nicht daran gedacht, dass dies der Ort sein würde, wo sie möglicherweise ihr Baby bekommt.

Die Tränen fließen.

Cheryl schüttelt den Kopf und geht auf sie zu.

»Du meine Güte«, sagt sie. »Komm her.«

»Ich war nicht immer allein«, sagt Malorie. »Meine Schwester Shannon war bei mir. Sie ist jetzt tot. Ich habe sie zurückgelassen.«

Sie weint. Verschwommen sieht sie durch ihre Tränen, wie die vier Männer sie beobachten. Sie sehen teilnahmsvoll aus. Schlagartig begreift Malorie, dass jeder von ihnen auf seine eigene Weise trauert.

»Komm«, sagt Tom. »Wir zeigen dir das Haus. Du kannst das Schlafzimmer am Ende der Treppe benutzen. Ich werde hier unten schlafen.«

»Nein«, sagt Malorie. »Ich kann doch nicht einem von euch das Zimmer wegnehmen.«

»Ich bestehe darauf«, sagt Tom. »Cheryl schläft am Ende des Gangs dort oben. Felix ist in dem Raum neben dem, der deiner sein wird. Du bist immerhin schwanger. Wir werden dich so gut es geht dabei unterstützen.«

Sie gehen durch einen Flur und kommen an einem Schlafzimmer links vorbei. Dann an einem Badezimmer. Malorie fängt ihr Bild im Spiegel auf und schaut rasch weg. Links sieht sie eine Küche. Auf der Arbeitsfläche stehen große Eimer.

»Das«, sagt Tom, »ist das Wohnzimmer. Da drin halten wir uns viel auf.«

Malories Blick folgt seiner ausgestreckten Hand zu einem größeren Raum. Es gibt eine Couch. Einen Beistelltisch mit einem Telefon darauf. Lampen. Einen Lehnstuhl. Teppichboden. Zwischen gerahmten Gemälden ist ein Kalender mit Filzstift an die Wand gemalt. Vor den Fenstern hängen schwarze Decken.

Malorie blickt auf, als plötzlich ein Hund ins Zimmer trottet. Es ist ein Border Collie. Der Hund sieht sie neugierig an, ehe er sich direkt vor ihr aufstellt und darauf wartet, getätschelt zu werden.

»Das ist Victor«, sagt Jules. »Er ist jetzt sechs Jahre alt. Ich habe ihn als Welpen bekommen.«

Malorie streichelt den Hund. Sie denkt, dass Shannon ihn gemocht hätte. Dann verlässt Jules den Raum und trägt Malories Koffer eine mit Teppichboden ausgelegte Treppe hinauf. An den Wänden hängen Bilder, manche Fotos, manche Kunst. Oben sieht sie ihn ein Schlafzimmer betreten. Selbst von hier unten erkennt sie, dass eine Decke vor dem Fenster hängt.

Cheryl führt sie zur Couch. Dort setzt sich Malorie, erschöpft von Trauer und Schock. Cheryl und Don sagen, dass sie etwas zu essen machen werden.

»Konserven«, sagt Felix. »Wir haben am Tag meiner Ankunft im großen Stil eingekauft. Das war, kurz bevor der erste Zwischenfall auf der Oberen Halbinsel gemeldet wurde. Der Mann im Laden hielt uns für verrückt. Unsere Vorräte reichen noch etwa drei Monate.«

»Jetzt nicht mehr ganz«, sagt Don und verschwindet in

der Küche. Malorie fragt sich, ob er sagen wollte, dass wegen ihrer Ankunft jetzt mehr Mäuler zu stopfen sind.

Dann setzt sich Tom auf die Couch neben sie und fragt, was sie auf der Fahrt hierher gesehen hat. Er will alles wissen. Tom ist der Typ Mann, der alle Informationen nützt, die er bekommt, auch wenn sie nicht das Gefühl hat, als könnten die unbedeutenden Einzelheiten, an die sie sich erinnert, irgendeine Hilfe sein. Sie erzählt ihm von dem toten Hund. Dem Postauto. Von den leeren Läden und Straßen und dem verlassenen Auto mit der Jacke.

»Es gibt einige Dinge, die ich dir erzählen muss«, sagt Tom. »Zunächst einmal gehört dieses Haus keinem von uns hier. Der Eigentümer ist tot, das erkläre ich später. Es gibt kein Internet. Es geht schon nicht mehr, seit wir hier sind. Wir sind uns ziemlich sicher, dass die Leute, die die Funkmasten warten, nicht mehr zur Arbeit gehen. Oder sie sind tot. Es kommt keine Post mehr und keine Zeitung. Hast du dein Handy in letzter Zeit überprüft? Unsere haben vor etwa drei Wochen aufgehört zu funktionieren. Aber es gibt ein Festnetz, stell dir vor, auch wenn ich nicht weiß, wen wir anrufen sollten.«

Cheryl betritt den Raum mit einem Teller Karotten und Erbsen und einem kleinen Glas Wasser.

»Das Festnetz funktioniert noch«, sagt Tom, »und zwar aus demselben Grund, aus dem auch das Licht brennt. Das örtliche Elektrizitätswerk läuft auf der Basis von Wasserkraft. Ich kann dir nicht sagen, ob es eines Tages ebenfalls den Betrieb einstellen wird, aber wenn die Leute, die dort arbeiten, die Schleusen in der genau richtigen Weise offen gelassen haben, könnte es ewig Strom geben. Der Fluss versorgt das Haus also mit Elektrizität. Wusstest du, dass hinter dem Haus ein Fluss ist? Falls es keine Katastrophe gibt, könnten wir also Glück haben, solange er fließt. Wir könnten überleben. Ist das zu viel verlangt? Wahrscheinlich. Aber wenn du zum Brunnen hinter dem Haus gehst, um Wasser zu holen, und es ist das Wasser, das wir hier für alles benutzen, kannst du den Fluss rund achtzig Meter hinter uns fließen hören. Im Haus selbst gibt es kein fließendes Wasser mehr. Das ist seit kurz nach meiner Ankunft hier so. Wenn wir aufs Klo müssen, benutzen wir Eimer, die wir abwechselnd zu den Latrinen schleppen. Das sind einfach Gräben, die wir im Wald ausgehoben haben. Natürlich muss das alles mit verbundenen Augen geschehen.«

Jules kommt die Treppe herunter. Victor, der Hund, folgt ihm.

»Du bist eingerichtet«, sagt er zu Malorie.

»Danke«, antwortet sie leise.

Tom zeigt zu einem Pappkarton auf einem kleinen Tisch an der Wand.

»Da drin sind die Augenbinden. Du kannst irgendeine davon benutzen, wenn du eine brauchst.«

Alle sehen sie an. Cheryl sitzt auf der Lehne des Polstersessels. Don steht im Eingang zur Küche. Jules kniet neben Victor bei der Treppe. Felix steht an einem der abgehängten Fenster.

Sie haben alle getrauert, denkt Malorie. *Diese Menschen haben, genau wie ich, schreckliche Dinge erlebt.*

Sie trinkt aus dem Glas, das ihr Cheryl gegeben hat, und wendet sich an Tom. Sie kann nicht aufhören, an Shannon zu denken. Aber sie versucht es, indem sie müde zu ihm spricht.

»Was war das für Zeug, das du getragen hast, als ich angekommen bin?«

»Die Rüstung?«

»Ja.«

»Das weiß ich noch nicht so genau«, sagt Tom und lächelt. »Ich versuche, einen Anzug zu bauen. Etwas, das mehr schützt als nur unsere Augen. Wir wissen nicht, was passiert, wenn uns eins dieser Dinger berührt.«

Malorie sieht die anderen Hausgenossen an. Dann wieder Tom.

»Ihr glaubt, da draußen sind Wesen?«

»Ja«, sagt Tom. »George, der Mann, dem dieses Haus gehörte, hat eins gesehen. Kurz bevor er starb.«

Malorie weiß nicht, was sie sagen soll. Sie führt instinktiv eine Hand an ihren Bauch.

»Ich will dir keine Angst einjagen«, sagt Tom. »Und ich werde dir die Geschichte von George bald erzählen. Aber im Radio sagen sie das Gleiche. Ich denke, das ist inzwischen Konsens. Es sind lebendige Wesen, die uns das antun. Und es reicht, wenn man eins für eine Sekunde sieht, vielleicht weniger.«

Der ganze Raum scheint sich für Malorie zu verdüstern. Sie fühlt sich schwindlig, benommen.

»Was immer sie sind«, fährt Tom fort, »unser Verstand kann sie nicht fassen. Wie Unendlichkeit, zum Beispiel. Etwas, das zu komplex ist, als dass wir es begreifen können. Verstehst du?«

Toms Worte kommen irgendwie nicht bei Malorie an. Victor schnauft schwer zu Jules' Füßen. Cheryl fragt, ob alles okay ist mit ihr. Tom redet immer noch.

Wesen … Unendlichkeit … unser Verstand hat Grenzen, Malorie … diese Dinge sind jenseits davon … höher … außer Reichweite … außer …

Aber an diesem Punkt wird Malorie ohnmächtig.

8

Malorie wacht in ihrem neuen Schlafzimmer auf. Es ist dunkel. Einen seligen Augenblick lang, den letzten, den sie erleben wird, gibt sie sich der Vorstellung hin, dass alle diese Nachrichten über Wesen und Wahnsinn nur ein Albtraum waren. Undeutlich erinnert sie sich an Riverbridge, Tom, Victor, die Fahrt, aber all das bleibt unklar, bis sie an die Decke sieht und ihr bewusst wird, dass sie noch nie in diesem Zimmer aufgewacht ist.

Und Shannon ist immer noch tot.

Sie setzt sich langsam im Bett auf und blickt zu dem einen Fenster. Eine schwarze Decke ist an die Wand genagelt und schützt sie vor der Welt draußen. In gerader Linie vor ihr steht ein alter Toilettentisch. Seine rosa Farbe ist ausgebleicht, aber der Spiegel sieht klar aus. In ihm ist sie blasser als sonst. Aus diesem Grund sieht ihr schwarzes Haar noch schwärzer aus. Am Sockel des Spiegels liegen zusätzliche Nägel, Schrauben, ein Hammer und ein Schraubenschlüssel. Von ihrem Bett abgesehen, ist das alles an Möblierung.

Sie schwingt die Beine über den Rand der Matratze und sieht auf dem grauen Teppichboden eine zweite, ordentlich gefaltete schwarze Decke. Zur Reserve, denkt sie. Daneben ist ein kleiner Stapel Bücher.

Sie sitzt mit dem Gesicht zur Zimmertür und hört Stimmen von unten. Sie kennt diese Leute noch nicht und kann nicht feststellen, wer spricht, es sei denn, es ist Cheryl, die einzige Frau, oder Tom. Seine Stimme wird sie auf Jahre leiten.

Als sie aufsteht, fühlt sich der Teppichboden rau und alt an unter ihren Füßen. Sie durchquert das Zimmer und späht in den Flur hinaus. Sie fühlt sich okay. Ausgeruht. Ihr ist nicht mehr schwindlig. In denselben Sachen, in denen sie am Vorabend ohnmächtig wurde, steigt sie die Treppe hinunter zum Wohnzimmer.

Kurz bevor sie unten ankommt, geht Jules mit einem Armvoll Kleidung vorbei.

»Hallo«, sagt er und nickt. Malorie sieht ihm hinterher, als er zum Badezimmer am Ende des Flurs geht. Sie hört, wie er die Sachen dort in einen Eimer Wasser taucht.

Als sie zur Küche kommt, sieht sie Cheryl und Don an der Spüle. Don zieht ein Glas aus einem Eimer. Cheryl hört sie und dreht sich um.

»Du hast uns gestern Abend einen Schreck eingejagt«, sagt Cheryl. »Geht es dir besser?«

Malorie erinnert sich jetzt wieder daran, dass sie am Abend zuvor ohnmächtig wurde, und errötet ein wenig.

»Ja, es geht mir gut. War nur ein bisschen viel auf einmal.«

»So ging es uns allen«, sagt Don. »Aber du wirst dich daran gewöhnen. Bald wirst du sagen, dass wir hier ein Luxusleben führen.«

»Don ist ein Zyniker«, sagt Cheryl gutmütig.

»Nein, gar nicht«, sagt Don. »Mir gefällt es hier.«

Malorie fährt zusammen, als Victor ihr die Hand leckt. Als sie niederkniet, um ihn zu streicheln, hört sie Musik aus dem Esszimmer kommen. Sie durchquert die Küche und späht hinein. Das Zimmer ist leer, aber das Radio läuft.

Sie schaut zu Cheryl und Don an der Spüle zurück. Hinter ihnen ist eine Kellertür. Sie will gerade danach fragen, als sie Felix' Stimme aus dem Wohnzimmer hört. Er sagt die Adresse des Hauses auf.

»Zwei sieben drei Shillingham … mein Name ist Felix … Wir suchen nach allen, die noch am Leben sind …«

Malorie streckt den Kopf ins Wohnzimmer. Felix benutzt den Festnetzapparat.

»Er ruft wahllos Telefonnummern an.«

Wieder fährt Malorie zusammen, diesmal beim Klang von Toms Stimme, der neben ihr ins Wohnzimmer lugt.

»Wir haben kein Telefonbuch?«, fragt sie.

»Nein. Es ist ein Quell anhaltender Frustration für mich.«

Felix wählt eine weitere Nummer. Tom, der ein Stück Papier und einen Bleistift in der Hand hält, sagt: »Willst du den Keller sehen?«

Malorie folgt ihm durch die Küche.

»Machst du Inventur?«, fragt Don, als Tom die Kellertür öffnet.

»Ja.«

»Gib mir die Zahlen nachher.«

»Natürlich.«

Tom geht voran, Malorie folgt ihm eine Holztreppe hinunter. Der Kellerboden ist aus gestampfter Erde. Sie riecht und fühlt sie in der Dunkelheit unter ihren nackten Füßen.

Der Raum wird schlagartig hell, als Tom an einer Schnur zieht und eine Glühbirne angeht. Der Anblick macht Malorie Angst. Es sieht mehr nach einer Lagerhalle aus als nach einem Keller. Scheinbar nicht endende Reihen von Holzregalen sind mit Konserven bestückt. Vom Boden bis zur Decke gleicht der Raum einem Bunker.

»Das hat George alles gebaut«, sagt Tom mit einer Handbewegung zu den Regalreihen. »Er hat wirklich vorausschauend gehandelt.«

Auf der linken Seite, nur halb vom Licht erhellt, sieht Malorie einen durchsichtigen Vorhang. Dahinter stehen eine Waschmaschine und ein Trockner.

»Es sieht nach einer Menge Lebensmittel aus«, sagt Tom. »Aber das stimmt nicht. Und niemand sorgt sich so sehr darum wie Don, wie viel wir noch übrig haben.«

»Wie oft macht ihr Inventur?«, fragt Malorie.

»Einmal die Woche. Aber manchmal, wenn ich unruhig bin, komme ich herunter und überprüfe alles noch einmal, obwohl ich es erst am Tag zuvor getan habe.«

»Es ist kühl hier unten.«

»Ja. Ein klassischer Keller für kühle Lagerung. Es ist ideal.«

»Was passiert, wenn uns die Sachen ausgehen?«

Tom sieht sie an. Seine Züge sind weich im Licht der Glühbirne.

»Dann holen wir neue. Wir plündern Lebensmittelläden, andere Häuser. Was wir kriegen.«

»Ja«, sagt Malorie und nickt.

Während Tom Striche auf den Zettel macht, sieht sich Malorie den Keller an.

»Das wäre dann wohl der sicherste Raum im Haus«, sagt sie.

Tom hält inne. Er denkt darüber nach.

»Das glaube ich nicht. Ich halte den Dachboden für sicherer.«

»Warum?«

»Hast du das Schloss bemerkt, als wir hier hereingekommen sind? Die Tür ist wirklich alt. Man kann sie absperren, aber sie hält nicht viel aus. Man hat fast den Eindruck, als wäre der Keller zuerst gebaut worden, Jahre bevor sie beschlossen, noch ein Haus anzufügen. Aber die Tür zum Dachboden ... das Schloss dort ist unglaublich. Falls wir uns einschließen müssten, falls eins dieser Dinger ins Haus gelangen sollte, würde ich sagen, der Dachboden ist der Ort, an den wir gehen.«

Malorie blickt instinktiv nach oben. Sie reibt sich die Schulter.

Falls wir uns einschließen müssten.

»Von unseren Vorräten«, sagt Tom, »können wir schätzungsweise noch weitere drei bis vier Monate überleben. Das hört sich nach viel Zeit an, aber sie vergeht schnell hier drin. Die Tage fließen ineinander. Deshalb haben wir angefangen, den Kalender an der Wand im Wohnzimmer zu führen. Weißt du, in gewisser Weise bedeutet Zeit nichts mehr. Aber sie gehört zu den wenigen Dingen, die an unser früheres Leben erinnern.«

»Das Vergehen der Zeit, meinst du?«

»Ja. Und was wir damit machen.«

Malorie geht zu einem niedrigen hölzernen Hocker und setzt sich darauf. Tom macht immer noch Notizen.

»Wenn wir wieder oben sind, zeige ich dir alle Aufgaben im Haus«, sagt Tom. Dann deutet er auf eine Lücke zwischen den Regalen und dem Vorhang. »Siehst du das hier?«, fragt er.

Malorie schaut, aber sie kann nicht feststellen, was er meint.

»Komm her.«

Tom führt sie zu der Wand, wo ein Teil der Ziegel herausgebrochen ist. Dahinter sieht man Erde.

»Ich weiß nicht recht, ob mir das Angst macht oder ob es mir gefällt«, sagt er.

»Was meinst du?«

»Na ja, der Erdboden liegt frei. Heißt das, wir könnten anfangen zu graben? Einen Tunnel bauen? Einen zweiten

Keller? Mehr Platz schaffen? Oder ist es nur eine weitere Möglichkeit, ins Haus zu gelangen?«

Toms Augen funkeln intelligent im Kellerlicht.

»Die Sache ist die«, sagt er. »Wenn die Wesen wirklich in unser Haus eindringen wollten, dann könnten sie es mühelos tun. Und dann hätten sie es inzwischen wohl getan.«

Malorie starrt auf den offenen Fleck Erde an der Wand. Sie stellt sich vor, wie sie schwanger durch Tunnel kriecht. Sie stellt sich Würmer vor.

»Was hast du gemacht, bevor das alles passiert ist?«, fragt sie nach kurzem Schweigen.

»Meine Arbeit? Ich war Lehrer. Achte Klasse.«

Malorie nickt. »Ich habe tatsächlich gedacht, dass du aussiehst wie einer.«

»Weißt du was? Das höre ich nicht zum ersten Mal. Ich habe es schon oft gehört! Es gefällt mir irgendwie.« Er tut, als würde er einen Hemdkragen zurechtrücken. »Achtung, Klasse!«, sagt er. »Heute lernen wir alles über konservierte Lebensmittel. Also haltet gefälligst den Mund und passt auf.«

Malorie lacht.

»Was hast du gemacht?«, fragt Tom.

»So weit war ich noch gar nicht gekommen«, antwortet Malorie.

»Du hast deine Schwester verloren, hm?«, sagt Tom sanft.

»Ja.«

»Das tut mir leid.« Dann sagt er. »Ich habe eine Tochter verloren.«

»O Gott, Tom.«

Tom hält inne, als würde er überlegen, ob er Malorie noch mehr erzählen soll. Dann tut er es.

»Robins Mutter ist bei der Geburt gestorben. Es erscheint grausam, dir das angesichts deines Zustands zu sagen. Aber wenn wir einander kennenlernen wollen, musst du diese Geschichte erfahren. Robin war ein wundervolles Kind. Klüger als ihr Vater mit acht Jahren. Sie hat an den merkwürdigsten Dingen Gefallen gefunden. Zum Beispiel waren ihr die Anleitungen für Spielzeuge lieber als die Spielzeuge selbst. Der Abspann eines Films statt des Films. Die Art und Weise, wie etwas geschrieben war. Ein Ausdruck auf meinem Gesicht. Einmal hat sie gesagt, ich würde wegen meines Haars wie die Sonne für sie aussehen. Ich habe sie gefragt, ob ich scheinen würde wie die Sonne, und sie sagte: ›Nein, Daddy, du scheinst mehr wie der Mond, wenn es draußen dunkel ist.‹ – Als die Berichte in den Nachrichten kamen und die Leute anfingen, sie ernst zu nehmen, war ich die Sorte Vater, die sagte, ich hätte nicht vor, in Angst zu leben. Ich habe mich nach Kräften bemüht, unser Alltagsleben fortzuführen. Und insbesondere wollte ich Robin diesen Gedanken nahebringen. Sie hatte alles Mögliche in der Schule gehört. Ich wollte einfach nicht, dass sie sich so fürchtet. Aber nach einer Weile ließ sich der Anschein eines normalen Lebens nicht mehr aufrechterhalten. Bald fingen die Eltern an, ihre Kinder aus der Schule zu nehmen. Dann schloss die Schule selbst. Vorübergehend. Oder ›bis die Gemeinde wieder darauf vertrauen würde, dass sie ein sicherer Ort für ihre Kinder sei‹. Das waren düstere Zeiten, Malorie. Ich war ja selbst Lehrer, und die Schule, an der ich unterrichtete, hat etwa zur selben Zeit ihre Tore geschlossen. Und so hatten wir plötzlich eine Menge Zeit zusammen bei uns zu Hause. Ich sah, wie groß sie geworden war. Sie war enorm gescheit. Trotzdem war sie zu jung, um zu verstehen, wie beängstigend die Berichte in den Nachrichten waren. Ich habe mich bemüht, sie nicht vor ihr zu verstecken, aber der Vater in mir konnte manchmal einfach nicht anders, als den Sender zu wechseln. – Das Radio wurde ihr irgendwann zu viel. Robin bekam Albträume. Ich habe viel Zeit damit verbracht, sie zu beruhigen. Ich kam mir immer vor, als würde ich sie belügen. Wir vereinbarten, dass keiner von uns mehr aus dem Fenster schauen würde. Wir vereinbarten, dass sie nicht mehr ohne meine Erlaubnis aus dem Haus gehen würde. Irgendwie musste ich ihr weismachen, alles sei sicher und furchtbar gefährlich zugleich. – Sie fing an, nachts in meinem Bett zu schlafen, aber eines Morgens wachte ich auf, und sie war nicht da. Sie hatte am Abend zuvor davon gesprochen, dass sie wünschte, alles wäre wieder wie früher. Sie sprach davon, ihre Mutter bei sich haben zu wollen, die sie nie kennengelernt hatte. Es brach mir das Herz, sie mit ihren acht Jahren davon reden zu hören, wie ungerecht das Leben war. Als ich aufwachte und sie nicht bei mir fand, sagte ich mir, dass sie einfach anfing, sich an dieses neue Leben zu gewöhnen. Aber ich glaube, dass Robin an dem Abend vorher, als sie – vor mir – begriff, wie ernst all das war, was draußen passierte, vielleicht einen Teil ihrer Jugend verlor.«

Tom hält inne. Er senkt den Blick.

»Ich habe sie in der Badewanne gefunden, Malorie. Die kleinen Handgelenke mit dem Rasiermesser aufgeschnitten, das sie mich tausend Mal benutzen sah. Das Wasser war rot. Das Blut tropfte über den Wannenrand. Blut an den Wänden. Sie war ein Kind. Acht Jahre alt. Hat sie hinausgesehen? Oder hat sie einfach beschlossen, es selbst zu tun? Ich werde die Antwort nie erfahren.«

Malorie nimmt Tom in die Arme.

Aber er weint nicht. Stattdessen geht er nach einer Weile zu den Regalen und malt seine Striche aufs Papier.

Malorie denkt an Shannon. Auch sie starb im Badezimmer. Auch sie hat sich selbst das Leben genommen.

Als Tom fertig ist, fragt er Malorie, ob sie so weit ist, wieder nach oben zu gehen. Als er nach der Kordel für die Glühbirne greift, sieht er, dass sie auf den Fleck offene Erde in der Wand blickt.

»Unheimlich, was?«, sagt er.

»Ja.«

»Tja, lass es nicht an dich ran. Das ist nur eine der Ängste, die noch aus dem alten Leben herüberreichen.«

»Wie meinst du das?«

»Die Angst vor dem Keller.«

Malorie nickt.

Dann zieht Tom an der Schnur, und das Licht geht aus.

9

Die Kinder sind still, und die Ufer sind ruhig. Malorie kann die Ruder durch das Wasser gleiten hören. Ihr Ruderrhythmus befindet sich im Einklang mit ihrem Herzschlag, aber dann gerät er außer Tritt. Als die Rhythmen gegeneinander arbeiten, ist ihr zumute, als könnte sie sterben.

Wesen.

Malorie tut sich schwer mit einer Bezeichnung für die Dinger, die sie seit mehr als vier Jahren verfolgen. Es sind keine *Lebewesen* für sie. Eine Gartenschnecke ist ein Lebewesen. Ein Stachelschwein. Aber die Dinger, die hinter den verschlossenen Fenstern lauern und sie zwingen, eine Augenbinde zu tragen, sind nichts, was ein Kammerjäger entfernen könnte.

»Barbar« trifft es auch nicht. Barbaren wüten rücksichtslos. Genau wie ein Untier.

In der Ferne singt ein Vogel hoch am Himmel. Die Ruder schneiden durch das Wasser und verschieben sich bei jedem Ruderschlag.

»Ungetüm« ist nicht bewiesen. Sie könnten so klein wie ein Daumennagel sein.

Obwohl ihre Reise auf dem Fluss erst begonnen hat, schmerzen Malories Arme bereits vom Rudern. Ihr Shirt ist schweißnass. Ihre Füße sind kalt. Die Augenbinde juckt immer noch.

»Dämon«, »Teufel«, »Schurke«. Vielleicht sind sie all das.

Ihre Schwester ist gestorben, weil sie eins der Wesen gesehen hat. Ihre Eltern müssen dasselbe Schicksal erlitten haben.

Malorie fürchtet sich nicht nur vor den Dingern, die möglicherweise im Fluss waten, sie ist auch fasziniert von ihnen.

Wissen sie, was sie anrichten? Tun sie es absichtlich?

Im Augenblick fühlt es sich an, als wäre die ganze Welt tot. Es fühlt sich an, als wäre das Ruderboot der letzte verbliebene Ort, an dem noch Leben zu finden ist. Der Rest der Welt breitet sich vor der Spitze des Boots als leerer Globus aus, der mit jedem Ruderschlag kurz erblüht und danach wieder abstirbt.

Wenn sie nicht wissen, was sie tun, können sie keine »Bösewichte« sein.

Die Kinder sind schon ziemlich lange still. Ein zweiter Vogel singt am Himmel. Ein Fisch plätschert. Malorie hat diesen Fluss nie gesehen. Wie sieht er aus? Sind die Ufer dicht bewaldet? Werden sie von Häusern gesäumt?

Sie sind Monster, denkt Malorie. Aber sie weiß, sie sind mehr als das. Sie sind *Unendlichkeit.*

»Mommy!«, ruft der Junge plötzlich.

Ein Raubvogel krächzt; sein Echo hallt über den Fluss.

»Was ist, Junge?«

»Es hört sich an wie ein Motor.«

»*Was?*«

Malorie hört sofort auf zu rudern. Sie lauscht angestrengt.

Von weit entfernt, leiser noch als die Strömung des Flusses, dringt ein Motorgeräusch an ihr Ohr.

Malorie erkennt es sofort. Es ist der Klang eines anderen Boots, das sich nähert.

Statt begeistert zu sein über die Aussicht, einem anderen Menschen auf diesem Fluss zu begegnen, hat Malorie Angst.

»Duckt euch, ihr beide«, sagt sie.

Sie lässt die Rudergriffe auf ihren Knien ruhen. Das Boot treibt im Fluss.

Der Junge hat es gehört, sagt sie sich. *Er hat es gehört, weil du ihn gut erzogen hast, und jetzt hört er besser, als er je sehen wird.*

Malorie atmet tief und wartet. Das Motorgeräusch wird lauter. Das Boot fährt flussaufwärts.

»Autsch!«, schreit der Junge auf.

»Was ist?«

»Mein Ohr! Ich bin an einen Ast gestoßen!«

Malorie findet es positiv. Wenn der Junge einen Baum berührt hat, sind sie wahrscheinlich sehr nahe am Ufer, und vielleicht verbirgt sie das Laubwerk.

Das andere Boot ist inzwischen viel näher. Malorie weiß, dass sie es sehen könnte, wenn sie die Augen öffnen dürfte.

»Nehmt auf keinen Fall eure Binden ab«, sagt sie.

Und dann ist das Boot auf einer Höhe mit ihnen. Es fährt nicht vorbei.

Wer immer es ist, denkt Malorie, *er hat uns gesehen.*

Der Motor des Boots geht abrupt aus. Es riecht nach Benzin. Schritte sind zu hören.

»Hallo!«, ertönt eine männliche Stimme. Malorie antwortet nicht. »Hallo! Es ist gut. Ihr könnt eure Augenbinden abnehmen! Ich bin nur ein ganz normaler Mensch.«

»Ihr nehmt sie *nicht* ab«, sagt Malorie rasch zu den Kindern.

»Hier draußen ist nichts außer uns, Miss. Mein Wort darauf. Wir sind ganz allein.«

Malorie ist still. Da sie schließlich das Gefühl hat, dass ihr nichts anderes übrig bleibt, antwortet sie. »Woher wissen Sie das?«

»Miss«, sagt er. »Ich schaue gerade. Ich hatte die Augen auf der ganzen Fahrt heute offen. Gestern ebenfalls.«

»Man kann nicht einfach *schauen*«, sagt sie. »Das wissen Sie genau.«

Der Fremde lacht.

»Ehrlich«, sagt er. »Es gibt nichts, wovor man sich fürchten muss. Sie können mir vertrauen. Da sind nur wir beide auf dem Fluss. Zwei normale Menschen, deren Wege sich kreuzen.«

»Nein!«, schreit Malorie an die Kinder gewandt.

Der Mann seufzt. »Es ist nicht nötig, so zu leben, Miss. Denken Sie doch an die Kinder. Wollen Sie sie um die Chance bringen, einen frischen, wunderbaren Tag wie heute zu sehen?«

»Bleiben Sie weg von unserem Boot«, sagt Malorie streng.

Schweigen. Der Mann reagiert nicht. Malorie macht sich auf alles gefasst. Sie fühlt sich verwundbar, wie in einer Falle. In dem ans Ufer gedrängten Ruderboot. Auf diesem Fluss. In dieser Welt.

Etwas spritzt im Wasser. Malorie stockt der Atem.

»Miss«, sagt der Mann, »der Blick ist unglaublich, wenn einen ein bisschen Nebel nicht stört. Wann haben Sie das letzte Mal im Freien die Augen aufgemacht? Ist es Jahre her? Haben Sie diesen Fluss je *gesehen*? Das Wetter? Ich wette, Sie wissen nicht einmal mehr, wie Wetter aussieht.«

Sie erinnert sich sehr gut an die Außenwelt. Sie erinnert sich, wie sie als Schulmädchen durch einen Tunnel aus Herbstlaub nach Hause ging. Sie erinnert sich an die Gärten und Häuser der Nachbarschaft. Sie weiß noch, wie sie mit Shannon auf dem Rücken im Gras lag und die Wolken über ihnen mit Jungen und Mädchen aus ihrer Schule verglich.

»Wir behalten unsere Augenbinden auf«, sagt Malorie.

»Ich habe es aufgegeben, Miss«, sagt er. »Ich bin einen Schritt weiter gegangen. Wollen Sie nicht dasselbe tun?«

»Lassen Sie uns jetzt in Ruhe.«

Der Mann seufzt wieder. »Die können Sie nicht ewig verfolgen«, sagt er. »Sie können Sie nicht zwingen, für alle Zeiten so zu leben. Ist Ihnen das klar, Miss?«

Malorie schwenkt das rechte Ruder aus dem Boot; sie hofft, sich irgendwie vom Ufer abstoßen zu können.

»Ich sollte euch die Binden persönlich abnehmen«, sagt der Mann plötzlich.

Malorie rührt sich nicht.

Er klingt unwirsch. Ein wenig wütend.

»Wir sind nur zwei Leute, die sich auf einem Fluss treffen«, fährt er fort. »Vier, wenn Sie die Kleinen mitzählen. Und man kann ihnen nicht die Schuld daran geben, wie sie erzogen wurden. Ich bin der Einzige hier, der den Nerv hat, sich umzusehen. Ihre Furcht schützt sie nur lange genug, um sich noch ein wenig weiter zu fürchten.«

Seine Stimme kommt jetzt von woanders her. Malorie glaubt, dass er sich in den vorderen Teil des Boots bewegt hat. Sie will nur, dass er vorbeifährt. Sie will nur weiterkommen.

»Und ich sage Ihnen etwas«, sagt der Mann plötzlich und klingt schrecklich nahe. »Ich habe eins *gesehen.*«

Malorie greift nach dem Jungen und zieht ihn an seiner Kleidung zurück. Er schlägt sich am Boden des Boots an und heult auf.

Der Mann lacht.

»Sie sind nicht so hässlich, wie man meinen könnte, Miss.«

Sie stößt das Ruder gegen das Ufer, sie stochert umher. Es ist schwer, festen Untergrund zu finden. Es fühlt sich nach Zweigen und Wurzeln an, nach Schlick.

Er wird den Verstand verlieren, denkt Malorie. *Und er wird uns etwas antun.*

»Wohin wollen Sie überhaupt?«, brüllt er. »Werden Sie jedes Mal losheulen, wenn irgendwo ein Zweig knackt?«

Malorie bekommt das Ruderboot nicht frei.

»*Behaltet eure Augenbinden an!*«, ruft sie den Kindern zu.

Der Mann sagt, er hat eins gesehen. Wann? *Wann?*

»Sie halten mich für verrückt, hab ich recht?«

Endlich kann sie das Ruder auf festen Untergrund setzen. Malorie drückt stöhnend dagegen. Das Boot bewegt sich. Sie glaubt schon, frei zu sein, da stößt es gegen das Boot des Mannes. Sie kreischt.

Er hat dich in der Falle.

Wird er sie zwingen, die Augen zu öffnen?

»Wer ist hier verrückt? Schauen Sie sich doch an. Zwei Leute treffen sich auf einem Fluss ...«

Malorie schaukelt vor und zurück. Sie spürt eine Lücke, eine Art Öffnung.

»... der eine von ihnen blickt zum Himmel ...«

Malorie fühlt, wie das Ruder in die Erde sinkt.

»... und die andere versucht, mit verbundenen Augen ein Boot zu steuern.«

Das Ruderboot ist beinahe frei.

»Da muss ich mich doch fragen ...«

»*Aus dem Weg!*«, schreit Malorie.

»... wer hier verrückt geworden ist.«

Der Mann lacht gackernd. Es klingt, als würde sein Gelächter zu dem Himmel steigen, von dem er spricht. *Wann haben Sie eins der Wesen gesehen,* will Malorie schon fragen, aber sie tut es nicht.

»*Lassen Sie uns!*«, schreit sie.

Durch ihren Kampf spritzt kaltes Flusswasser ins Boot.

Das Mädchen kreischt. *Frag den Mann, wann er eins gesehen hat,* sagt sich Malorie. Vielleicht hat der Wahnsinn noch nicht eingesetzt. Vielleicht geht es bei ihm langsamer. Vielleicht vollbringt er eine letzte menschliche Tat, bevor er jeden Begriff von Realität verliert.

Das Ruderboot ist frei.

Tom hat einmal gesagt, es müsse bei jedem anders sein. Ein Verrückter, meinte er, würde vielleicht gar nicht mehr verrückter werden. Und bei den geistig Gesündesten könnte es lange dauern, bis es so weit ist.

»Öffnen Sie um Himmels willen die Augen!«, ruft der Mann.

Seine Stimme hat sich verändert. Er klingt jetzt wie betrunken, anders.

»Hören Sie auf wegzulaufen, Miss. *Öffnen Sie die Augen*«, fleht er.

»*Hört nicht auf ihn*«, schreit sie. Der Junge drückt sich an sie, und das Mädchen wimmert in ihrem Rücken. Malorie zittert.

»Eure Mutter ist die Verrückte, Kinder. Nehmt diese Augenbinden ab.«

Der Mann heult plötzlich und gibt gurgelnde Geräusche von sich. Es klingt, als wäre etwas in seiner Kehle gestorben. Wie lange noch, bis er sich mit dem Ankertau stranguliert oder in die laufende Schraube seines Bootsmotors wirft?

Malorie rudert wie von Sinnen. Ihre Augenbinde fühlt sich nicht straff genug an.

Was er gesehen hat, ist in der Nähe. Was er gesehen hat, ist hier auf diesem Fluss.

»*Nehmt eure Binden nicht ab!*«, schreit Malorie wieder. Sie paddelt jetzt an dem Boot vorbei. »Habt ihr mich verstanden, ihr beiden? *Antwortet.*«

»Ja!«, sagt der Junge.

»Ja!«, sagt das Mädchen.

Der Mann heult wieder, aber er ist jetzt weiter hinter ihnen. Er hört sich an, als versuchte er zu brüllen, wüsste aber nicht mehr, wie man es macht.

Als das Ruderboot weitere fünfzig Meter zurückgelegt hat und das Motorgeräusch hinter ihnen fast nicht mehr zu hören ist, streckt Malorie die Hand aus und berührt den Jungen an der Schulter.

»Keine Angst, Mommy«, sagt der Junge.

Dann langt sie hinter sich und findet die Hand des Mädchens. Sie drückt sie. Dann lässt sie beide los und greift wieder zu den Rudern.

»Bist du noch trocken?«, fragt sie das Mädchen.

»Nein.«

»Dann trockne dich mit der Decke ab. Jetzt sofort.«

Die Luft riecht wieder sauber. Die Bäume. Das Wasser.

Die Benzindämpfe sind weit hinter ihnen.

Weißt du noch, wie das Haus gerochen hat, denkt Malorie.

Trotz des Schreckens von der Begegnung mit dem Mann auf dem Boot weiß sie es noch. Die abgestandene, stickige Luft des Hauses. Sie war schon am Tag ihrer Ankunft da. Und es wurde die ganze Zeit nicht besser.

Sie hasst den Mann mit dem Boot nicht. Sie empfindet nur Kummer.

»Das habt ihr wirklich gut gemacht«, sagt Malorie mit zittriger Stimme zu den Kindern, während sie weiter über den Fluss rudert.

10

Malorie lebt seit zwei Wochen in dem Haus. Die Hausgenossen ernähren sich fast ausschließlich von den Konserven im Keller, dazu kommt, was an Fleisch noch in der Tiefkühltruhe ist. Jeden Morgen stellt Malorie erleichtert fest, dass es weiterhin elektrischen Strom gibt. Das Radio ist die einzige noch existierende Informationsquelle, aber der letzte verbliebene DJ, Rodney Barrett, hat keine Neuigkeiten mehr zu vermelden. Stattdessen hält er weitschweifige Reden. Er wird wütend. Er flucht. Die Hausgenossen haben ihn schon auf Sendung einschlafen hören. Trotz all dem versteht Malorie, warum sie ihm weiter zuhören. Ob seine Stimme leise im Hintergrund ertönt oder das Esszimmer ausfüllt, in dem das Radio steht, er ist ihre allerletzte Verbindung zur Welt außerhalb des Hauses.

Schon fühlt sich Malorie wie in einer Gruft. Die Klaustrophobie ist unglaublich, sie lastet schwer auf ihr und dem Baby.

Die sechs sind um den Esstisch versammelt. Neben den Konserven, dem Toilettenpapier, den Batterien und Kerzen, Decken und Werkzeugen lagern im Keller auch einige Flaschen Rum – eine hübsche Ergänzung zu dem Gras, das Felix mitgebracht hat. – Er hatte, wie er verlegen eingestand, mehr eine Hippie-Versammlung erwartet statt der nüchternen Truppe, die er bei seiner Ankunft vorfand. – Aus Rücksicht auf ihren Zustand ist Malorie die Einzige, die beim Trinken und Kiffen nicht mitmacht. Dennoch wird sie von der Stimmung angesteckt, und als Rodney Barrett untypischerweise sanfte Musik spielt, kann sie trotz des unergründlichen Horrors, der sich überall ausgebreitet hat, lächeln und manchmal sogar lachen.

Im Wohnzimmer gibt es ein Klavier. Wie der Stapel humoristischer Bücher neben der Kommode in ihrem Schlafzimmer wirkt es wie ein Überbleibsel, fast fehl am Platz, aus einem anderen Leben.

Im Augenblick spielt Tom auf dem Klavier.

»In welcher Tonart ist dieser Song?«, ruft Tom durchs Wohnzimmer zu Felix, der am Tisch sitzt. »Kennst du dich mit Tonarten aus?«

Felix lächelt und schüttelt den Kopf. »Woher zum Teufel soll ich das wissen? Aber ich singe ab hier mit, Tom.«

»Bitte nicht«, sagt Don, trinkt Rum aus einem Wasserglas und grinst.

»Nein, nein«, sagt Felix und grinst ebenfalls. »Ich singe wirklich sehr gut!«

Felix taumelt, als er aufsteht. Er geht zu Tom ans Klavier. Zusammen singen sie bei »It's De-Lovely« mit. Das Radio steht auf einer verspiegelten Anrichte. Die Musik, die Rodney Barrett präsentiert, kollidiert leise mit dem Cole-Porter-Song.

»Wie geht es dir, Malorie?«, fragt Don, der ihr gegenüber am Tisch sitzt. »Wie gefällt es dir bisher hier?«

»Ich bin okay«, sagt sie. »Ich denke viel über das Baby nach.«

Don lächelt. Dabei entdeckt Malorie Traurigkeit in seinen Zügen. Don hat ebenfalls eine Schwester verloren, wie sie weiß. Alle Hausgenossen haben niederschmetternde Verluste erlitten. Cheryls Eltern sind verängstigt nach Süden gefahren. Sie hat seitdem nicht mehr mit ihnen gesprochen. Felix hofft bei jedem wahllosen Telefonanruf, den er macht, auf Neuigkeiten von seinen Brüdern. Jules spricht oft von seiner Verlobten Sidney, die er im Rinnstein vor ihrem Wohnblock gefunden hat, ehe er auf dieselbe Anzeige antwortete, die auch Malorie gesehen hatte. Ihre Kehle war aufgeschlitzt. Toms Geschichte ist jedoch die schlimmste, findet Malorie. Falls solche Begriffe überhaupt noch zutreffen.

Nun, da sie ihn hinter dem Klavier beobachtet, bricht ihr sein Anblick das Herz.

Als »It's De-Lovely« zu Ende geht, ist das Radio kurz wieder zu hören. Das Lied, das Rodney Barrett gespielt hat, endet ebenfalls. Dann beginnt er zu reden.

»Horcht mal, horcht«, sagt Cheryl und durchquert das Zimmer. Sie kauert vor dem Radio nieder und dreht die Lautstärke auf. »Er klingt deprimierter als sonst.«

Tom achtet nicht auf das Radio. Schwitzend und von seinem Drink nippend, tastet er sich durch die Auftaktakkorde von Gershwins »I've Got Rhythm.« Don dreht sich um, um zu sehen, wovon Cheryl redet. Jules sitzt mit dem Rücken zur Wand auf dem Boden und streichelt Victor. Er dreht den Kopf langsam zum Radio.

»Wesen«, sagt Rodney Barrett gerade. Er spricht schleppend. »Was habt ihr uns genommen? Was tut ihr hier? Verfolgt ihr überhaupt einen Zweck?«

Don steht vom Tisch auf und gesellt sich zu Cheryl vor dem Radio. Tom hört auf zu spielen.

»Ich habe ihn noch nie direkt zu den Wesen sprechen hören«, sagt er vom Klavierhocker.

»Wir haben Eltern und Geschwister verloren«, sagt Barrett. »Wir haben Ehefrauen und Männer verloren, Freundinnen und Freunde. Aber nichts schmerzt so sehr wie die Kinder, die ihr uns genommen habt. Wie könnt ihr es wagen, von einem Kind zu verlangen, dass es euch ansieht?«

Malorie sieht zu Tom. Er hört zu. Sein Blick geht ins Leere. Sie steht auf und geht zu ihm.

»Er war schon früher schwermütig«, sagt Cheryl über Rodney Barrett. »Aber noch nie so.«

»Nein«, sagt Don. »Hört sich an, als wäre er betrunkener als wir.«

»Tom«, sagt Malorie und setzt sich neben ihn auf die Klavierbank.

»Er wird sich töten«, sagt Don plötzlich.

Malorie blickt auf, sie will Don sagen, er soll den Mund halten, aber dann hört sie dasselbe, was er gehört hat. Die absolute Trostlosigkeit in der Stimme von Rodney Barrett.

»Heute werde ich euch hereinlegen«, sagt Barrett. »Ich werde es mir zuerst nehmen, das Einzige, was ihr mir noch nehmen könnt.«

»O Gott«, sagt Cheryl.

Das Radio ist stumm.

»Schalt es aus, Cheryl«, sagt Jules. »Schalt es aus!«

Als sie die Hand zu dem Gerät ausstreckt, knallt ein Schuss aus den Lautsprechern.

Cheryl schreit. Victor bellt.

»Was zum Teufel war das gerade?«, sagt Felix und starrt verständnislos zum Radio.

»Er hat es getan«, sagt Jules mit tonloser Stimme. »Ich kann es nicht glauben.«

Dann Schweigen.

Tom steht von der Klavierbank auf und macht das Radio aus. Felix nippt von seinem Drink. Jules kniet halb und beruhigt Victor.

Plötzlich, wie ein Echo des Pistolenschusses, klopft es an der Tür.

Ein zweites Klopfen folgt sofort dahinter.

Felix macht einen Schritt zur Tür, und Don packt ihn am Arm.

»Du kannst doch nicht einfach die Tür aufmachen«, sagt er. »Also ehrlich. Was ist los mit dir?«

»Das hatte ich gar nicht vor, Mann!«, sagt Felix. Er schüttelt Dons Hand ab.

Es klopft erneut. Eine Frauenstimme ertönt.

»Hallo?«

Die Hausbewohner sind still und rühren sich nicht.

»Antwortet doch jemand«, sagt Malorie und steht von der Klavierbank auf, um es selbst zu tun. Aber Tom kommt ihr zuvor.

»Ja!«, ruft er. »Wir sind hier. Wer bist du?«

»Olympia! Ich heiße Olympia! Lasst ihr mich rein?«

Tom zögert. Er sieht betrunken aus.

»Bist du allein?«, fragt er.

»Ja!«

»Sind deine Augen geschlossen!«

»Ja, meine Augen sind geschlossen. Ich habe große Angst! Bitte lasst mich rein.«

Tom sieht zu Don.

»Kann jemand die Besen holen«, sagt Tom. Jules macht sich auf den Weg.

»Ich glaube nicht, dass wir es uns leisten können, noch mehr Mäuler zu stopfen«, sagt Don.

»Spinnst du?«, sagt Felix. »Da draußen ist eine Frau …«

»Ich verstehe die Situation, Felix«, sagt Don verärgert. »Aber wir können nicht das ganze Land beherbergen.«

»Aber sie ist jetzt, in diesem Moment, da draußen«, sagt Felix.

»Und wir sind betrunken.«

»Komm schon, Don«, sagt Tom.

»Stell mich nicht als den Schurken hin«, sagt Don. »Du weißt so gut wie ich, wie viele Dosen wir noch im Keller haben.«

»Hallo?«, ruft die Frau wieder.

»Einen Moment!«, antwortet Tom.

Tom und Don starren einander an. Jules kommt in die Diele. Er gibt Tom einen der Besenstiele.

»Tut, was ihr wollt, Leute«, sagt Don. »Aber wir werden deswegen früher zu hungern anfangen.«

Tom wendet sich der Tür zu.

»Alle die Augen schließen«, sagt er.

Malorie hört seine Schuhe auf dem Holzboden der Diele.

»Olympia?«, ruft Tom.

»Ja!«

»Ich werde jetzt die Tür öffnen. Wenn ich das tue, wenn du hörst, dass sie offen ist, schlüpfst du so schnell wie möglich herein. Verstanden?«

»Ja!«

Malorie hört, wie die Haustür aufgeht. Sie hört Unruhe, heftige Bewegung. Sie stellt sich vor, wie Tom die Frau ins Haus zieht, so wie sie es vor zwei Wochen bei ihr gemacht haben. Dann schlägt die Tür zu.

»Lass die Augen geschlossen!«, sagt Tom. »Ich taste alles um dich herum ab, um sicherzugehen, dass nichts mit dir hereingekommen ist.«

Malorie hört die Besen über die Wände, den Boden, die Decke und die Haustür kratzen.

»Okay«, sagt Tom schließlich. »Lasst uns die Augen öffnen.«

Als Malorie es tut, sieht sie eine sehr hübsche, blasse, dunkelhaarige Frau neben Tom stehen.

»Danke«, sagt sie atemlos.

Tom setzt dazu an, sie etwas zu fragen, aber Malorie unterbricht ihn.

»Bist du schwanger?«, fragt sie Olympia.

Olympia sieht an ihrem Bauch hinunter, dann blickt sie zitternd auf und nickt.

»Ich bin im vierten Monat«, sagt sie.

»Unglaublich«, sagt Malorie und macht einen Schritt auf sie zu. »Ich bin etwa genauso weit.«

»Scheiße«, sagt Don.

»Ich bin eine Nachbarin von euch«, sagt Olympia. »Es tut mir sehr leid, euch so zu erschrecken. Mein Mann ist bei der Air Force. Ich habe seit Wochen nichts mehr von ihm gehört. Er ist vielleicht tot. Ich habe euch gehört. Das Klavier. Ich habe eine Weile gebraucht, bis ich den Mut aufgebracht habe, hier herüberzulaufen. Normalerweise hätte ich ja Kuchen mitgebracht.«

Trotz der schrecklichen Dinge, die alle im Raum gerade mit angehört haben, bricht Olympias Unschuld wie ein Licht durch die Dunkelheit.

»Wir freuen uns, dich hier zu haben«, sagt Tom, aber Malorie hört Erschöpfung und den Druck, sich um zwei schwangere Frauen kümmern zu müssen, aus seiner Stimme. »Komm herein!«

Sie führen Olympia durch den Flur in Richtung Wohnzimmer. Am Fuß der Treppe stößt sie einen leisen Schrei aus und zeigt auf ein Foto an der Wand.

»Ach!«, sagt sie. »Ist dieser Mann hier?«

»Nein«, sagt Tom. »Er ist nicht mehr hier. Du musst ihn kennen. George. Ihm hat das Haus früher gehört.«

Olympia nickt.

»Ja, ich habe ihn oft gesehen.«

Dann sind die Hausgenossen im Wohnzimmer versammelt. Tom sitzt mit Olympia auf der Couch. Malorie hört ruhig mit an, wie Tom sie nach den Dingen in ihrem Haus fragt. Was sie hat. Was sie zurückgelassen hat.

Was sie hier gebrauchen können.

11

Malorie rudert seit schätzungsweise drei Stunden. Die Muskeln in ihren Armen brennen. Kaltes Wasser schwappt auf dem Boden des Boots umher, Wasser, das sie nach und nach mit jedem Ruderschlag selbst hereingespritzt hat. Gerade eben meldete das Mädchen, es müsse Pipi machen. Malorie sagte, es solle es tun. Jetzt mischt sich der Urin des Mädchens mit dem Flusswasser, und es fühlt sich warm an Malories Schuhen an. Sie denkt über die Begegnung mit dem Mann nach.

Die Kinder, denkt Malorie, *haben ihre Augenbinden nicht abgenommen. Das war die erste menschliche Stimme außer meiner und ihren eigenen, die sie je vernommen haben. Und doch haben sie nicht auf ihn gehört.*

Ja, sie hat sie gut trainiert. Aber es ist nicht schön, daran zu denken. Die Kinder *trainieren* bedeutet, sie hat ihnen solche Angst gemacht, dass sie ihr unter allen Umständen gehorchen. Malorie selbst hat als Mädchen ständig gegen ihre Eltern rebelliert. Zucker war nicht erlaubt bei ihnen zu Hause. Malorie hat welchen eingeschmuggelt. Horrorfilme waren nicht erlaubt. Malorie ist um Mitternacht auf Zehenspitzen nach unten geschlichen, um sie anzusehen. Als ihre Eltern ihr verboten, auf der Couch im Wohnzimmer zu schlafen, hat sie ihr Bett dorthin verlegt. Das waren die spannenden Momente der Kindheit. Malories Kinder wissen nichts von ihnen.

Als Babys hat sie ihnen antrainiert, mit geschlossenen Augen aufzuwachen. Sie stand mit einer Fliegenklatsche über ihren Maschendrahtbetten und hat gewartet. Wenn sie aufwachten und die Augen öffneten, hat sie ihnen einen kräftigen Schlag auf den Arm gegeben. Sie weinten. Dann bückte sich Malorie und schloss ihnen mit der Hand die Augen. Wenn sie die Augen zuließen, hob Malorie ihr Hemd an und ließ sie trinken. *Belohnung.*

»Mommy«, sagt das Mädchen. »War das derselbe Mann, der im Radio singt?«

Das Mädchen redet von einer Kassette, die Felix gern gehört hat.

»Nein«, sagt der Junge.

»Wer war es dann?«

Malorie dreht sich zu dem Mädchen um, damit ihre Stimme lauter ist.

»Ich dachte, wir haben ausgemacht, dass ihr beiden keine Fragen stellt, die nichts mit dem Fluss zu tun haben. Brechen wir diese Abmachung?«

»Nein«, sagt das Mädchen leise.

Als sie drei waren, hat sie ihnen antrainiert, Wasser vom Brunnen zu holen. Sie hat sich ein Seil um die Taille gebunden und das andere Ende um den Jungen. Dann hat sie ihm befohlen, mit den Zehen nach dem Weg zu tasten, und ihn allein losgeschickt. Malorie lauschte nach dem Geräusch des Eimers, der unbeholfen nach oben gezogen wurde. Sie hörte, wie er sich abmühte, ihn zurück zum Haus zu schleppen. Oft hat sie gehört, wie er ihm aus der Hand fiel. Jedes Mal, wenn es passierte, zwang sie ihn, von vorn anzufangen.

Das Mädchen hasste es. Es sagte, der Boden da draußen um den Brunnen sei »zu holprig«. Es fühle sich an, sagte es, als würden Menschen unter dem Gras wohnen. Malorie verweigerte dem Mädchen Nahrung, bis es bereit war, zum Brunnen zu gehen.

Als sie Kleinkinder waren, setzte Malorie sie an zwei gegenüberliegende Seiten des Wohnzimmers. Malorie lief kreuz und quer auf dem Teppich umher. Wenn sie sagte: »Wo bin ich?«, zeigten die Kinder. Dann ging sie nach oben, kam wieder herunter und fragte: »Wo war ich?« Die Kinder deuteten. Wenn sie sich irrten, schrie Malorie sie an.

Aber sie irrten sich nicht oft. Und bald irrten sie sich überhaupt nicht mehr.

Was würde Tom dazu sagen, denkt sie. *Er würde sagen, du warst die beste Mutter der Welt. Und du würdest ihm glauben.*

Ohne Tom kann Malorie nur bei sich selbst Rat suchen. Und viele Male, wenn sie allein am Küchentisch saß und die Kinder in ihrem Zimmer schliefen, stellte sie sich die unvermeidliche Frage: *Bist du eine gute Mutter? Gibt es so etwas überhaupt noch?*

Jetzt spürt Malorie einen leichten Schlag auf ihrem Knie. Sie erschrickt. Doch es ist nur der Junge. Er fragt nach dem Beutel mit dem Essen. Mitten im Rudern greift Malorie in ihre Jackentasche und gibt ihm den Beutel. Sie hört, wie die kleinen Zähne die Nüsse zermahlen, die viereinhalb Jahre in ihrer Dose im Keller gelagert hatten, ehe Malorie sie heute Morgen nach oben brachte.

Malorie hört kurz auf zu rudern. Ihr ist heiß. Zu heiß. Sie schwitzt, als wäre es Juni. Sie zieht die Jacke aus und legt sie neben sich auf die Ruderbank. Dann spürt sie, wie sie von hinten gestupst wird. Das Mädchen hat ebenfalls Hunger.

Bist du eine gute Mutter?, fragt sie sich wieder und überreicht einen zweiten Beutel Essen.

Wie kann sie erwarten, dass die Kinder in ihren Träumen nach den Sternen greifen, wenn sie den Kopf nicht heben dürfen, um zu ihnen hinaufzuschauen?

Malorie weiß die Antwort nicht.

12

Tom baut etwas aus einem alten, gefütterten Gitarrensack und einem Sofakissen. Olympia schläft oben in dem Schlafzimmer neben Malories. Felix hat es ihr überlassen, so wie Tom seines Malorie überlassen hat. Felix schläft jetzt auf der Couch im Wohnzimmer. Am Abend zuvor hat Tom genau mitgeschrieben, als Olympia aufzählte, welche Dinge es in ihrem Haus noch gab. Doch so hoffnungsvoll die Unterhaltung begann, am Ende entschieden die Hausgenossen, dass das Wenige, was sie gebrauchen konnten, das Risiko, es zu holen, nicht lohnte. Papier. Noch ein Eimer. Der Werkzeugkasten ihres Mannes. Jedoch konnten sie, wie Felix bemerkte, die Sachen immer noch holen, falls der Bedarf danach das Risiko irgendwann überwiegen sollte. Manche Dinge, sagte Don, könnten sie eher früher als später gebrauchen: Nüsse in Dosen, Thunfisch, Pasta, Gewürzmittel. Da sie gerade über Essen sprachen, erklärte Tom den anderen, wie viele Lebensmittel noch im Keller waren. Die Vorräte waren endlich, und das bereitete Malorie große Sorgen.

In diesem Moment schläft Jules im Arbeitszimmer am Ende des Flurs. Er liegt auf einer Matratze auf einer Seite des Raums. Dons Matratze liegt auf der andern Seite. Zwischen ihnen steht ein hoher Tisch mit ihren Sachen darauf. Victor ist mit ihnen im Zimmer. Jules schnarcht. Leise Musik läuft auf dem kleinen Kassettenradio. Sie kommt aus dem Esszimmer, wo Felix und Don Karten spielen. Cheryl wäscht Kleidung in einem Eimer in der Küchenspüle.

Malorie ist allein mit Tom auf der Couch im Wohnzimmer.

»Der Mann, dem das Haus gehörte«, sagt Malorie. »George hieß er, oder? Hat er die Anzeige aufgegeben? War er noch da, als du angekommen bist?«

Tom, der versucht, eine gefütterte Schutzabdeckung für die Innenseite einer Autowindschutzscheibe zu basteln, sieht Malorie in die Augen. Sein Haar wirkt im Schein der Lampe besonders sandfarben.

»Ich war der Erste, der auf die Anzeige in der Zeitung reagiert hat«, sagt Tom. »George war großartig. Er lud Fremde in sein Haus ein, als alle anderen ihre Türen verschlossen. Und er wollte sich immer weiterentwickeln, er war ein großer *Denker.* Ständig tischte er neue Ideen auf. Vielleicht konnten wir durch Linsen aus dem Fenster schauen? Durch gebrochenes Glas? Teleskope? Ferngläser? Das war seine große Idee. Wenn es eine Frage des Sehens ist, vielleicht müssen wir dann eben unsere Blickachse verändern. Oder die physikalischen Bedingungen, wie wir etwas sehen. Vielleicht konnten uns die Wesen nichts anhaben, wenn wir durch ein Objekt blickten. Wir suchten beide sehr engagiert nach einer Antwort auf diese Frage. Und wie George nun einmal war, gab er sich nicht damit zufrieden, nur darüber zu reden. Er wollte, dass wir diese Theorien ausprobierten.«

Während Tom spricht, stellt sich Malorie das Gesicht auf dem Foto über der Treppe vor.

»An dem Tag, an dem Don ankam, saßen wir drei abends in der Küche und hörten Radio, als George die Vermutung äußerte, es könnte eine Form von ›Leben‹ sein, die das alles verursachte. Das war, bevor MSNBC diese Theorie ins

Spiel brachte. George sagte, ein altes Buch hätte ihn darauf gebracht. *Possible Impossibilities.* Darin ging es um nicht vereinbare Lebensformen. Zwei Welten, deren Bestandteile vollkommen fremd füreinander waren, könnten Schaden in der jeweils anderen anrichten, falls sich ihre Wege kreuzen sollten. Und wenn so eine Lebensform irgendwie in der Lage wäre hierherzugelangen … nun, nach Georges Ansicht war genau das geschehen. Dass sie tatsächlich einen Weg gefunden hätten, zu uns zu reisen, beabsichtigt oder nicht. Mir gefiel die Theorie sehr. Don hingegen nicht. Er war damals viel im Internet, hat über Chemikalien und Gammastrahlen recherchiert, alles was unsichtbar war und Schaden verursachte, wenn man es ansah, weil man nicht wusste, dass man es ansah. Ja, Don hat uns ziemlich zugesetzt damit. Er ist ein leidenschaftlicher Mensch. Du wirst bereits gemerkt haben, dass er oft wütend wird. Aber George war der Typ Mann, der eine Idee, die er hat, bis zur letzten Konsequenz verfolgt, egal wie gefährlich es ist. – Zu der Zeit, als Felix und Jules eintrafen, war George schließlich bereit, seine Theorie über gebrochenes Sehen auszuprobieren. Ich habe zusammen mit ihm alles gelesen, was er im Netz auftrieb. Unzählige Websites über Sehvermögen und wie das Auge arbeitet, über optische Täuschungen und gebrochenes Licht, wie genau Teleskope funktionieren und vieles mehr. Wir sprachen ständig darüber. Wenn Don, Felix und Jules schliefen, saßen George und ich in der Küche und zeichneten Diagramme. Er lief die ganze Zeit hin und her, dann blieb er stehen, sah mich an und fragte etwa: ›Weiß man, ob unter den Opfern Brillenträger waren? Vielleicht könnte uns ein geschlossenes Fenster schützen, wenn ein bestimmter Winkel eingehalten wird.‹ Dann sprachen wir eine Stunde lang darüber. – Wir alle sahen pausenlos Nachrichten und hofften auf weitere

Hinweise, auf eine Information, die uns helfen würde, einen Weg zu finden, wie sich die Menschen schützen konnten. Aber die Berichte fingen an, sich nur noch zu wiederholen. Und George wurde ungeduldig. Je mehr er davon sprach, seine Theorie von einem ›veränderten Sehen‹ auszuprobieren, desto mehr wollte er es tun. Ich hatte Angst, Malorie. Aber George war wie der Kapitän eines sinkenden Schiffs, und er hatte keine Angst vor dem Tod. Und falls es funktionierte? Nun, dann hätte er dazu beigetragen, den Planeten von seiner furchtbarsten Epidemie zu kurieren.«

Während Tom spricht, funkelt das Licht der Lampe in seinen blauen Augen.

»Was hat er benutzt?«, fragt Malorie.

»Eine Videokamera«, sagt Tom. »Er hatte eine oben. Eine von diesen alten VHS-Kameras. Er hat keinem von uns etwas davon gesagt. Eines Abends hat er sie hinter einer der Decken aufgebaut, die vor dem Esszimmerfenster hingen. Ich bin an jenem Morgen als Erster aufgewacht und fand ihn schlafend auf dem Boden im Esszimmer vor. Als er mich hörte, stand er auf und eilte zu seiner Kamera. ›Ich habe es getan, Tom‹, sagte er. ›Ich habe fünf Stunden Videomaterial aufgenommen. Es ist alles hier, in dieser Kamera. Ich halte möglicherweise das Heilmittel für diese Geschichte in Händen. Indirekte Sicht. *Film*. Wir müssen es uns ansehen.‹ – Ich sagte, dass ich das für eine schlechte Idee hielte. Ich hielt es außerdem für unwahrscheinlich, dass er in nur fünf Stunden etwas eingefangen hatte. Aber er hatte sich einen Plan ausgedacht, den er uns präsentierte. Er sagte, einer von uns müsse ihn oben in einem der Schlafzimmer an einen Stuhl fesseln. Dort würde er sich die Aufnahmen ansehen. So an den Stuhl gebunden, meinte er, würde er sich nichts antun können, wenn die Sache schiefging. Don wurde richtig wütend. Er sagte, George sei eine Gefahr für uns alle. Er bemerkte richtigerweise, dass wir keine Ahnung hätten, womit wir es zu tun hatten, und sollte etwas mit George geschehen, könnte es uns alle treffen. Aber Felix und ich widersprachen nicht. Wir stimmten ab. Don war der Einzige, der nicht wollte, dass er es tat. Er sprach davon, das Haus zu verlassen. Wir redeten es ihm aus. Und am Ende sagte George, er brauche in seinem eigenen Haus keine Erlaubnis, um zu tun, was er tun wolle. Also sagte ich, ich würde ihn an den Stuhl binden.«

»Und du hast es getan?«

»Ja.«

Toms Blick geht zum Teppichboden.

»Es fing damit an, dass George keuchte. Als würde etwas in seiner Kehle feststecken. Er war seit zwei Stunden oben gewesen und hatte keinen Laut von sich gegeben. Dann fing er an, uns zu rufen. ›Tom, du Stück Scheiße, komm rauf hier. *Komm rauf hier.*‹ Er kicherte, dann schrie er, dann heulte er. Er klang wie ein Hund. Wir hörten den Stuhl hart auf den Boden schlagen. Er schrie Obszönitäten. Jules stand auf, um nach oben zu gehen und ihm zu helfen, und ich packte ihn am Arm und hielt ihn zurück. Wir konnten nichts tun außer zuhören. Und wir hörten alles. Bis zum Schluss, bis das Krachen des Stuhls und die Schreie aufhörten. Dann warteten wir. Wir warteten sehr lange. Schließlich gingen wir gemeinsam nach oben. Mit verbundenen Augen schalteten wir den Videorekorder aus, dann öffneten wir die Augen. Wir sahen, was George sich angetan hatte. Er hatte so heftig gegen die Stricke gedrückt, dass sie durch die Muskeln bis auf seine Knochen gegangen waren. Sein gesamter Körper sah aus wie glasiert, Blut und Hautlappen über den Stricken in seiner Brust, seinem Bauch, seinem Hals, den Handgelenken und Beinen. Felix übergab sich. Don und ich knieten uns neben George und fingen an, sauber zu machen. Als wir fertig waren, bestand Don darauf, dass wir das Videoband verbrannten. Also taten wir es. Und während es brannte, musste ich immer denken, dass mit ihm unsere erste echte Theorie dahinging. Es scheint egal zu sein, durch welches Prisma man sie betrachtet, sie töten einen so oder so.«

Malorie sagt nichts.

»Aber weißt du was? Er hatte recht. In gewisser Weise. Er hat lange bevor die Nachrichten es verbreiteten, angenommen, dass es Wesen sind. Er war offensichtlich auf der richtigen Spur. Wenn er anders vorgegangen wäre, hätte George vielleicht einer sein können, der die Welt verändert.«

Tom hat Tränen in den Augen.

»Weißt du, was mir an dieser Geschichte am meisten Angst macht, Malorie?«

»Was?«

»Die Kamera lief nur fünf Stunden, und sie hat etwas eingefangen. Wie viele von denen sind da draußen?«

Malorie schaut zu den Decken vor den Fenstern. Dann sieht sie Tom wieder an. Er rückt den Windschutzscheibenschutz zurecht, an dem er baut. Aus dem Esszimmer kommt leise Musik.

»So«, sagt Tom und hebt das Ding in seinen Händen hoch. »Hoffentlich hilft uns etwas wie das hier. Wir dürfen nicht aufhören, es zu versuchen, nur weil George gestorben ist. Manchmal glaube ich, es hat bei Don ein Trauma ausgelöst. Auf jeden Fall hat es etwas bei ihm bewirkt.«

Tom steht auf und hält sich das Ding vor den Körper. Malorie hört etwas reißen, und Toms Werk fällt ihm in Einzelteilen vor die Füße.

Er dreht sich zu Malorie um.

»Wir dürfen nicht aufhören, es zu versuchen.«

13

Felix ist auf dem Fußweg zum Brunnen unterwegs. In der rechten Hand trägt er einen der sechs Eimer des Hauses. Es ist der hölzerne. Der schwarze Eisengriff lässt den Eimer alt wirken. Er ist schwerer als die andern, aber das stört Felix nicht. Es gefällt ihm vielmehr. Es erde ihn, sagt er.

Das Seil ist um seine Taille gebunden. Das andere Ende ist an einer Eisenstange in der Erde direkt am Hinterausgang befestigt. Das Seil hat jede Menge Spiel. Es reibt an seinem Hosenbein und seinen Schuhen. Felix hat Angst, er könnte darüberstolpern, deshalb hält er es sich mit der linken Hand vom Körper weg. Er trägt eine Augenbinde. Die Stücke alter Bilderrahmen, die den Weg säumen, verraten ihm, ob er zu weit auf die eine oder andere Seite abweicht.

»Es ist wie bei *Operation*«, ruft er Jules zu, der mit verbundenen Augen neben der Eisenstange wartet. »Erinnerst du dich an das Spiel? Jedes Mal, wenn mein Zeh das Holz berührt, höre ich einen Alarmton losgehen.«

Jules redet, seit Felix zum Brunnen aufgebrochen ist. So machen es die Hausgenossen. Einer holt das Wasser, ein anderer lässt ihn durch seine Stimme wissen, wie weit er vom Haus entfernt ist. Jules redet nichts Bestimmtes. Er zitiert Prüfungsnoten, die er auf dem College bekommen hat. Listet seine ersten drei Jobs nach dem Abschluss auf. Felix versteht manche Worte, andere nicht. Darauf kommt es nicht an. Aber solange Jules redet, hat Felix ein bisschen weniger das Gefühl, allein auf hoher See zu sein.

Aber nicht viel weniger.

Er stößt an den Brunnen, als er ihn erreicht. Der Pflastersteinrand kratzt an seinem Oberschenkel. Felix ist erstaunt, wie weh es tut, obwohl er so langsam gegangen ist, und er fragt sich, wie weh es tun würde, wenn er gerannt wäre.

»Ich bin am Brunnen, Jules! Ich binde jetzt den Eimer fest.«

Jules ist nicht der Einzige, der auf Felix wartet. Cheryl steht hinter der verschlossenen rückwärtigen Tür des Hauses in der Küche und horcht. Die Hausgenossen, die in der Küche warten, sind jeweils nur für den Fall da, dass draußen etwas schiefgeht. Cheryl hofft, dass ihre Rolle als »Sicherheitsnetz« heute nicht benötigt wird.

Über der Öffnung des Brunnens ist eine hölzerne Querstange mit einem Eisenhaken an jedem Ende. Deshalb nimmt Felix gern den Holzeimer, wenn er geht. Er ist der einzige, der perfekt an die Haken passt. Er macht das Brunnenseil am Eimer fest. Sobald er gesichert ist, dreht er an der Kurbel und zieht das Seil, so straff es geht. Als seine Hände frei sind, wischt er sie an der Jeans ab.

Dann hört er, wie sich etwas in seiner Nähe bewegt.

Felix dreht rasch den Kopf und hebt die Hände vors Gesicht. Aber nichts geschieht. Nichts fällt ihn an. Er kann Jules an der Küchentür reden hören. Etwas über eine Arbeit als Mechaniker. Dinge reparieren.

Felix lauscht.

Schwer atmend, dreht er die Kurbel einmal in die entgegengesetzte Richtung, das Ohr zum Garten geneigt. Das Seil ist jetzt gerade so schlaff, dass er den Eimer vom Haken nehmen und ihn über dem Steinrand des Brunnens hängen lassen kann. Er wartet noch einen Augenblick.

Jules ruft ihm etwas zu. »Alles okay, Felix?«

Felix lauscht noch ein wenig, ehe er antwortet. Als er es dann tut, ist ihm zumute, als würde seine Stimme plötzlich seine genaue Position verraten. »Ja. Ich dachte, ich hätte etwas gehört.«

»Was?«

»Ich dachte, ich hätte etwas gehört! Ich hole jetzt das Wasser herauf.«

Felix dreht an der Kurbel und lässt den Eimer in den Schacht hinunter. Er hört ihn an die Steinwände schlagen. Jedes Mal folgt ein hohles Echo. Felix weiß, dass rund zwanzig Umdrehungen der Kurbel nötig sind, bis der Eimer das Wasser erreicht. Er zählt sie jetzt.

»Das sind elf, zwölf, dreizehn …«

Bei neunzehn hört er es am Grund des Brunnens spritzen. Als er glaubt, dass der Eimer voll ist, zieht er ihn wieder herauf. Er sichert ihn am Haken, bindet das Seil los und macht sich auf den Rückweg zu Jules.

Er wird das drei Mal tun.

»Ich bringe den ersten!«, ruft Felix.

Jules redet immer noch von Autoreparaturen. Als Felix bei ihm ist, berührt ihn Jules an der Schulter. Normalerweise klopft der Hausgenosse, der an der Eisenstange steht, an dieser Stelle an die Haustür und macht die Person drinnen darauf aufmerksam, dass der erste Eimer da ist. Aber Jules zögert.

»Was hast du da draußen gehört?«

Felix, der den schweren Eimer in der Hand hat, überlegt.

»Es war wahrscheinlich ein Hirsch. Ich weiß es nicht.«

»Kam es aus dem Wald?«

»Ich weiß nicht, woher es kam.«

Jules ist still. Dann hört Felix, wie er sich bewegt.

»Vergewisserst du dich, dass wir allein sind?«

»Ja.«

Als er zufrieden ist, klopft Jules zweimal an die Hintertür. Er nimmt Felix den Eimer aus der Hand. Cheryl öffnet schnell die Tür, und Jules gibt ihr den Eimer. Die Tür schließt sich.

»Hier ist der zweite«, sagt Jules und gibt Felix einen neuen Eimer.

Felix geht zum Brunnen. Der Eimer, den er jetzt trägt, ist aus Blech. Es gibt drei wie diesen im Haus. Auf seinem Boden liegen zwei schwere Steine. Tom hat sie hineingelegt, als sie feststellten, dass die Blecheimer nicht schwer genug waren, um unterzugehen. Er ist jetzt schwer, aber nicht so schwer wie der hölzerne. Jules redet wieder. Er spricht über Hunderassen. Felix hört es nicht zum ersten Mal. Jules hat früher einen weißen Labrador besessen, Cherry, der scheueste Hund, den er je gehabt hat, wie er sagt. Als Felix' Schuh das Holz in der Erde berührt, stürzt er beinahe. Er geht zu schnell, er weiß es. Er macht langsamer. Diesmal tastet er mit der ausgestreckten Hand nach dem Brunnen. Er stellt den Eimer auf den Steinrand und beginnt, das Seil mit der Querstange am Griff festzumachen.

Wieder hört er etwas. Es klingt, als würde in der Ferne Holz brechen.

Als sich Felix umdreht, stößt er versehentlich den Eimer vom Brunnenrand. Er fällt hinein. Die Kurbel dreht sich ohne Felix' Zutun. Der Eimer kracht auf den Grund. Laut hallt das Echo von Metall auf Stein. Jules ruft nach ihm. Als sich Felix umdreht, fühlt er sich unglaublich verwundbar. Wieder weiß er nicht, woher das Geräusch gekommen ist.

Er lauscht und atmet schwer. Dann stützt er sich auf die Pflastersteine und wartet.

Die Blätter der Bäume rascheln im Wind.

Sonst nichts.

»Felix?«

»Der Eimer ist mir in den Brunnen gefallen!«

»War er festgebunden?«

Felix sagt nichts.

Er dreht sich nervös zum Brunnen um, zieht an dem Seil und stellt fest, dass er es tatsächlich an den Griff gebunden hat, bevor er den Eimer hineingestoßen hat. Er lässt das Seil los und dreht sich zum Garten um. Er hält inne. Dann beginnt er, den zweiten Eimer heraufzuholen.

Während er zum Haus zurückgeht, stellt ihm Jules Fragen.

»Alles in Ordnung mit dir, Felix?«

»Ja.«

»Du hast ihn einfach nur hineinfallen lassen?«

»Ich habe ihn hineingestoßen, ja. Ich dachte, ich hätte wieder etwas gehört.«

»Wie hat es sich angehört? Wie ein brechender Stock?«

»Nein. Ja. Vielleicht. Ich weiß es nicht.«

Als Felix bei Jules ankommt, nimmt Jules den Eimer.

»Traust du dir das auch wirklich zu heute?«

»Ja. Ich habe bereits zwei Eimer geholt. Es ist gut. Ich höre nur verdammt noch mal immer etwas da draußen.«

»Soll ich den letzten holen?«

»Nein. Ich schaffe es schon.«

Jules klopft an die Hintertür. Cheryl öffnet sie, nimmt den Eimer und reicht Jules den dritten.

»Alles klar bei euch?«, fragt sie.

»Ja«, sagt Felix. »Alles okay.«

Cheryl schließt die Tür.

»So«, sagt Jules. »Wenn du mich brauchst, sag Bescheid. Denk dran, wir sind verbunden.«

Er zieht an dem Seil.

»In Ordnung.«

Beim dritten Gang zum Brunnen muss sich Felix wieder ermahnen, nicht zu schnell zu gehen. Ihm ist klar, warum er so hetzt. Er möchte ins Haus zurück, wo er Jules ins Gesicht blicken kann, wo er sich sicherer fühlt mit den Decken vor den Fenstern. Dennoch erreicht er den Brunnen schneller als erwartet. Langsam bindet er das Querstangenseil an den Eimer. Dann hält er inne.

Es gibt keine Geräusche hier draußen außer der Stimme von Jules am anderen Ende des Seils.

Die Welt erscheint ihm unnatürlich still.

Felix dreht die Kurbel.

»Eins, zwei …«

Jules redet. Seine Stimme klingt weit weg. Zu weit.

»… und sechs und sieben …«

Jules klingt nervös. Warum klingt er nervös? Hat er einen Grund dafür?

»… zehn und elf …«

Schweiß sammelt sich unter Felix' Augenbinde. Er rinnt langsam an seiner Nase hinunter.

Wir sind in null Komma nichts wieder drin, denkt Felix. *Mach einfach den dritten Eimer voll und sieh zu, dass du verdammt noch mal …*

Er hört das Geräusch wieder. Zum dritten Mal.

Aber diesmal kann er sagen, woher es kommt.

Es kommt aus dem Brunnen.

Er lässt die Kurbel los und weicht einen Schritt zurück. Der Eimer fällt, er kracht gegen den Stein, bevor er mit einem Platschen unten aufschlägt.

Etwas hat sich bewegt. Etwas hat sich im Wasser bewegt.

Hat sich etwas im Wasser bewegt?

Plötzlich ist ihm kalt, zu kalt. Er zittert.

Jules ruft nach ihm, aber Felix will nicht antworten. Er will kein Geräusch von sich geben.

Er wartet. Und je länger er wartet, desto mehr Angst bekommt er. Als würde die Stille lauter werden. Als würde er gleich etwas hören, was er nicht hören will. Aber als kein Geräusch mehr kommt, beginnt er, sich langsam einzureden, dass er sich geirrt hat. Sicher, es könnte etwas im Brunnen gewesen sein, aber es könnte auch etwas im Fluss gewesen sein. Oder im Wald. Im Gras.

Es könnte von *überall* hier draußen gekommen sein.

Er tritt wieder an den Brunnen. Bevor er nach dem Seil greift, berührt er den Pflastersteinrand. Er fährt mit den Fingern darüber, um zu bestimmen, wie breit die Öffnung ist.

Würdest du da hineinpassen? Könnte irgendwer hineinpassen?

Er ist sich nicht sicher. Er dreht sich zum Haus um, bereit, den Eimer zu lassen, wo er ist. Dann wendet er sich wieder zum Brunnen um und fängt an, schnell an der Kurbel zu drehen.

Du hörst Dinge. Du tickst nicht mehr richtig, Mann. Hol den Eimer herauf, dann zurück ins Haus. Los.

Doch während Felix kurbelt, fühlt er eine Angst einsetzen, die unbeherrschbar groß zu werden droht. Der Eimer, denkt er, fühlt sich ein klein wenig schwerer an als sonst.

Er ist NICHT schwerer! Hol den Eimer HERAUF und dann zurück ins HAUS. LOS!

Als der Eimer den Rand erreicht, stoppt Felix. Langsam streckt er eine Hand danach aus. Sie zittert. Als seine Finger den nassen Metallrand berühren, schluckt er schwer. Er blockiert die Kurbel. Dann steckt er die Hand in den Eimer.

»Felix?«

Jules ruft.

Felix fühlt nichts außer Wasser in dem Eimer.

Siehst du? Du bildest dir …

Hinter sich hört er nasse Füße auf dem Gras.

Felix lässt den Eimer fallen und rennt.

Er stürzt.

Steh auf.

Er steht auf und rennt.

Jules ruft nach ihm. Er ruft ebenfalls.

Er stürzt wieder.

Steh auf! Steh auf!

Er steht wieder auf. Er rennt.

Jules' Hände packen ihn.

Die Hintertür geht auf. Ein anderes Händepaar packt ihn. Er ist im Haus. Alle reden gleichzeitig. Don schreit. Cheryl schreit. Tom fordert alle auf, sich zu beruhigen. Die Hintertür wird geschlossen. Olympia fragt, was los ist. Cheryl fragt, was passiert ist. Tom befiehlt allen, die Augen zu schließen. Jemand berührt Felix. Jules brüllt, dass alle still sein sollen.

Sie sind still.

Dann spricht Tom, leise.

»Don, hast du beim Hinterausgang gesucht?«

»Woher zum Teufel soll ich wissen, ob ich es richtig gemacht habe, Mann?«

»Ich frage nur, ob du gesucht hast.«

»Ja. Ja.«

»Felix, was ist passiert?«, fragt Tom.

Felix erzählt es ihnen. Jede Einzelheit, an die er sich erinnert. Tom bittet ihn, noch einmal zu schildern, was am Ende passiert ist. Er will mehr darüber wissen, was an der Hintertür war. Bevor er eingelassen wurde. Als er eingelassen wurde. Felix erzählt es noch einmal.

»Gut«, sagt Tom. »Ich öffne meine Augen.«

Malorie erstarrt.

»Alles in Ordnung«, sagt Tom. »Es ist gut.«

Malorie öffnet die Augen. Auf der Küchentheke stehen zwei Eimer Brunnenwasser. Felix steht mit verbundenen Augen an der Hintertür. Jules nimmt seine Augenbinde gerade ab.

»Schließt diese Tür ab«, sagt Tom.

»Sie ist abgeschlossen«, sagt Cheryl.

»Jules«, sagt Tom, »staple die Stühle aus dem Esszimmer vor dieser Tür. Dann verbarrikadierst du das Fenster im Esszimmer mit dem Tisch.«

»Tom«, sagt Olympia, »du machst mir Angst.«

»Don, komm mit mir. Wir verbarrikadieren die Eingangstür mit der Anrichte. Cheryl, dreh die Couch im Wohnzimmer zur Seite und verbarrikadier eins der Fenster damit. Ich suche etwas, womit wir das andere Fenster verbarrikadieren können.«

Die Hausgenossen starren Tom an.

»Kommt schon«, sagt er ungeduldig. »An die Arbeit!«

Als sie sich zu zerstreuen beginnen, berührt Malorie Tom am Arm.

»Was ist?«

»Olympia und ich können helfen. Wir sind schwanger, nicht gelähmt. Wir stellen die Matratzen in den Schlafzimmern oben vor die Fenster.«

»Gut. Aber tut es mit verbundenen Augen. Und seid so vorsichtig wie noch nie in eurem ganzen Leben.«

Dann verlässt Tom die Küche. Als Malorie und Olympia

am Wohnzimmer vorbeikommen, verschiebt Don bereits die Couch darin. Oben lehnen die beiden Frauen behutsam Malories Matratze an die Decke vor dem Fenster. Dasselbe tun sie in Olympias und Cheryls Zimmer.

Wieder unten, stellen sie fest, dass Türen und Fenster bereits verbarrikadiert sind.

Die Hausgenossen sind im Wohnzimmer versammelt. Sie stehen sehr nahe beisammen.

»Tom«, sagt Olympia. »Ist etwas da draußen?«

Tom zögert, ehe er antwortet. Malorie erkennt in Olympias Augen etwas, das tiefer reicht als Furcht. Sie fühlt es ebenfalls.

»Vielleicht.«

Tom blickt zu den Fenstern.

»Aber es könnte … ein Hirsch gewesen sein, oder? Könnte es nicht ein Hirsch gewesen sein?«

»Vielleicht.«

Einer nach dem anderen lassen sich die Hausbewohner auf dem Teppichboden im Wohnzimmer nieder. Schulter an Schulter, Rücken an Rücken sitzen sie schweigend in der Mitte des Raums.

Sie lauschen.

14

Kaltes Flusswasser spritzt beim Rudern über Malories Hose. Jedes Mal, wenn es passiert, stellt sie sich vor, wie eins der Wesen im Fluss steht, die Hände wölbt und das Wasser auf sie schüttet, um sich über ihren Fluchtversuch lustig zu machen. Sie schaudert.

Aus Olympias Babybuch, erinnert sich Malorie, hat sie viele Dinge gelernt. Doch ein Satz in *Endlich ein Baby!* hat wirklich einen Nerv bei ihr getroffen.

Dein Baby ist klüger, als du denkst.

Am Anfang hatte Malorie Mühe, es zu akzeptieren. In der neuen Welt musste man Babys dazu abrichten, beim Aufwachen nicht die Augen zu öffnen. Sie mussten furchtsam aufwachsen. Es gab keinen Spielraum fürs Unbekannte. Und doch überraschten der Junge und das Mädchen sie gelegentlich.

Einmal kam sie ins Wohnzimmer, nachdem sie oben im Flur die improvisierten Spielzeuge der Kinder weggeräumt hatte. Dort hörte sie, wie sich etwas im Zimmer am Ende des Flurs im Erdgeschoss bewegte.

»Junge?«, rief sie. »Mädchen?«

Doch sie wusste, die Kinder waren in ihrem Schlafzimmer. Sie hatte sie vor nicht einmal einer Stunde in ihren Kinderbettchen eingesperrt.

Malorie schloss die Augen und ging auf den Flur hinaus.

Sie wusste, was für ein Geräusch es war. Sie kannte die genaue Position von jedem Gegenstand im Haus. Es war ein Buch, das von dem Tisch in dem Zimmer gefallen war, das sich Don und Jules früher geteilt hatten.

An der Tür zum Zimmer der Kinder hielt Malorie inne. Sie hörte leises Schnarchen daraus.

Ein zweites Krachen aus dem unbenutzten Raum, und Malorie fuhr zusammen. Das Badezimmer war nur ein kleines Stück entfernt. Die Kinder schliefen. Wenn sie es zumindest bis ins Badezimmer schaffte, konnte sie sich verteidigen.

Blind, die Arme schützend vor den Kopf gehoben, lief sie in ihrer Eile gegen die Wand, ehe sie die Badezimmertür fand. Dort stieß sie sich die Hüfte schmerzhaft am Waschbecken. Hektisch tastete sie an der Wand entlang und bekam ein Handtuch an der Halterung in die Finger. Sie wickelte es straff um den Kopf und verknotete es zweimal. Dann fand sie hinter der offenen Tür, wonach sie gesucht hatte.

Die Gartenaxt.

Bewaffnet und mit verbundenen Augen verließ sie das Badezimmer. Sie packte den Stiel der Axt mit beiden Händen und schlich zu der Tür, die immer geschlossen war, wie sie wusste. Und die jetzt offen stand.

Sie ging hinein.

Blind schwang sie die Axt auf Augenhöhe. Die Schneide fuhr in die Holzwand, und Malorie schrie auf, als Splitter flogen. Sie drehte sich, schwang das Werkzeug erneut und traf diesmal die gegenüberliegende Wand.

»Raus hier! Lasst meine Kinder in Ruhe!«

Schwer atmend wartete sie.

Auf eine Reaktion, auf eine Bewegung von was immer die Bücher hier vom Tisch geworfen hatte.

Dann hörte sie den Jungen zu ihren Füßen wimmern.

»Junge?«

Verblüfft kniete Malorie nieder und hatte ihn schnell gefunden. Sie nahm das Handtuch ab und öffnete die Augen.

Der Junge hielt ein Lineal in seinen winzigen Händen. Neben ihm lagen die Bücher.

Sie hob ihn auf und trug ihn in sein Schlafzimmer. Dort sah sie, dass die Drahtabdeckung seines Kinderbetts offen war. Sie setzte ihn daneben auf den Boden. Dann schloss sie die Abdeckung wieder und forderte ihn auf, sie zu öffnen. Der Junge starrte sie nur an. Sie spielte mit dem kleinen Schloss und bat ihn, ihr zu zeigen, ob er es aufmachen konnte. Diesmal tat er es.

Malorie gab ihm eine Ohrfeige.

Endlich ein Baby!

Malorie erinnerte sich an Olympias Babybuch. Das jetzt ihr gehörte.

Und der eine Satz, den sie so angestrengt zu ignorieren versuchte, fiel ihr wieder ein.

Dein Baby ist klüger, als du denkst.

Es hatte sie früher beunruhigt. Aber heute, hier im Boot, da sie sich von den Ohren der Kinder leiten lässt, klammert sie sich daran und hofft, dass die Kinder so gut auf alles vorbereitet sind, was auf ihrem Weg den Fluss hinunter noch kommen mag, wie es nur jemand sein kann.

15

»Ich trinke dieses Wasser nicht«, sagt Malorie.

Die Hausgenossen sind erschöpft. Sie haben zusammengepfercht auf dem Boden im Wohnzimmer geschlafen; allerdings hat niemand lange geschlafen.

»Wir können nicht tagelang ohne Wasser durchhalten, Malorie«, sagt Tom. »Denk an das Baby.«

»Genau an das denke ich.«

Auf der Theke in der Küche stehen unberührt die beiden Eimer, die Felix gefüllt hat. Einer nach dem andern lecken sich die Hausbewohner über die trockenen Lippen. Vierundzwanzig Stunden sind vergangen, und die Wahrscheinlichkeit, dass es noch weit länger dauert, lastet auf ihnen.

Sie haben Durst.

»Können wir das Flusswasser trinken?«, fragt Felix.

»Bakterien«, antwortet Don.

»Kommt drauf an«, sagt Tom. »Wie kalt das Wasser ist. Wie tief. Wie schnell es fließt.«

»Und überhaupt«, sagt Jules. »Wenn etwas in den Brunnen gelangt ist, ist es bestimmt auch im Fluss.«

Kontaminierung, denkt Malorie. Es ist das Wort der Stunde.

Im Keller stehen drei Eimer mit Urin und Fäkalien. Niemand will sie hinausbringen. Niemand will heute überhaupt nach draußen gehen. Der Gestank ist heftig in der Küche und hängt schwach auch im Wohnzimmer.

»Ich würde das Flusswasser trinken«, sagt Cheryl. »Ich würde es riskieren.«

»Du würdest da hinausgehen?«, fragt Olympia. »Direkt auf der anderen Seite der Tür könnte etwas stehen!«

»Ich weiß nicht, was ich gehört habe«, sagt Felix. Er hat es schon oft wiederholt. Er sagt, er hat ein schlechtes Gewissen, weil er allen Angst gemacht hat.

»Es war wahrscheinlich ein Mensch«, sagt Don. »Wahrscheinlich jemand, der uns ausrauben will.«

»Müssen wir es jetzt klären?«, sagt Jules. »Es ist einen Tag her. Wir haben nichts mehr gehört. Lasst uns warten, einen Tag noch. Mal sehen, ob wir uns dann besser fühlen.«

»Ich würde sogar aus den Eimern trinken«, sagt Cheryl. »Es ist ein Brunnen, verdammt noch mal. Tiere fallen ständig in Brunnen. Sie sterben dort unten. Wir trinken wahrscheinlich schon die ganze Zeit Wasser mit toten Tieren.«

»Das Wasser in dieser Gegend war immer gut«, sagt Olympia.

Malorie steht auf. Sie geht zum Eingang der Küche. Das Wasser glitzert am Rand des Holzeimers und leuchtet in dem aus Metall.

Was würde es wohl bewirken, denkt sie.

»Kannst du dir vorstellen, ein klein wenig davon zu trinken?«, fragt Tom.

Malorie wendet den Kopf. Er steht neben ihr. Seine Schulter reibt in der Tür gegen ihre.

»Ich kann es nicht, Tom.«

»Ich würde dich nicht darum bitten. Aber ich kann mich selbst bitten.«

Als Malorie ihm in die Augen sieht, weiß sie, dass er es ernst meint.

»Tom.«

Tom dreht sich zu den anderen um. »Ich trinke es«, sagt er.

»Wir brauchen keinen Helden«, sagt Don.

»Ich trachte nicht danach, einer zu sein, Don. Ich habe Durst.«

Die Hausgenossen sind still. Malorie sieht in ihren Augen, was sie ebenfalls fühlt. Denn so sehr sie sich fürchtet, sie *will*, dass jemand davon trinkt.

»Das ist Irrsinn«, sagt Felix. »Lass es, Tom. Bestimmt fällt uns etwas anderes ein.«

Tom sieht Felix in die Augen. »Sperr mich im Keller ein. Ich trinke es dort unten.«

»Dort wirst du schon allein von dem Gestank verrückt«, sagt Cheryl.

Tom lächelt traurig. »Wir haben einen Brunnen, direkt in unserem Garten«, sagt er. »Wenn wir ihn nicht benutzen können, können wir gar nichts benutzen. Lasst es mich tun.«

»Weißt du, nach wem du dich anhörst?«, fragt Don.

Tom wartet.

»Du hörst dich an wie George. Nur dass er eine Theorie hatte.«

Tom blickt zum Esszimmertisch, der am Fenster lehnt.

»Wir sind seit Monaten hier«, sagt er. »Wenn gestern etwas in den Brunnen gelangt ist, ist es wahrscheinlich früher auch schon hineingelangt.«

»Du erfindest logische Erklärungen«, sagt Malorie.

Tom antwortet ihr, ohne sie anzusehen. »Haben wir eine andere Wahl? Sicher, den Fluss. Aber wir könnten krank werden. Ernsthaft krank. Wir haben keine Medikamente. Alles, was wir bis jetzt hatten, war das Wasser aus dem Brunnen. Es ist unsere einzige Medizin. Was können wir sonst tun? Zum nächsten Brunnen laufen? Und dann? Hoffen, dass in den nichts gelangt ist?«

Malorie sieht, wie sich die Hausgenossen einer nach dem andern fügen. Der Don eigene Ausdruck von Rebellion im Gesicht weicht Besorgnis. Die Angst in Olympias Blick verwandelt sich in Schuldgefühl. Was sie selbst angeht, will Malorie nicht, dass er es tut. Zum ersten Mal seit ihrer Ankunft im Haus macht Toms Rolle sie blind, so integrativ er in allem hier wirkt.

Doch anstatt ihn aufzuhalten, lässt sie sich von ihm inspirieren. Und sie hilft.

»Nicht im Keller«, sagt sie. »Was, wenn du dort unten durchdrehst und unsere Lebensmittelvorräte vernichtest?«

Tom sieht sie an. »Also gut«, sagt er. »Dann auf dem Dachboden.«

»Ein Sprung aus dem Fenster dort geht sehr viel tiefer als aus einem hier unten.«

Tom sieht Malorie in die Augen. »Also gut, ein Kompromiss«, sagt er. »Obergeschoss. Du musst mich irgendwo einsperren. Und hier unten ist kein Platz.«

»Du kannst mein Zimmer nehmen.«

»Dieses Zimmer«, sagt Don, »ist genau das, in dem sich George das Video angesehen hat.«

Malorie schaut zu Tom. »Das wusste ich nicht.«

»Komm jetzt, bringen wir's hinter uns«, sagt Tom.

Er hält kurz inne, bevor er an Malorie vorbeigeht und die Küche betritt. Malorie folgt ihm. Die übrigen Hausbewohner schließen sich einer nach dem anderen an. Als Tom ein Glas aus dem Küchenschrank zieht, fasst ihn Malorie sanft am Arm.

»Trink es durch das hier«, sagt sie und gibt ihm einen Kaffeefilter. »Ein Filter, wer weiß?«

Tom nimmt ihn. Er sieht ihr in die Augen. Dann taucht er das Glas in den hölzernen Eimer.

Als er ihn wieder herauszieht, hält er ihn in die Höhe. Die Hausgenossen stehen im Halbkreis um ihn und starren auf das Glas.

Die Einzelheiten von Felix' Geschichte lassen Malorie einmal mehr frösteln.

Mit dem Glas in der Hand verlässt Tom die Küche. Jules rafft ein paar Stricke aus der Vorratskammer zusammen und folgt ihm.

Die übrigen Hausbewohner sagen kein Wort. Malorie legt eine Hand auf ihren Bauch und die andere auf die Küchentheke. Dann zieht sie sie rasch wieder fort, als hätte sie die Hand soeben in eine tödliche Substanz gestreckt.

Kontaminierung.

Aber es war kein Wasser dort, wo sie die Hand hingelegt hatte.

Oben wird die Tür zu ihrem Schlafzimmer geschlossen. Sie hört, wie Tom den Strick um den Türgriff bindet und am Treppengeländer festmacht.

Tom ist jetzt eingesperrt.

Wie George.

Felix läuft auf und ab. Don lehnt mit verschränkten Armen an der Wand und stiert auf den Boden. Als Jules zurückkommt, trabt Victor zu ihm.

Von oben kommt ein Geräusch. Malorie stockt der Atem. Die Hausgenossen blicken zur Decke.

Sie warten. Sie lauschen. Felix macht eine Bewegung, als hätte er vor, nach oben zu gehen. Doch dann bleibt er stehen.

»Er muss es bereits getrunken haben«, sagt Don leise.

Malorie geht zum Wohnzimmereingang. Nur gut drei Meter entfernt ist der Fuß der Treppe.

Erst ist nur Stille.

Dann hört sie ein Klopfen.

Und Tom schreit.

Tom schreit Tom schreit Tom schreit Tom …

Malorie bewegt sich in Richtung Treppe, aber Jules überholt sie.

»Bleib hier!«, befiehlt er.

Sie sieht ihn die Treppe hinaufgehen.

»Tom!«

»Jules, alles ist okay.«

Beim Klang von Toms Stimme, lässt Malorie die Luft entweichen, die sie angehalten hat. Sie streckt die Hand nach dem Geländer aus.

»Hast du es getrunken?«, fragt Jules durch die Tür.

»Ja. Ich habe es getrunken. Es geht mir gut.«

Die anderen Hausbewohner sind jetzt hinter ihr versammelt. Sie beginnen zu reden. Leise erst, dann immer aufgeregter. Oben macht Jules den Strick ab. Tom kommt mit dem leeren Glas Wasser aus dem Schlafzimmer.

»Wie war es?«, fragt Olympia.

Malorie lächelt, genau wie die andern. Es ist auf eine düstere Weise komisch, jetzt, in diesem Augenblick zu fragen, wie es war, ein Glas Wasser zu trinken.

»Nun«, sagt Tom und steigt die Treppe hinunter, »es war wahrscheinlich das beste Glas Wasser, das ich je getrunken habe.« Als er unten ankommt, sieht er Malorie in die Augen. »Die Idee mit dem Filter hat mir gefallen«, sagt er. Er geht an ihr vorbei und stellt das Glas auf den Beistelltisch neben dem Telefon. »Lasst uns die Möbel wieder an ihren Platz räumen. Lasst uns alles wieder in Ordnung bringen.«

16

Auf dem Fluss spürt Malorie die Wärme der Mittagssonne. Anstatt ihr Frieden zu bringen, erinnert dies sie daran, wie sichtbar sie sein müssen.

»Mommy«, flüstert der Junge.

Malorie beugt sich vor. Ein Holzsplitter des Ruders bohrt sich in ihre Handfläche. Damit sind es drei.

»Was ist?«

»Pst«, sagt der Junge.

Malorie hört auf zu rudern. Sie horcht.

Der Junge hat recht. Etwas bewegt sich an Land, links von ihnen. Stöcke brechen. Mehr als einer.

Der Mann im Boot, schreit es in Malories Kopf, *hat etwas auf diesem Fluss gesehen.*

Oder könnte er es selbst sein? Könnte *er* da draußen im Wald sein? Könnte es sein, dass er sie verfolgt und darauf wartet, dass sie irgendwo hängen bleibt, um ihr die Augenbinde vom Kopf zu reißen? Und den Kindern?

Weitere Zweige brechen. Es bewegt sich langsam. Malorie denkt an das Haus, das sie zurückgelassen haben. Dort waren sie sicher. Warum sind sie gegangen? Wird der Ort, zu dem sie unterwegs sind, überhaupt sicherer sein? Wie könnte er es sein? Ist in einer Welt, in der man die Augen nicht öffnen darf, eine Augenbinde nicht alles, worauf man je hoffen kann?

Wir sind aufgebrochen, weil manche Leute lieber auf Nachrichten warten und andere sie lieber selbst machen.

Wie Tom immer sagte. Malorie weiß, er wird ihr für alle Zeit Inspiration sein. Der bloße Gedanke an ihn, hier auf dem Fluss, lässt sie hoffen.

Tom, würde sie ihm gern sagen, *deine Ideen waren gut.*

»Junge«, flüstert sie und paddelt wieder, weil sie Angst hat, zu nahe am linken Ufer zu sein, »was hörst du?«

»Es ist nahe, Mommy.« Dann: »Ich habe Angst.«

Einen Moment herrscht Stille. In dieser Stille stellt sich Malorie eine Gefahr vor, die nur Zentimeter entfernt ist.

Sie hört wieder auf zu rudern, um besser lauschen zu können. Sie reckt den Hals nach links.

Der Bug des Ruderboots prallt gegen etwas Hartes. Malorie kreischt. Die Kinder schreien.

Wir sind auf das Ufer aufgelaufen!

Malorie stochert mit einem Ruder dorthin, wo sie den Schlamm vermutet, aber sie stößt nur ins Leere. »Lasst uns in Ruhe!«, schreit sie mit verzerrtem Gesicht. Plötzlich sehnt sie sich nach den vier Wänden des Hauses. Auf diesem Fluss gibt es keine Wände. Keinen Keller unter ihnen. Keinen Dachboden.

»Mommy!«

Im selben Moment, in dem das Mädchen schreit, bricht etwas durch das Geäst. Etwas Großes.

Malorie stößt wieder mit dem Ruder, aber sie teilt nur das Wasser. Sie packt den Jungen und das Mädchen und zieht sie an sich.

Sie hört ein Knurren.

»Mommy!«

»Still!«, ruft sie und zieht das Mädchen noch näher an sich.

Ist es der Mann, völlig von Sinnen? Knurren die Wesen? Geben sie überhaupt irgendwelche Geräusche von sich?

Ein zweites Knurren, und plötzlich weiß Malorie, was es ist. Es ist hundeähnlich.

Wölfe.

Sie kommt nicht mehr dazu, sich zusammenzukrümmen, bevor eine Wolfsklaue ihre Schulter aufreißt.

Sie schreit. Sofort spürt sie, wie warmes Blut an ihrem Arm hinunterfließt. Kaltes Wasser schwappt auf dem Boden des Boots.

Urin ebenfalls.

Sie riechen ihn an uns, denkt Malorie, dreht hektisch den Kopf in alle Richtungen und schwenkt ziellos das Ruder. *Sie wissen, dass wir uns nicht verteidigen können.*

Sie hört ein weiteres leises Knurren. Es ist ein Rudel. Der Bug des Boots hängt irgendwo fest. Malorie kann mit dem Paddel nicht ertasten, was es ist. Aber das Boot schwenkt hin und her, als hätten die Wölfe den Bug gepackt.

Sie könnten hereinspringen! SIE KÖNNTEN HEREINSPRINGEN! Kriech in den Vorderteil des Boots. Du musst es freibekommen.

Malorie schwingt schreiend das Ruder über den Köpfen der Kinder und steht auf. Das Boot neigt sich nach rechts. Es droht zu kippen. Sie stabilisiert es. Die Wölfe knurren lauter. Ihre Schulter brennt, es ist ein Schmerz, wie sie noch nie einen erlebt hat. Blind und ziellos schlägt sie mit dem Ruder nach der Bootsspitze, aber sie kann sie nicht erreichen. Also macht sie einen Schritt vorwärts.

»Mommy!«

Sie sinkt auf die Knie. Der Junge ist jetzt neben ihr. Er hält sich an ihrem Shirt fest.

»Du musst loslassen!«, schreit sie.

Etwas springt neben ihr ins Wasser.

Malorie dreht den Kopf zu dem Geräusch.

Wie flach ist es hier? Können sie ins Boot gelangen? KÖNNEN DIE WÖLFE INS BOOT GELANGEN!?

Sie macht kehrt und kriecht rasch ans Ende des Boots, wo sie in die Dunkelheit tastet.

Die Kinder schreien hinter ihr. Wasser spritzt. Wölfe bellen. Und in der Dunkelheit ihrer geschlossenen Augen ertastet Malorie einen Baumstumpf.

Sie brüllt, während sie nun mit beiden Armen ausgreift. Ihre linke Schulter schmerzt. Sie spürt die kalte Oktoberluft an ihrer zerfetzten Haut. Mit der zweiten Hand fühlt sie einen weiteren Stumpf.

Wir sind eingeklemmt. Das ist alles! Wir sind eingeklemmt!

Als sie mit aller Kraft gegen die Baumstümpfe drückt, schlägt etwas hart an das Boot. Sie kann Klauen hören, Kratzen, die Wölfe versuchen, an Bord zu kommen.

Das Boot schrammt an dem Holz entlang. Wasser spritzt. Malorie hört es aus jeder Richtung. Ein neuerliches Knurren, Wärme auch. Etwas ist nahe bei ihrem Gesicht.

Sie schreit laut und drückt.

Dann sind sie frei.

Malorie dreht sich schnell um, stolpert und fällt auf die Mittelbank.

»Junge!«, schreit sie.

»Mommy!«

Dann streckt sie die Hand nach dem Mädchen aus und stellt fest, dass es sich an die Mittelbank presst.

»Ist alles okay mit euch beiden? Sprecht mit mir!«

»Ich habe Angst«, sagt das Mädchen.

»Mir geht es gut, Mommy!«, sagt der Junge.

Malorie rudert nach Kräften. Ihre linke Schulter, die bereits über den Punkt der Erschöpfung hinaus beansprucht wird, widersetzt sich. Aber sie zwingt sie, weiter zu funktionieren.

Malorie rudert. Die Kinder sitzen beide zu ihren Füßen und machen sich klein. Unter den Bäumen ist Bewegung im Wasser. Sie rudert. Was kann sie sonst tun? *Was kann sie tun, außer zu rudern?* Die Wölfe könnten kommen. Wie seicht ist der Fluss hier?

Malorie rudert weiter. Sie hat das Gefühl, als würde der linke Arm lose am Körper baumeln. Aber sie rudert. Der Ort, an den sie die Kinder bringt, existiert vielleicht gar nicht mehr. Die qualvolle Reise blind den Fluss hinab könnte vollkommen umsonst gewesen sein. Werden sie in Sicherheit sein, wenn sie den Ort flussabwärts erreichen? *Was, wenn das, wonach sie sucht, nicht da ist?*

17

»Sie haben Angst vor uns«, sagt Olympia plötzlich.

»Was meinst du?«, fragt Malorie. Die beiden sitzen zusammen auf der dritten Stufe der Treppe.

»Unsere Mitbewohner. Sie haben Angst vor unseren Bäuchen. Und ich weiß, warum. Es ist, weil sie diese Babys eines Tages zur Welt bringen müssen.«

Malorie sieht ins Wohnzimmer. Sie lebt seit zwei Monaten im Haus. Sie ist im fünften Monat schwanger. Auch sie hat schon daran gedacht. Natürlich.

»Wer denkst du, wird es tun?«, fragt Olympia, die großen, unschuldigen Augen auf Malorie gerichtet.

»Tom«, sagt Malorie.

»Okay, aber mir wäre sehr viel wohler, wenn ein Arzt im Haus wäre.«

Der Gedanke steht für Malorie immer drohend im Hintergrund. Der unvermeidliche Tag, an dem sie entbinden wird. Keine Ärzte. Keine Medikamente. Keine Freunde oder Angehörige. Sie versucht, sich vorzustellen, dass es eine schnelle Sache wird, und dann hat sie es hinter sich. Sie stellt sich den Moment vor, in dem ihre Fruchtblase platzt, und als Nächstes hält sie schon das Baby in den Armen. Sie will nicht daran denken, was in der Zwischenzeit geschieht.

Die anderen sind im Wohnzimmer versammelt. Die morgendlichen Arbeiten im Haus sind erledigt. Die ganzen Tage schon hat Malorie das Gefühl, dass Tom etwas ausbrütet. Er war geistesabwesend. In seine eigenen Gedanken versunken. Jetzt steht er in der Mitte des Raums, in Hörweite aller Hausbewohner und offenbart, was ihn beschäftigt hat. Es ist genau das, wovon Malorie gehofft hat, dass es das nicht sein würde.

»Ich habe einen Plan«, sagt er.

»Ach?«, sagt Don.

»Ja.« Tom hält inne, als prüfe er ein letztes Mal, was er zu sagen gedenkt. »Wir brauchen Führer.«

»Wie meinst du das?«, fragt Felix.

»Ich meine, ich werde mich auf die Suche nach Hunden machen.«

Malorie steht von der Treppe auf und geht zur Wohnzimmertür. Genau wie bei den anderen hat der Gedanke, dass Tom das Haus verlässt, auf dramatische Weise ihre Aufmerksamkeit geweckt.

»Hunde?«, sagt Don.

»Ja«, sagt Tom. »Streuner. Frühere Haustiere. Es muss Hunderte von ihnen da draußen geben. Oder sie stecken in Häusern fest, aus denen sie nicht rauskönnen. Wenn wir auf Streifzüge gehen, um unsere Lebensmittelvorräte zu ergänzen – und wir wissen alle, dass wir das irgendwann tun müssen –, hätte ich gern Hilfe. Hunde könnten uns warnen.«

»Tom, wir wissen nicht, welche Wirkung diese Wesen auf Tiere haben«, sagt Jules.

»Ich weiß. Aber wir können nicht einfach still dasitzen.«

Die Spannung im Raum hat zugenommen.

»Du bist verrückt«, sagt Don. »Du überlegst tatsächlich, da rauszugehen?«

»Wir nehmen Waffen mit«, sagt Tom.

Don beugt sich in seinem Lehnstuhl vor.

»Und woran genau hast du da gedacht?«

»Ich arbeite an Helmen«, sagt Tom. »Zum Schutz unserer Augenbinden. Wir werden Fleischermesser bei uns haben. Die Hunde können uns führen. Wenn einer verrückt wird, lässt du einfach die Leine los. Wenn das Tier dich angreift, tötest du es mit dem Messer.«

»Blind.«

»Ja. Blind.«

»Das gefällt mir alles kein bisschen«, sagt Don.

»Wieso nicht?«

»Da draußen könnten lauter Irre herumlaufen. Verbrecher. Die Straßen sind nicht mehr das, was sie waren, Tom. Wir sind hier nicht mehr in Suburbia. Wir sind mitten im Chaos.«

»Aber etwas muss sich ändern«, sagt Tom. »Wir müssen Fortschritte machen. Andernfalls warten wir auf Nachrichten in einer Welt, in der es keine Nachrichten mehr gibt.«

Don blickt zu Boden. Dann sieht er Tom wieder an. »Es ist zu gefährlich«, sagt er. »Es gibt einfach keinen Grund dafür.«

»Es gibt allen Grund dafür.«

»Ich bin dafür, dass wir warten.«

»Warten worauf?«

»Hilfe. Irgendetwas.«

Tom sieht zu den Decken vor den Fenstern. »Es wird keine Hilfe kommen, Don.«

»Das heißt nicht, dass wir ins Freie laufen und danach suchen müssen.«

»Wir stimmen ab«, sagt Tom.

Don sieht den anderen Hausbewohnern ins Gesicht. Er hofft erkennbar auf jemanden, der ihm beipflichtet.

»Abstimmung«, sagt Don. »Das gefällt mir ebenfalls kein bisschen.«

»Warum nicht?«, fragt Felix.

»Weil es, Felix, nicht darum geht, aus welchen Eimern wir

trinken und in welche wir pinkeln. Sondern darum, ob einer oder mehrere von uns ohne guten Grund das Haus verlassen.«

»Es ist nicht ohne guten Grund«, sagt Tom. »Stellt euch die Hunde als ein Alarmsystem vor. Felix hat vor zwei Wochen etwas beim Brunnen gehört. War es ein Tier? War es ein Mensch? War es ein Wesen? Der richtige Hund hätte vielleicht gebellt. Ich rede davon, unseren Block abzusuchen. Vielleicht noch den nächsten. Gebt uns zwölf Stunden. Mehr verlange ich nicht.«

Zwölf Stunden, denkt Malorie. *Wasser vom Brunnen zu holen, dauert nur eine halbe.*

Doch die Zahl beruhigt sie mit ihrer Endlichkeit.

»Ich verstehe nicht, wieso wir überhaupt streunende Hunde einfangen müssen«, sagt Don. Er fuchtelt in Richtung Victor, der zu Jules' Füßen sitzt. »Wir haben doch einen hier. Bilden wir den dazu aus.«

»Kommt nicht infrage«, sagt Jules.

»Warum nicht?«

»Ich habe ihn nicht mit hierhergebracht, um ihn zu opfern. Ehe wir nicht wissen, welche Wirkung die Dinger auf Hunde haben, stimme ich nicht zu.«

»Opfer«, sagt Don. »Gute Wortwahl.«

»Die Antwort lautet nein.«

Don wendet sich an Tom. »Siehst du? Sogar der einzige Hundebesitzer bei uns im Haus ist dagegen.«

»Ich habe nicht gesagt, dass ich gegen Toms Idee bin«, sagt Jules.

Don sieht von einem zum anderen.

»Sind also alle dafür? Wirklich? Ihr alle haltet das für eine gute Idee?«

Olympia sieht Malorie mit großen Augen an.

Don, der die Chance auf eine Verbündete wittert, geht auf sie zu. »Was denkst du, Olympia?«, fragt er.

»Oh! Ich … tja … ich … weiß es nicht!«

»Don«, sagt Tom. »Wir stimmen richtig ab.«

»Ich bin dafür«, sagt Felix.

Malorie lässt den Blick durch das Wohnzimmer schweifen.

»Ich bin ebenfalls dafür«, sagt Jules.

»Ich bin dabei«, sagt Cheryl.

Tom dreht sich zu Don um. In diesem Moment erfasst Malorie ein Gefühl der Mutlosigkeit.

Das Haus, wird ihr bewusst, *braucht ihn.*

»Ich gehe mit dir«, sagt Jules. »Wenn ich euch schon nicht meinen Hund verwenden lasse, kann ich wenigstens helfen, andere einzufangen.«

Don schüttelt den Kopf. »Ihr seid wirklich nicht ganz dicht.«

»Dann wollen wir dir auch gleich einen Helm basteln«, sagt Tom und legt Jules eine Hand auf die Schulter.

Am nächsten Morgen schließen Tom und Jules die Arbeit an dem zweiten Helm ab.

Sie brechen heute auf. Für Malorie geht alles zu schnell. Sie haben gerade abgestimmt, dass sie gehen, aber müssen sie deshalb *sofort* gehen?

Don gibt sich keine Mühe, seine Gefühle zu verbergen. Die anderen, wie auch Malorie, sind voll Hoffnung. Es ist schwer, sich nicht von Toms Energie mitreißen zu lassen. Wenn es Don wäre, der fortginge, würde sie vielleicht weniger darauf vertrauen, dass er mit Hunden zurückkommt, die für sie das Sehen übernehmen können. Aber Tom hat eben diese Energie in sich. Wenn er sagt, dass er etwas tun wird, hat man das Gefühl, als wäre es bereits erledigt.

Malorie sieht von der Couch aus zu. Sowohl ihr Babybuch als auch das von Olympia schreiben von der »Stressverbindung« zwischen Mutter und Kind. Malorie will nicht, dass ihr Baby die Angst spürt, die sie jetzt empfindet, da sie sieht, wie Tom sich zum Aufbruch rüstet.

Zwei Reisetaschen stehen an der Wand. Beide sind halb mit Dosennahrung, Taschenlampen und Decken gefüllt. Daneben liegen große Messer und die ehemaligen Beine eines Küchenhockers, die jetzt zu spitzen Pfählen zurechtgeschnitzt sind. Die Besenstiele werden sie als Gehstöcke benutzen.

»Vielleicht«, sagt Olympia, »können Tiere nicht verrückt werden, weil ihr Gehirn zu klein ist.«

Don setzt eine Miene auf, als wolle er etwas sagen. Aber er hält den Mund.

»Es könnte sein, dass Tieren die Fähigkeit zum Verrücktwerden abgeht«, sagt Tom. »Vielleicht kann man den Verstand nur verlieren, wenn man intelligent genug ist.«

»Tja, ich würde so etwas wissen wollen, bevor ich da rausgehe«, sagt Don.

»Vielleicht«, fährt Tom fort, »gibt es Abstufungen des Irrsinns. Mich würde schon interessieren, welche Wirkung die Wesen auf Menschen haben, die bereits verrückt sind.«

»Wieso fängst du von denen nicht auch gleich ein paar ein«, sagt Don verärgert. »Willst du wirklich dein Leben für die Hoffnung aufs Spiel setzen, dass Tiere weniger intelligent sind als wir?«

Tom sieht ihm in die Augen. »Ich würde dir gern sagen, dass ich dafür zu viel Respekt vor Tieren habe, Don. Aber im Augenblick interessiert mich nur, wie wir überleben.«

Endlich schnallt Jules seinen Helm fest. Er dreht den Kopf, um zu sehen, wie er sitzt. Der hintere Teil löst sich ab, und das ganze Ding fällt ihm vor die Füße.

Don schüttelt langsam den Kopf.

»Verdammt«, sagt Tom und hebt die Teile auf. »Es hat doch schon funktioniert. Keine Sorge, Jules.«

Tom setzt alles wieder zusammen und verstärkt den Riemen mit einem zweiten. Er setzt ihn auf Jules' Kopf und sagt: »So. Jetzt ist es besser.«

Bei diesen Worten wird Malorie flau im Magen. Sie weiß schon den ganzen Morgen, dass Tom und Jules aufbrechen werden, dennoch scheint der Moment zu schnell zu kommen.

Geh nicht, würde sie gern zu Tom sagen. *Wir brauchen dich. Ich brauche dich.*

Aber sie versteht auch, dass das Haus Tom deshalb braucht, weil er die Sorte Mann ist, die das tut, was er heute tun wird.

An der Wand helfen Felix und Cheryl den beiden, die Taschen auf den Rücken zu schnallen.

Tom sticht mit einem der Pflöcke in die Luft.

Malorie fühlt eine zweite Welle Übelkeit aufsteigen. Nichts könnte die Schrecken dieser neuen Welt deutlicher zum Ausdruck bringen als die Art und Weise, wie sich Tom und Jules auf einen Spaziergang um den Block vorbereiten. Bewaffnet und mit ihren Augenbinden sehen sie aus wie die Soldaten eines improvisierten Krieges.

»Okay«, sagt Tom. »Lasst uns hinaus.«

Felix tritt an die Haustür. Die Hausgenossen sammeln sich hinter ihm in der Diele. Malorie sieht, wie sie die Augen schließen, dann tut sie dasselbe. In ihrer privaten Dunkelheit schlägt ihr Herz lauter.

»Viel Glück«, sagt sie plötzlich, da sie weiß, dass sie es bedauern würde, wenn sie es nicht sagen würde.

»Danke«, sagt Tom. »Denkt dran, was ich gesagt habe. In

zwölf Stunden sind wir wieder hier. Sind alle Augen geschlossen?«

Die Hausbewohner bejahen.

Dann geht die Eingangstür auf. Malorie kann die Schuhe der beiden auf der vorderen Veranda hören. Die Tür wird geschlossen.

Für Malorie fühlt es sich an, als wäre etwas unbedingt Erforderliches ausgesperrt worden.

Zwölf Stunden.

18

Während das Ruderboot von allein in der Strömung gleitet, schöpft Malorie eine Handvoll Wasser aus dem Fluss und wäscht die Wunde an ihrer Schulter aus. Es ist nicht leicht zu bewerkstelligen, und der Schmerz ist heftig.

»Alles in Ordnung mit dir, Mommy?«, fragt der Junge.

»Keine Fragen«, antwortet sie. »*Lauscht.*«

Als der Wolf sie erwischt hat, ist die dunkle Welt hinter Malories Augenbinden in grellrotem Schmerz aufgelodert. Nun, als sie die Wunde säubert, sieht sie Purpur- und Grautöne und befürchtet, es könnte bedeuten, dass sie kurz davor ist, ohnmächtig zu werden. Und die Kinder sich allein überlassen sind.

Die Jacke hat sie ausgezogen. Ihr Tanktop ist voller Blut, und sie fröstelt und fragt sich, inwieweit es an der kalten Luft liegt und inwieweit am Blutverlust. Aus ihrer rechten Jackentasche zieht sie ein Steakmesser. Damit schneidet sie den Ärmel der Jacke ab und bindet ihn straff um die Schulter.

Wölfe.

Als die Kinder drei wurden, hatten Malories Lektionen bereits ein hohes Maß an Komplexität erreicht. Das Paar bekam die Anweisung, sich zehn, zwanzig Geräusche hintereinander einzuprägen, bevor sie sagen sollten, worum es sich ihrer Meinung nach handelte. Malorie ging durch das Haus, dann nach draußen, dann nach oben. Unterwegs machte sie Geräusche.

Bei ihrer Rückkehr meldeten die Kinder, was sie getan hatte. Bald konnte das Mädchen alle zwanzig Geräusche richtig benennen. Doch der Junge zählte vierzig oder fünfzig auf, da er diejenigen, die sie unterwegs unbeabsichtigt gemacht hatte, zu denen hinzurechnete, die sie gemeint hatte.

Du hast in deinem Schlafzimmer angefangen, Mommy. Du hast geseufzt, bevor du losgegangen bist. Dann bist du in die Küche gegangen, und auf dem Weg hat dein Knöchel geknackst. Du hast dich auf den mittleren Stuhl am Küchentisch gesetzt. Du hast deine Ellbogen auf dem Tisch abgestützt. Du hast dich geräuspert, und dann bist du in den Keller gegangen. Die ersten vier Stufen bist du langsamer gegangen als die letzten sechs. Du hast mit den Fingern an deine Zähne geklopft.

Doch so viel sie ihnen auch beigebracht hat, die Kinder konnten unmöglich darauf vorbereitet sein, die Tiere zu benennen, die durch den Wald am Fluss streifen. Die Wölfe hatten alle Vorteile auf ihrer Seite. Und Malorie weiß, das gilt für alles, was ihnen begegnen wird.

Sie zieht die Aderpresse noch fester zu. Ihre Schulter pocht. Ihre Oberschenkel schmerzen. Ihr Nacken schmerzt. Heute Morgen hat sie sich stark genug gefühlt, die zwanzig Meilen den Fluss hinunterzurudern. Jetzt, da sie verwundet ist, braucht sie eine Rast. Sie überlegt hin und her. Sie weiß, dass in der alten Welt eine Pause nun ratsam gewesen wäre. Hier jedoch könnte es den Tod bedeuten anzuhalten.

Ein lautes Kreischen über ihrem Kopf lässt Malorie zusammenfahren. Es hat wie ein Raubvogel geklungen. Und als wäre er fünfzig Meter lang. Ein Stück voraus spritzt etwas. Nur kurz, aber das Geräusch zerrt an den Nerven. Etwas bewegt sich im Wald links. Weitere Vögel rufen. Der Fluss erwacht zum Leben, und mit jedem neuen Beweis dafür wächst Malories Furcht.

Während das Leben ringsum zunimmt, scheint es in ihr kleiner zu werden.

»Es geht mir gut«, lügt sie den Kindern vor. »Ich will, dass wir jetzt lauschen. Das ist alles, weiter nichts.«

Malorie rudert wieder und bemüht sich, nicht an den Schmerz zu denken. Sie hat keine genaue Vorstellung davon, wie weit sie noch fahren muss. Aber sie weiß, es ist eine Menge. Mindestens noch einmal das, was sie bereits zurückgelegt hat.

Vor Jahren waren sich die Hausgenossen im Unklaren darüber, ob Tiere verrückt werden konnten. Sie sprachen die ganze Zeit darüber. Tom und Jules marschierten los, um nach Hunden zu suchen, die sie führen konnten. Während Malorie und die anderen auf ihre Rückkehr warteten, wurde sie von schrecklichen Bildern tollwütiger Tiere heimgesucht. Dasselbe erlebt sie heute. Während die Natur im und am Fluss erwacht, stellt sie sich das Schlimmste vor. Wie damals, vor Jahren, als die Kinder noch nicht auf der Welt waren und als einen die Untätigkeit der Haustür daran erinnerte, dass dahinter Dinge wie Irrsinn lauerten, egal ob jemand, der einem etwas bedeutete, bei ihnen draußen war oder nicht.

19

Jetzt, im fünften Monat, ist Malories Schwangerschaft schon weit fortgeschritten. Die »Übelkeitsmonate« gehen zu Ende, ein flaues Gefühl im Magen bleibt jedoch. Die Beine tun ihr weh. Sie leidet unter Sodbrennen und Zahnfleischbluten. Ihr dunkles Haar ist voller, wie alles Haar an ihrem Körper. Sie fühlt sich monströs, entstellt, verändert. Doch während sie nun mit einem Eimer Urin durchs Haus geht, beschäftigt sie nichts davon so sehr wie die Frage, wo Tom und Jules wohl sind und ob es ihnen gut geht.

Es ist erstaunlich, denkt sie, wie viel sie bereits für jeden ihrer Mitbewohner empfindet. Vor ihrer Ankunft hatte sie sehr viele Geschichten über Leute gehört, die anderen etwas antaten, ehe sie Hand an sich selbst legten. Damals erschreckten diese Geschichten Malorie aus Angst um sich selbst und ihr Kind. Jetzt wird sie von Sorge um das ganze Haus verzehrt.

Fünf Stunden sind vergangen, seit die Männer aufgebrochen sind. Und mit jeder Minute, die verging, ist die Spannung angewachsen, sodass Malorie jetzt nicht einmal mehr weiß, ob die Hausgenossen ihre täglichen Aufgaben bereits wiederholen oder zum ersten Mal verrichten.

Malorie stellt den Eimer an der Hintertür ab. In einigen Minuten wird ihn Felix draußen ausleeren. Im Augenblick repariert er im Esszimmer einen Stuhl. Malorie durchquert die Küche und geht ins Wohnzimmer. Cheryl säubert die

Oberflächen. Die Bilderrahmen. Das Telefon. Malorie fällt auf, dass Cheryls Arme dünn und blass aussehen. In den zwei Monaten, seit sie hier leben, hat sich der körperliche Zustand der Bewohner stark verschlechtert. Sie essen nicht vernünftig. Sie haben zu wenig Bewegung. Niemand kommt an die Sonne. Tom ist draußen, weil er ein besseres Leben für sie alle anstrebt. Aber wie viel besser kann er es machen?

Und wer würde den Hausgenossen Bescheid sagen, wenn die beiden für immer da draußen verschwänden?

Malorie fragt Cheryl in ihrer Nervosität, ob sie Hilfe braucht. Cheryl verneint, ehe sie den Raum verlässt, aber Malorie ist nicht allein. Victor sitzt hinter dem Lehnstuhl, dem mit Decken verhängten Fenster zugewandt. Er hat den Kopf erhoben. Seine Zunge hängt heraus, und er keucht schwer. Malorie denkt, dass er, genau wie sie, auf die Rückkehr seines Herrn wartet.

Als wüsste er, dass er beobachtet wird, dreht Victor langsam den Kopf zu Malorie. Dann sieht er wieder zu den Decken.

Don betritt den Raum. Er setzt sich in den Lehnstuhl, kurz darauf steht er auf und geht wieder. Olympia kommt die Treppe herunter. Sie sucht unter der Spüle in der Küche nach etwas. Malorie beobachtet, wie Olympia auffällt, dass sie das, was sie sucht, bereits in der Hand hält. Sie geht wieder nach oben. Cheryl ist jetzt wieder da. Sie überprüft die Bilderrahmen. Das hat sie gerade getan. Sie tut es noch einmal. Alle tun alles noch einmal. Sie laufen nervös durchs Haus und versuchen, sich irgendwie zu beschäftigen. Sie sprechen kaum miteinander. Sie sehen einander kaum an. Sie heben kaum den Blick. Wasser vom Brunnen zu holen ist eine Sache, und die Hausbewohner sorgen sich umeinander, wenn sie es tun. Aber was Tom und Jules jetzt unternehmen, ist fast nicht auszuhalten.

Malorie steht auf und geht zur Küche. Aber es gibt nur einen Ort im Haus, der sich weniger nach dem Haus anfühlt. Dorthin will Malorie jetzt. Sie muss dorthin. Um wegzukommen.

Der Keller.

Felix ist in der Küche, aber er nimmt keine Notiz von ihr, als sie an ihm vorbeigeht. Er sagt kein Wort, als sie die Kellertür öffnet und die Treppe zum Lehmboden hinuntersteigt.

Sie zieht an der Schnur, und das Licht geht an und erhellt den Raum wie damals vor zwei Monaten, als Tom ihn ihr gezeigt hat. Aber es sieht jetzt anders aus. Es sind weniger Dosen. Weniger Farben. Und Tom ist nicht hier, um Notizen zu machen und in Rationen auszurechnen, wie viel Zeit den Hausbewohnern bleibt, bis Hunger und Verzweiflung einsetzen.

Malorie tritt vor die Regale und liest geistesabwesend die Etikette.

Mais. Rote Beete. Thunfisch. Erbsen. Pilze. Gemischtes Obst. Grüne Bohnen. Sauerkirschen. Preiselbeeren. Grapefruit. Ananas. Doppelt gegarte Bohnen. Gemüsemix. Chilischoten. Wassernuss. Gewürfelte Tomaten. Eiertomaten. Tomatensoße. Sauerkraut. Baked Beans. Karotten. Spinat. Hühnerbrühe.

Sie erinnert sich, dass sie hier unten ein beengtes Gefühl hatte. Die Dosen sahen früher wie eine eigene Wand aus. Jetzt gibt es Lücken. Große Lücken. Als hätte eine Schlacht stattgefunden, und ihre Vorräte seien als Erstes aufs Korn genommen worden. Ist genügend Essen da, damit es reicht, bis die Babys kommen? Wenn Tom und Jules nicht zurückkommen, wird der verbliebene Vorrat sie bis zu diesem gefürchteten Tag ernähren? Was genau werden sie tun, wenn ihnen die Konserven ausgehen? Jagen?

Das Baby kann die Milch der Mutter trinken. Aber nur, wenn die Mutter gegessen hat.

Malorie streicht sich über den Bauch, geht zu dem Hocker und setzt sich.

Trotz der kühlen Luft hier unten schwitzt sie. Die Schritte der ruhelos umherrennenden Hausgenossen klingen laut. Die Decke knarrt.

Malorie wischt sich das Haar aus der Stirn und lehnt sich rückwärts an das Regal. Sie zählt Dosen. Ihre Lider fühlen sich schwer an. Es tut gut auszuruhen.

Dann … döst sie weg.

Als sie wieder zu sich kommt, bellt Victor oben.

Sie setzt sich abrupt auf.

Victor bellt. Was bellt er an?!

Malorie verlässt rasch den Keller, läuft die Treppe hinauf und stürzt ins Wohnzimmer. Die anderen sind bereits da.

»Hör auf damit!«, schreit Don.

Victor sieht zu den Fenstern und bellt.

»Was ist los?«, fragt Malorie, selbst überrascht von der Panik in ihrer Stimme.

Don brüllt Victor wieder an.

»Er ist nur nervös, ohne Jules«, sagt Felix und klingt selbst nervös.

»Nein«, sagt Cheryl. »Er hat etwas *gehört.*«

»Das wissen wir nicht, Cheryl«, fährt Don sie an.

Victor bellt wieder. Es ist laut. Schneidend. Wütend.

»Victor!«, sagte Don. »Komm, lass das!«

Die Hausbewohner stehen nahe beisammen in der Mitte des Zimmers. Sie sind unbewaffnet. Wenn Cheryl recht hat, wenn Victor glaubt, dass da draußen etwas ist, was können sie tun?

»Victor!«, brüllt Don wieder. *»Ich bring dich um, verdammt noch mal!«*

Aber Victor hört nicht auf.

Und sosehr Don auch herumbrüllen mag, er hat genauso viel Angst wie Malorie.

»Felix«, sagt Malorie langsam und starrt auf das Fenster zur Straße. »Wenn es einen Garten beim Haus gibt, gibt es dann auch Werkzeuge?«

»Ja.« Auch Felix starrt auf die schwarzen Decken.

»Sind sie im Haus?«

»Ja.«

»Was hältst du dann davon, sie zu holen?«

Felix dreht sich zu ihr um und zögert. Dann verlässt er den Raum.

Malorie geht in Gedanken die Gegenstände im Haus durch. Jedes Möbelbein ist eine potenzielle Waffe. Jedes massive Objekt ist Munition.

Victor hört nicht auf zu bellen, und es wird immer schlimmer. Und in den kurzen Pausen, die er macht, hört Malorie Felix' ängstliche Schritte, der nach den Geräten für den Küchengarten sucht, mit denen sie sich schützen können – vor was auch immer da draußen sein mag.

20

Es ist Mittag des nächsten Tages. Tom und Jules sind noch nicht wieder zurück.

Toms zwölf Stunden haben sich mehr als verdoppelt. Und mit jeder zusätzlichen Stunde wird die Stimmung im Haus düsterer.

Victor sitzt noch vor dem verhängten Fenster.

Die Hausbewohner waren lange wach und haben zusammen darauf gewartet, dass der Hund zu bellen aufhört.

Letzten Endes werden sie uns kriegen, sagte Don. *Es gibt keinen Grund, etwas anderes anzunehmen. Es ist Endzeit, Leute. Und wenn es eine Frage eines Geschöpfs ist, das unser Gehirn nicht begreifen kann, dann haben wir es verdient. Ich bin immer davon ausgegangen, dass uns unsere eigene Dummheit ins Grab bringt.*

Irgendwann hörte Victor dann doch auf zu bellen.

Jetzt in der Küche taucht Malorie ihre Hände in einen Eimer Wasser. Don und Cheryl sind am Morgen zum Brunnen gegangen. Jedes Mal, wenn sie klopften, um Felix einen neuen Eimer zu überreichen, machte Malories Herz einen Satz, weil sie hoffte, weil sie *überzeugt war*, es sei Tom.

Sie wäscht sich das Gesicht mit dem Wasser und fährt sich mit nassen Fingern durch das verklebte, von Schweiß feuchte Haar.

»*Verdammt*«, sagt sie.

Sie ist allein in der Küche. Sie blickt auf die Vorhänge

vor dem einzigen Fenster und denkt an all die unermesslich schrecklichen Dinge, die passiert sein könnten.

Jules hat Tom getötet. Er hat ein Wesen gesehen und Tom an den Haaren zum Fluss geschleift. Er hat ihn unter Wasser gedrückt, bis er ertrunken war. Oder sie haben beide etwas gesehen. In einem Haus. Sie haben sich gegenseitig vernichtet. Ihre zerschundenen Körper liegen auf dem Boden eines fremden Arbeitszimmers. Oder nur Tom hat etwas gesehen. Jules hat versucht, ihn aufzuhalten, aber Tom ist geflohen. Er ist irgendwo im Wald. Isst Insekten und Baumrinde. Isst seine eigene Zunge.

»Malorie?«

Malorie fährt zusammen, als Olympia die Küche betritt.

»Was ist?«

»Ich mache mir wirklich Sorgen, Malorie. Er hat gesagt zwölf Stunden.«

»Ich weiß«, sagt Malorie. »Wir machen uns alle Sorgen.« Sie legt Olympia eine Hand auf die Schulter und hört im selben Moment Dons Stimme aus dem Esszimmer.

»Ich bin mir nicht sicher, ob wir sie wieder hereinlassen sollten.«

Malorie geht rasch hinüber.

»Jetzt hör aber auf, Don«, sagt Felix, der bereits da ist. »Das kannst du doch nicht ernst meinen.«

»Was denkst du, ist da draußen los, Felix? Meinst du, das ist noch eine nette Nachbarschaft wie früher? Wenn da draußen noch jemand lebt, überlebt er nicht auf der Basis guter Manieren. Wer will wissen, ob Tom und Jules nicht entführt wurden? Sie könnten in diesem Moment als Geiseln festgehalten werden. Und ihre verdammten Entführer könnten nach unseren Lebensmitteln fragen. *Unsere Lebensmittel.*«

»Du kannst mich mal, Don«, sagt Felix. »Wenn sie zurückkommen, lasse ich sie herein.«

»Falls sie es wirklich sind. Und falls wir uns sicher sind, dass niemand auf der andern Seite der Tür Tom eine Waffe an den Kopf hält.«

»Werdet ihr beide wohl den Mund halten!«, sagt Cheryl und geht an Malorie vorbei in die Küche.

»Das kann nicht dein Ernst sein, Don«, sagt Malorie.

Don dreht sich zu ihr um. »Und ob das mein Ernst ist.«

»Du willst sie nicht wieder hereinlassen?«, fragt Olympia, die jetzt neben Malorie steht.

»Das habe ich nicht gesagt«, erwidert Don barsch. »Ich sage, da draußen könnten böse Menschen sein. Verstehst du das, Olympia. Oder ist das zu kompliziert für dich?«

»Du bist ein verdammtes Arschloch«, sagt Malorie.

Einen Moment lang sieht es so aus, als könnte Don sie angreifen.

»Ich will diese Diskussion nicht führen«, sagt Cheryl.

»Es ist mehr als vierundzwanzig Stunden her«, sagt Don anklagend.

»Kannst du nicht mal eben etwas anderes tun?«, fragt Felix. »Du machst die Situation für uns alle schlimmer.«

»Wir müssen anfangen, über eine Zukunft ohne sie nachzudenken.«

»Es ist gerade mal ein *Tag*«, sagt Felix.

»Ja. Ein Tag da *draußen*.«

Don setzt sich ans Klavier. Einen Moment lang sieht er aus, als wolle er nachgeben, dann legt er wieder los. »Die gute Nachricht ist, dass unsere Vorräte länger reichen.«

»Don!«, braust Malorie auf.

»Du erwartest ein Baby, Malorie. Hoffst du nicht zu überleben?«

»Ich könnte dich umbringen, Don«, sagt Cheryl.

Don steht von der Klavierbank auf. Sein Gesicht ist rot vor

Zorn. »Tom und Jules kommen nicht zurück, Cheryl. Finde dich damit ab. Und wenn du eine Woche länger lebst, weil du *ihren* Anteil essen konntest – und weil du dann Victor ebenfalls essen konntest –, dann wirst du vielleicht verstehen, dass es so etwas wie Hoffnung nicht mehr gibt.«

Cheryl geht auf ihn zu. Sie hat die Hände zu Fäusten geballt. Ihr Gesicht ist nur Zentimeter von Dons entfernt.

Victor bellt aus dem Wohnzimmer.

Felix schiebt sich zwischen Don und Cheryl. Don stößt ihn zur Seite. Als Malorie auf die beiden zutritt, hat Felix die Hand erhoben.

Er wird Don schlagen.

Er holt aus.

Es klopft an der Haustür.

21

Malorie denkt speziell an Don.

»Mommy«, sagt der Junge, »die Augenbinde tut mir weh.«

»Schöpf vorsichtig Wasser aus dem Fluss drauf und reib, wenn es wehtut«, sagt Malorie. »Nimm die Binde auf *keinen* Fall ab.«

Einmal saß Malorie nach dem Abendessen allein mit Olympia am Esstisch. Sie sprachen über Olympias Mann. Wie er war. Über seinen Kinderwunsch. Don betrat das Zimmer. Es interessierte ihn nicht, wovon Olympia gerade sprach.

»Ihr solltet die Babys blenden«, sagte er. »In dem Moment, in dem sie zur Welt kommen.«

Es hatte den Anschein, als hätte er lange darüber nachgedacht und dann beschlossen, ihnen seine Entscheidung mitzuteilen.

Er setzte sich zu ihnen an den Tisch und erklärte sich. Olympia zog sich dabei immer weiter in sich zurück. Sie fand es irrsinnig. Und schlimmer noch, sie fand es *grausam*.

Aber Malorie war nicht dieser Meinung. Ein tief in ihr verborgener Teil von ihr verstand, was Don sagen wollte. Jede Minute ihrer künftigen Mutterschaft würde darum kreisen, die Augen ihres Kindes zu schützen. Wie viel mehr ließ sich erreichen, wenn diese Sorge wegfiele? Die Ernsthaftigkeit, mit der Don das Thema vortrug, vermittelte Malorie mehr als nur Grausamkeit. Er öffnete die Tür zu einem Reich entsetzlicher Möglichkeiten, Dinge, die zukünftig unter Umständen getan werden mussten und auf die niemand aus der alten Welt gänzlich vorbereitet sein konnte. Und so finster der Vorschlag war, er ging ihr nie mehr ganz aus dem Kopf.

»Es ist besser, Mommy«, sagt der Junge.

»Pst«, sagt Malorie. »*Horcht.*«

Als die Kinder sechs Monate alt waren, ließ Malorie sie bereits in ihren Kinderbettchen aus Maschendraht schlafen. Es war Nacht. Die Welt außerhalb der Fenster und Wände war ruhig. Im Haus war es dunkel.

In der Anfangszeit mit den Babys hat Malorie oft ihrem Atem gelauscht, wenn sie schliefen. Was für manche Mütter vielleicht eine rührende Beobachtung gewesen wäre, war für Malorie eine Studie. Klangen sie gesund? Bekamen sie genügend Nährstoffe über Brunnenwasser und die Milch einer Mutter, die seit einem Jahr keine anständige Mahlzeit mehr gegessen hatte? Immer hatte sie ihre Gesundheit im Sinn. Ihre Ernährung. Ihre Hygiene. Und ihre Augen.

Ihr solltet die Babys blenden, sobald sie zur Welt kommen.

Während Malorie im Dunkeln am Küchentisch saß, war ihr vollkommen klar, dass der Gedanke weniger ein moralisches Dilemma darstellte, sondern sie vielmehr vor die Frage stellte, ob sie fähig war, es zu tun. Als sie in den Flur blickte und dem leisen Atem der beiden lauschte, fand sie Dons Idee nicht so schlecht.

Jeden wachen Moment bist du damit beschäftigt, sie vor einem Blick nach draußen zu schützen. Du überprüfst die Decken. Du überprüfst ihre Bettchen. Sie werden sich später, wenn sie älter sind, nicht an diese Zeit erinnern. Sie werden sich nicht daran erinnern, dass sie sehen konnten.

Die Kinder, das wusste sie, würden in der neuen Welt um

nichts gebracht werden, wenn sie von Anfang an nicht dazu fähig waren, sie zu sehen.

Sie stand auf und ging zur Kellertür. Unten, auf dem Boden des Kellers stand ein Kanister Lackverdünner. Vor langer Zeit hatte sie das Etikett darauf gelesen und wusste, welche Gefahr die Substanz für die Augen darstellte. Man konnte blind werden, stand dort, wenn man sie nicht schnellstens ausspülte.

Malorie hob den Kanister auf und trug ihn nach oben.

Mach es schnell. Und spül es nicht aus.

Es waren nur Babys. War es überhaupt möglich, dass sie sich daran erinnerten? Würden sie Malorie für alle Zeit fürchten, oder würde das Ganze eines Tages unter einem Berg blinder Erinnerungen begraben sein?

Malorie durchquerte die Küche und betrat den dunklen Flur, der zum Zimmer der beiden führte.

Sie konnte sie darin atmen hören.

An der Tür blieb sie stehen und blickte in die Schwärze, in der sie schliefen.

In diesem Augenblick glaubte sie, es tun zu können.

Leise betrat Malorie das Schlafzimmer. Sie stellte den Kanister auf dem Boden ab und entfernte die Stoffabdeckungen der Kinderbetten. Keins der Kinder rührte sich. Beide atmeten ruhig weiter, als hätten sie angenehme Träume, weit entfernt von dem Albtraum, der auf sie zukam.

Rasch entfernte Malorie die Drahtabdeckung vom Bett des Mädchens. Sie beugte sich hinunter und hob den Kanister hoch.

Das Mädchen atmete ruhig.

Malorie griff in das Bett, hob den Kopf des Babys an und nahm ihm die Augenbinde ab. Das Mädchen begann zu weinen.

Seine Augen sind offen, dachte Malorie. Gieß es hinein.

Sie zwang den Kopf des Mädchens näher an den Rand des Bettchens und führte dann den offenen Kanister Lackverdünner bis auf Zentimeter an sein vom Schreien gerötetes Gesicht. Der Junge hinter ihr wachte auf und fing ebenfalls an zu schreien.

»Hört auf damit!«, sagte Malorie und kämpfte gegen ihre eigenen Tränen. »Ihr wollt diese Welt nicht sehen.«

Sie neigte den Kanister noch ein wenig und spürte, wie ihr die Flüssigkeit über die Hand lief, ehe sie auf den Boden vor ihren Füßen spritzte.

Das Brennen des Mittels auf der Haut ließ sie begreifen, was sie hier tat.

Sie konnte es nicht.

Sie ließ den Kopf des Mädchens los, und es schrie noch immer.

Malorie setzte den Kanister ab und schlich langsam aus dem Zimmer. Die Kinder heulten in der Dunkelheit weiter.

Im Flur stützte sich Malorie an der Wand ab und führte eine Hand an den Mund. Dann übergab sie sich.

»Mommy!«, sagt der Junge jetzt auf dem Fluss. »Es hat funktioniert!«

»Was hat funktioniert?«, fragt Malorie, die ganz in ihre Erinnerungen versunken war.

»Die Augenbinde tut nicht mehr weh.«

»Junge«, sagt sie. »Jetzt wird nicht mehr geredet. Es sei denn, du hörst etwas.«

Malorie atmet tief durch und empfindet etwas wie Scham. Der Schmerz in ihrer Schulter ist schlimmer geworden. Ihr ist schwindlig vor Erschöpfung. Ein Gefühl der Orientierungslosigkeit setzt ein. Es fühlt sich an, als wäre etwas in ihr ganz und gar nicht in Ordnung. Dennoch kann sie die

Kinder hören: Der Junge atmet vor ihr, das Mädchen befühlt Puzzleteile hinten im Boot. Sie sind nicht blind unter ihren Augenbinden. Und der heutige Tag könnte mit der Möglichkeit einer noch neueren Welt enden, einer, in der die Kinder Dinge sehen würden, die sie noch nie gesehen haben.

Wenn sie es schafft, sie dorthin zu bringen.

22

Malorie nimmt Bewegung auf der anderen Seite der Tür wahr. Sie hört auch Keuchen. Etwas kratzt am Holz. Sie und die anderen sind in der Diele. Felix hat gerade gerufen, wer da sei. In dem Augenblick zwischen seiner Frage und der Antwort darauf klingt das Kratzen, als könne es von wirklich allem stammen.

Wesen, denkt sie.

Aber es sind keine Wesen an der Tür. Es sind Tom und Jules.

»Felix! Ich bin es, Tom!«

»Tom!«

»Wir tragen unsere Helme noch. Aber wir sind nicht allein. Wir haben Hunde gefunden.«

Felix stößt laut vernehmbar die angehaltene Luft aus. Er schwitzt. Malorie ist so erleichtert, dass es wehtut.

Victor bellt und wedelt mit dem Schwanz. Jules ruft ihn.

»Victor, Kumpel! Ich bin wieder da!«

»Also gut«, sagt Felix zu seinen Mitbewohnern im Haus. »Schließt die Augen.«

»Warte«, sagt Don.

»Worauf?«, fragt Felix.

»Woher wissen wir, dass sie allein sind? Woher wissen wir, dass ihnen niemand gefolgt ist? Wer weiß, *was* ihnen ins Haus folgen könnte?«

Felix zögert. Dann ruft er zu Tom hinaus.

»Tom! Seid ihr beiden allein? Nur ihr zwei und die Hunde?«

»Ja.«

»Das bedeutet nicht, dass es wahr sein muss«, sagt Don.

»Don«, sagt Malorie ungeduldig. »Wenn jemand in dieses Haus einbrechen wollte, könnte er es jederzeit tun.«

»Es geht mir um Sicherheit, Malorie.«

»Ich weiß.«

»Ich wohne auch hier.«

»Ich weiß. Aber Tom und Jules sind auf der anderen Seite der Tür. Sie haben es nach Hause geschafft. Wir müssen sie sofort hereinlassen.«

Don hält ihrem Blick eine Weile stand, dann wendet er die Augen ab.

»Ihr bringt uns eines Tages noch um«, sagt er.

»Don«, sagt Malorie, die sieht, dass er endlich nachgibt, »wir öffnen jetzt die Tür.«

»Ja, ich weiß. Interessiert kein Schwein, was ich sage.«

Don schließt die Augen.

Malorie tut dasselbe.

»Bist du bereit, Tom?«, ruft Felix.

»Ja.«

Malorie hört, wie die Haustür aufgeht. Wegen des Geräuschs der Pfoten auf den Fliesen der Diele hört es sich an, als wären viele Leute gleichzeitig hereingekommen.

Die Haustür geht eilig wieder zu.

»Gebt mir einen Besen«, sagt Felix.

Malorie hört die Borsten über Wand, Decke und Boden kratzen.

»In Ordnung«, sagt Felix. »Wir sind bereit.«

Der Moment, bevor man die Augen tatsächlich öffnet, nachdem man sich dazu entschlossen hat, gehört zu den beängstigendsten Dingen in der neuen Welt.

Malorie öffnet die Augen.

Die Diele ist eine Explosion von Farben. Zwei Huskys bewegen sich ruhelos, beschnuppern den Boden, prüfen die neuen Menschen, prüfen Victor.

Malories Begeisterung darüber, Tom wiederzusehen, ist allumfassend. Doch er sieht nicht gut aus. Er wirkt erschöpft. Er ist schmutzig. Und er sieht aus, als hätte er Dinge durchgemacht, die Malorie nur erahnen kann.

Er hält etwas in der Hand. Es ist weiß. Ein Pappkarton. Groß genug für ein kleines Fernsehgerät. Geräusche kommen aus ihm. Ein Klackern.

Olympia springt vor und umarmt Tom, der lachend versucht, seinen Helm abzunehmen. Jules hat seinen bereits abgesetzt und kniet nieder, um Victor zu liebkosen. Cheryl weint.

Dons Gesichtsausdruck ist eine Mischung aus Erstaunen und Beschämung.

Wir wären beinahe handgreiflich geworden, denkt Malorie. *Tom war eineinhalb Tage weg, und wir wären beinahe handgreiflich geworden.*

»O mein Gott!«, sagt Felix und schaut mit großen Augen auf die neuen Tiere. »Es hat geklappt!«

Malorie begegnet Toms Blick. Das Funkeln in seinen Augen ist nicht mehr da.

Was hat er da draußen erlebt?

»Das sind die Huskys«, sagt Jules und weist mit einer Handbewegung auf die Hunde. »Sie sind freundlich, aber es dauert einen Moment, bis sie mit einem warm werden.«

Dann heult Jules vor Erleichterung plötzlich laut auf.

Als würden Kriegsveteranen nach Hause kommen, denkt Malorie. *Nach einem Ausflug um den Block.*

»Was ist in dem Karton?«, fragt Cheryl.

Tom hebt ihn höher. Seine Augen sind glasig, sein Blick geht ins Leere. »In diesem Karton, Cheryl«, sagt er und streckt ihn mit einer Hand vor, während er mit der andern den Deckel anhebt, »sind Vögel.«

Die Hausbewohner sammeln sich im Kreis um die Kiste.

»Was für eine Art Vögel sind es?«, fragt Cheryl.

Tom schüttelt langsam den Kopf. »Das wissen wir nicht. Wir haben sie in der Garage eines Jägers gefunden. Wir haben keine Ahnung, wie sie überlebt haben. Vermutlich hat ihnen der Besitzer eine Menge Futter mit in die Kiste gegeben. Wie ihr hört, sind sie laut. Aber nur, wenn wir in der Nähe sind. Wir haben es ausprobiert. Sobald wir uns der Schachtel genähert haben, sind sie lauter geworden.«

»Dann sind sie als Abendessen gedacht?«, fragt Felix.

Tom lächelt müde und sagt: »Als Alarmanlage.«

»Alarmanlage?«, fragt Felix.

»Wir hängen die Kiste draußen auf«, sagt Jules. »Neben der Haustür. Wir werden die Vögel im Haus hören können.«

Nur eine Kiste mit Vögeln, denkt Malorie. Und doch fühlt es sich tatsächlich wie ein Fortschritt an.

Tom schließt den Deckel langsam wieder.

»Ihr müsst uns alles erzählen, was ihr erlebt habt«, sagt Cheryl.

»Das werden wir«, antwortet Tom. »Aber lasst uns ins Esszimmer gehen. Jules und ich würden uns gern für einen Moment hinsetzen.«

Die Hausgenossen lächeln.

Bis auf Don.

Don, der sie für tot erklärt hat. Don, der ihre Rationen bereits sich selbst zugeschlagen hat.

Im Flur stellt Tom die Vogelkiste auf den Boden an die

Wand. Dann versammeln sich die Hausbewohner im Esszimmer. Felix holt Wasser für Tom und Jules. Nachdem sie ihre Gläser vor sich stehen haben, beginnen sie, von ihren Erlebnissen draußen zu erzählen.

23

In dem Moment, in dem sich die Tür hinter ihm schließt, fürchtet sich Tom mehr, als er gedacht hatte.

Hier draußen sind die Wesen näher.

Werden sie uns angreifen, denkt er, *wenn wir zur Straße kommen, weit genug weg vom Haus?*

Er stellt sich kalte Hände vor, die sich über seinen schließen. Seine Kehle aufgeschlitzt. Sein Genick gebrochen. Sein Verstand zerstört.

Aber Tom weiß sehr wohl, dass in keinem Bericht von einem Angriff auf einen Menschen die Rede war.

So muss ich denken, beschließt er, während er immer noch auf der Eingangstreppe steht. Er zwingt diese Philosophie tiefer in seine Seele, sucht nach der Erde um ihre Wurzeln und gestattet sich, langsam durchzuatmen. Dabei tauchen andere Empfindungen auf.

Zum einen ein hemmungsloses, etwas leichtsinniges Gefühl der Freiheit.

Tom war seit seiner Ankunft im Haus schon im Freien. Er hat so oft wie alle anderen auch Wasser vom Brunnen geholt. Er hat Scheiße und Pisse zu den Gräben getragen. Aber diesmal ist es anders. Die Luft fühlt sich anders an. Gerade bevor er und Jules losmarschieren wollen, fegt eine Brise über sie hinweg. Über seinen Nacken, seine Ellbogen, seine Lippen. Es ist eine der merkwürdigsten Empfindungen, die er je hatte. Während die Wesen in seiner Einbildung hinter jedem Baum und jedem Straßenschild lauern, lässt ihn die frische, freie Luft beinahe schwindeln.

Wenn auch nur für einen Moment.

»Bist du bereit, Jules?«, fragt er.

»Ja.«

Wie wirklich Blinde klopfen sie mit ihren Besenstielen den Boden vor sich ab und steigen die Eingangstreppe hinunter. Schon nach drei Schritten spürt Tom, dass er nicht mehr auf Beton geht. Mit dem Rasen unter seinen Füßen ist es, als sei das Haus verschwunden. Er ist draußen auf See. Verwundbar. Für einen Moment ist er sich nicht sicher, ob er das wirklich schafft.

Also denkt er an seine Tochter.

Robin. Ich besorge uns nur ein paar Hunde.

Das ist gut. Das hilft ihm.

Der Besenstiel streicht über etwas, was der Randstein sein muss, und Tom tritt auf den Asphalt der Straße. Hier hält er an und kniet nieder. Auf Knien sucht er nach einer Ecke des vorderen Rasens. Er findet sie. Dann entnimmt er seiner Tasche einen kleinen Holzstock und rammt ihn in die Erde.

»Jules«, sagt er, »ich habe unseren Rasen markiert. Kann sein, dass wir die Hilfe brauchen, um wieder nach Hause zu finden.«

Als Tom aufsteht und sich umdreht, stößt er heftig an die Kühlerhaube eines Autos.

»Alles okay, Tom?«, fragt Jules.

Tom richtet sich gerade auf. »Ja«, sagt er. »Ich glaube, ich bin gerade gegen Cheryls Wagoneer gelaufen. Ich fühle Holzverkleidung.«

Die Geräusche von Jules' Stiefeln und seines Besenstiels lenken Tom vom Wagen weg zu ihm.

Unter anderen Umständen, wenn die Sonne nur auf seine

Augenlider scheinen würde, ohne Augenbinde und Helm darüber, würde Tom durch eine pfirsich- und orangefarbene Welt gehen. Seine geschlossenen Augen würden Farben sehen, die sich durch Wolken und im Schatten von Bäumen oder Hausgiebeln veränderten. Aber heute sieht er nur Schwarz. Und irgendwo in der Schwärze stellt er sich Robin vor, seine Tochter. Klein, unschuldig, hochintelligent. Sie ermutigt ihn – *geh, Daddy* –, weiter vom Haus fortzugehen, zu Dingen, die denen, die zurückgeblieben sind, helfen könnten.

»Verdammt!«, sagt Jules.

Tom hört ihn auf die Straße stürzen.

»*Jules!*« Tom bleibt reglos stehen. »Jules, was ist passiert?«

»Ich bin über etwas gestolpert. Spürst du es? Es hat sich wie ein Koffer angefühlt.«

Tom beschreibt einen weiten Bogen mit seinem Besen. Die Borsten stoßen auf ein Objekt. Tom kriecht darauf zu. Er legt den Besen neben sich auf das warme Pflaster und tastet mit beiden Händen, um festzustellen, was da mitten auf der Straße liegt. Er braucht nicht lange, um es herauszufinden.

»Es ist eine Leiche, Jules.«

Tom hört, wie Jules aufsteht.

»Es ist eine Frau, glaube ich«, sagt Tom. Dann nimmt er die Hände schnell von ihrem Gesicht fort.

Er steht auf, und die beiden gehen weiter.

Es geht alles viel zu schnell. In der alten Welt hätte es Stunden gedauert, bis sie die Entdeckung einer Leiche mitten auf der Straße verarbeitet hätten.

Doch sie gehen weiter.

Sie überqueren einen Rasen, bis sie einige Büsche erreichen. Hinter den Büschen ist ein Haus.

»Hier«, sagt Jules. »Da ist ein Fenster. Ich berühre das Glas eines Fensters.«

Tom folgt Jules' Stimme und tritt zu ihm ans Fenster. Sie tasten sich an den Ziegelsteinen des Hauses entlang, bis sie die Eingangstür gefunden haben. Jules klopft. Er ruft: »Hallo!« Er klopft wieder. Sie warten. Tom spricht. Er befürchtet, seine Stimme könnte in dieser stummen Welt etwas anlocken, aber er sieht keine andere Möglichkeit. Er erklärt etwaigen Bewohnern des Hauses, dass sie niemandem etwas tun wollen, dass sie nur hier sind, um nach Vorräten zu suchen, nach allem, was ihnen helfen könnte. Jules klopft noch einmal. Sie warten wieder. Im Haus rührt sich nichts.

»Lass uns hineingehen«, sagt Jules.

»Okay.«

Sie gehen zurück zum Fenster. Tom holt ein kleines Handtuch aus seiner Reisetasche. Er wickelt es um seine Faust. Dann schlägt er das Glas ein. Er trifft auf keine Decke. Keinen Pappkarton. Kein Holz. Das heißt, wer immer hier gewohnt hat, war nicht geschützt.

Vielleicht sind sie weggegangen, bevor es richtig schlimm wurde. Vielleicht sind sie anderswo in Sicherheit.

Tom ruft durch das zerbrochene Fenster in das Haus. »Ist da jemand?«

Da er keine Antwort erhält, räumt Jules das Glas beiseite. Dann hilft er Tom hindurchzukriechen. Drinnen stößt Tom etwas um. Es landet mit einem dumpfen Aufschlag. Jules klettert hinter Tom durch das Fenster.

Plötzlich hören sie Musik, ein Klavier, im selben Raum wie sie.

Tom hebt den Besen, um sich zu verteidigen, aber Jules spricht zu ihm.

»Das war ich, Tom!«, sagt er. »Tut mir leid. Mein Besen hat das Klavier getroffen.«

Tom atmet schwer. Beide schweigen, bis er sich beruhigt hat.

»Wir dürfen die Augen nicht öffnen«, sagt Jules leise.

»Ich weiß«, sagt Tom. »Es zieht hier drin. Irgendwo ist noch ein Fenster offen.«

Er wünscht sich so sehr, er könnte die Augen öffnen. Aber das Haus ist nicht sicher.

»Trotzdem«, sagt Tom. »Da wir nun mal hier sind, lass uns mitnehmen, was wir können.«

Doch im Erdgeschoss gibt es kaum etwas Nützliches. In der Küche durchsuchen sie die Schränke. Tom tastet in einem Regal herum, bis er ein paar Batterien findet. Kleine Kerzen. Kugelschreiber. Er meldet jeden Gegenstand an Jules, wenn er ihn in seine Tasche legt.

»Lass uns weitergehen«, sagt Tom.

»Was ist mit oben?«

»Mir gefällt es hier nicht. Und wenn es Lebensmittel gäbe, wären sie hier unten.«

Mithilfe der Besenstiele finden sie zur Haustür, sperren sie auf und verlassen das Haus. Sie gehen nicht zur Straße zurück. Stattdessen laufen sie quer über den Rasen zum Nachbarhaus, noch eins weiter entfernt von ihrem eigenen.

Dort vollführen sie dasselbe Ritual wie zuvor. Sie klopfen an der Haustür, kündigen sich laut an. Sie warten. Als sie keine Bewegung im Haus wahrnehmen, schlagen sie ein Fenster ein. Jules tut es diesmal.

Seine Faust berührt eine Art schwachen Schutz. Er glaubt, es ist Pappkarton.

»Jemand könnte da drin sein«, flüstert er.

Sie warten auf eine Reaktion auf den Lärm, den sie gemacht haben. Es gibt keine. Tom ruft. Er sagt Bescheid, dass sie Nachbarn sind. Dass sie auf der Suche nach Tieren seien und als Gegenleistung Obdach bieten könnten. Niemand antwortet. Jules räumt das Glas beiseite und hilft Tom durch das Fenster.

Als sie drinnen sind, bringen sie den Pappkarton vor dem Fenster wieder in Ordnung.

Mithilfe ihrer Besen kontrollieren sie das Haus. Es dauert Stunden. Rücken an Rücken bewegen sie sich durch die Räume und schwingen ihre Besen. Tom führt und sagt Jules, wo sie gehen. Als sie fertig sind, als sie sich überzeugt haben, dass das Haus leer ist, die Fenster abgedeckt und die Türen verschlossen sind, erklärt Tom das Haus für sicher.

Beiden Männern ist klar, was nun kommen muss.

Sie werden ihre Helme und Augenbinden abnehmen und die Augen öffnen. Keiner von ihnen hat seit nunmehr vielen Monaten etwas anderes als das Innere ihres eigenen Hauses gesehen.

Jules bewegt sich als Erster. Tom hört, wie er die Riemen seines Helms löst. Er tut es ihm gleich. Nachdem er seine Augenbinde in die Stirn geschoben hat, dreht sich Tom mit geschlossenen Augen zu Jules um.

»Bereit?«

»Bereit.«

Die beiden Männer öffnen die Augen.

Als Kind war Tom einmal mit einem Freund durch eine nicht verschlossene Hintertür in das Haus eines Nachbarn geschlichen. Sie verfolgten keinen Plan, keine Absichten. Sie wollten nur sehen, ob sie es konnten. Doch sie bekamen mehr als erhofft, als sie, in einer Speisekammer versteckt, gezwungen waren, das gesamte Abendessen der Familie abzuwarten. Als sie endlich wieder draußen waren, fragte ihn sein Freund, wie er sich fühlte.

»Schmutzig«, hatte er damals gesagt.

Als er nun die Augen im Haus fremder Leute öffnet, fühlt er sich genauso.

Das ist nicht ihr Haus. Aber sie sind in ihm. Das sind nicht ihre Dinge. Aber sie könnten es sein. Eine Familie hat hier gewohnt. Sie hatten ein Kind. Tom sieht ein, zwei Spielzeuge. Ein Foto verrät ihm, dass es ein Junge war. Sein blondes Haar und das junge Lächeln erinnern ihn an Robin. In gewisser Weise hat alles, was Tom seit Robins Tod begegnet ist, ihn an sie erinnert. Und hier in diesem fremden Haus stellt er sich nun vor, wie die Familie früher gelebt hat. Das Kind, das Mom und Dad erzählt, was es in der Schule gehört hat. Dad, der die ersten Berichte in der Zeitung liest. Mom, die das Kind ins Haus ruft. Wie alle zusammen voller Angst Nachrichten schauen; Dad langt über den Sohn hinweg und nimmt Moms Hand.

Robin.

Nichts deutet auf ein Haustier hin. Kein vergessener Kauknochen, kein Katzenbaum, kein Geruch nach einem Hund. Aber die Abwesenheit von Menschen macht Tom nachdenklich.

»Sieh du oben nach, Tom«, sagt Jules. »Ich mache hier unten weiter.«

»Okay.«

Am Fuß der Treppe blickt Tom auf. Er zieht die Augenbinde aus der Tasche und bindet sie wieder um. Obwohl sie das ganze Haus kontrolliert haben, kann sich Tom nicht überwinden, mit offenen Augen die Treppe hinaufzusteigen.

Haben sie gut genug kontrolliert?

Er benutzt den Besen zur Orientierung, als er die Treppe nach oben steigt. Seine Schultern streifen Fotos, die an der Wand hängen. Er denkt an Georges Foto, das zu Hause an der Wand hängt. Er bleibt mit der Stiefelspitze an einer Stufe hängen und stolpert vorwärts. Unter seiner Hand ist Teppichboden. Er richtet sich auf. Noch mehr Stufen. Es sind so viele, dass es ihm unmöglich erscheint, als müsse er bereits durch das Dach des Hauses gestiegen sein.

Schließlich verrät ihm der Besen, dass er oben angekommen ist. Doch sein Verstand bleibt hinter dem Besen zurück, und er stolpert wieder, diesmal gegen eine Wand. Es ist still hier oben. Er kniet nieder und legt den Besen neben sich ab. Dann öffnet er den Reißverschluss seiner Tasche und sucht nach der Taschenlampe. Er findet sie, steht wieder auf und lässt sich vom Besen leiten. Als er rechts abbiegt, stößt sein Handgelenk gegen etwas Kaltes, Hartes. Er bleibt stehen und betastet es. Es scheint aus Glas zu sein. Eine Vase. Er nimmt einen schlechten Geruch wahr. Vorhin hat er ihn nicht gerochen. Seine Hand ertastet eingerollte, tote Blätter. Als er langsam an Stängeln entlangfährt, ist ihm klar, dass es Blumen sind. Rosen vielleicht, längst verdorrt. Er wendet sich wieder nach links. Der Geruch der toten Blumen lässt nach, da er mit einem wesentlich stärkeren Geruch konfrontiert wird.

Er bleibt im Flur stehen. Wie ist es möglich, dass er und Jules es vorhin nicht gerochen haben?

»Hallo?«

Keine Antwort. Tom bedeckt Nase und Mund mit der freien Hand. Der Gestank ist furchtbar. Er geht weiter den Flur entlang und kommt zu einer Tür auf der rechten Seite. Tom betritt einen Raum. Es ist ein Badezimmer. Die Borsten kratzen auf den Fliesen. Er riecht feucht und modrig nach nicht benutzten Leitungsrohren. Er stochert gegen den Duschvorhang und überprüft die Badewanne mit dem Besen. Dann findet er den Arzneischrank. Tablettenflaschen stehen darin. Tom steckt sie ein. Er kniet nieder und geht das

Schränkchen unter dem Waschbecken durch. Er hört etwas hinter sich und dreht sich um.

Er kniet mit dem Gesicht zur Badewanne.

Du hast sie eben überprüft. Da war nichts drin.

Er hebt langsam den Besen und streckt ihn vor sich hin.

»Ist hier noch jemand?«

Er bewegt sich langsam vor, auf die Badewanne zu.

Er schwingt den Besen, einmal, zweimal.

Es dreht ihm den Magen um. Dieser Gestank.

Tom springt vor und schwingt den Besen wild über der Wanne. Er tastet die Zimmerdecke darüber ab. Dann tritt er wieder zurück und lässt den Besen auf den Badezimmerboden sinken, wo er auf etwas trifft. Er hört dasselbe Geräusch wieder, das er gehört hat, als er vor dem Unterbauschrank kniete.

Es dauert nicht lange, dann hat er eine Plastikflasche ausfindig gemacht. Sie ist leer.

Tom seufzt.

Er verlässt das Bad und geht im Flur weiter. Rasch kommt er zu einer weiteren Tür. Diese hier ist geschlossen. Er hört Jules entfernt von unten. Tom atmet tief durch und öffnet die Tür. Es ist kalt da drin. Der Besen verrät ihm, dass etwas vor ihm ist. Er tastet danach und entdeckt eine Matratze. Es ist ein kleines Bett. Ohne die Augen öffnen zu müssen, weiß er, dass es das Zimmer des Jungen ist. Er schließt die Tür, sucht das ganze Zimmer mit dem Besen ab und macht dann Licht.

Schließlich nimmt er seine Binde ab und öffnet die Augen. Wimpel hängen an der Wand. Lokale Sportmannschaften. Einer für den Zoo. Die Bettdecke zieren Formel-1-Rennautos. Es ist stickig hier drin. Unbenutzt. Da die Elektrizität funktioniert, steckt Tom seine Taschenlampe wieder ein.

Nach einer kurzen Suche ist klar, dass hier nichts ist, was er gebrauchen kann. Er denkt an Robins Zimmer.

Er schließt die Augen wieder und geht hinaus.

Weiter den Flur entlang wird der Geruch schrecklicher. Er kann den Mund nicht unbedeckt lassen. Am Ende des Flurs kommt er an eine Wand. Als er sich dreht, stößt der Besen an eine Tür hinter ihm. Tom erstarrt, als die Tür langsam aufgeht.

Hast du diesen Raum mit Jules kontrolliert? WIRKLICH?

»Hallo?«

Er bekommt keine Antwort. Tom geht langsam hinein. Er macht das Licht an und sucht die Wände nach Fenstern ab. Er findet zwei. Beide massiv mit Brettern vernagelt. Der Raum ist groß.

Das ist das Elternschlafzimmer.

Er durchquert den Raum. Der Gestank ist hier drin so stark, dass man glaubt, ihn greifen zu können. Der Besen leitet ihn zu einer Art begehbarem Schrank, wie es scheint. Kleider. Jacken. Er überlegt, sie mitzunehmen. Er denkt an den Winter, der ihnen bald bevorsteht.

Als er sich umdreht, entdeckt er eine weitere, kleinere Tür. Ein zweites Badezimmer. Wieder überprüft er die Schränkchen und Schubladen. Weitere Flaschen mit Tabletten. Zahnpasta. Zahnbürsten. Er sucht nach einem Fenster und findet eins. Mit Holz abgedeckt. Er tastet sich mithilfe des Besens aus dem Bad und schließt die Tür hinter sich.

Da er die Fenster überprüft hat und überzeugt ist, sicher zu sein, öffnet Tom die Augen.

Ein Kind sitzt auf dem Bett und sieht ihn an.

Tom schließt die Augen.

Sehen so die Wesen aus?

Du warst nicht sicher! DU WARST NICHT SICHER!

Sein Herz hämmert laut. Was hat er gesehen? Es war ein Gesicht. Ein altes Gesicht? Nein, es war jung. Jung? Aber verwelkt. Er will Jules rufen. Doch je länger seine Augen geschlossen sind, desto klarer wird das Bild.

Es war der Junge. Von dem Foto unten.

Er öffnet die Augen wieder.

Der Junge trägt einen Anzug. An das dunkle Kopfbrett des Betts gelehnt, wendet er das Gesicht auf unnatürliche Weise Tom zu. Seine Augen sind offen. Sein Unterkiefer hängt schlaff herab. Seine Hände sind im Schoß gefaltet.

Du bist hier verhungert, denkt Tom. *Im Schlafzimmer deiner Eltern.*

Tom bedeckt Mund und Nase, geht näher auf den Jungen zu und vergleicht ihn mit dem Foto. Das Kind sieht mumifiziert aus. Geschrumpft.

Wie lange bist du schon tot? Wie nahe war ich dran, dich hier rauszuholen?

Er sieht in die toten Augen des Jungen.

Robin, denkt er, *es tut mir so leid.*

»Tom!«, schreit Jules von unten.

Tom dreht sich um.

Er durchquert das Zimmer und geht auf den Flur hinaus.

»Jules! Alles in Ordnung?«

»Ja! Ja! Komm schnell! Ich habe einen Hund gefunden!«

Tom ist hin- und hergerissen. Der Vater in ihm will diesen Jungen nicht zurücklassen. Robin liegt in einem Grab hinter dem Haus, das er vor langer Zeit verlassen hat.

»Wenn ich gewusst hätte, dass du hier bist«, sagt Tom und dreht sich noch einmal zum Elternschlafzimmer um, »wäre ich früher gekommen.«

Dann macht er kehrt und stürmt die Treppe hinunter.

Jules hat einen Hund gefunden.

Er trifft Jules am Fuß der Treppe. Ehe Tom dazu kommt, ihm von dem Jungen zu erzählen, marschiert Jules durch die Küche und erzählt von seinem Fund. Am oberen Ende der Treppe zeigt Jules nach unten und weist Tom an, genau hinzuschauen.

Am Fuß der Treppe liegen die Eltern auf dem Rücken. Sie sind wie zum Kirchgang angezogen. Ihre Kleidung ist an den Schultern zerrissen. Auf der Brust der Mutter liegt ein Blatt Papier aus einem Notizblock. Darauf steht mit Filzstift geschrieben: RuhT in Friden.

»Ich habe gerade den Jungen gefunden, der das geschrieben hat«, sagt Tom. »Den Jungen, der sie hier hingelegt hat.«

»Sie müssen verhungert sein«, sagt Jules. »Es gibt kein Essen im Haus. Keine Ahnung, wovon *er* überlebt hat.«

Jules deutet an den Eltern vorbei. Tom geht in die Hocke und sieht einen Husky zwischen Pelzmänteln auf einer Kleiderablage kauern.

Er ist ausgemergelt. Tom stellt sich vor, dass er sich von den toten Eltern ernährt hat.

Jules holt Fleisch aus seiner Tasche, reißt ein Stück ab und wirft es dem Hund zu. Zunächst nähert sich das Tier nur zögerlich. Dann schlingt er es hinunter.

»Ist er gutmütig?«, fragt Tom leise.

»Nach meiner Erfahrung«, sagt Jules, »freundet sich ein Hund schnell mit Menschen an, die ihn füttern.«

Er wirft vorsichtig weiteres Fleisch die Treppe hinunter und spricht beruhigend auf das Tier ein.

Doch der Hund kostet Mühe. Und *Zeit.*

Die beiden Männer verbringen den ganzen restlichen Tag im Haus. Mithilfe des Fleischs schmiedet Jules ein Band zwischen sich und dem Tier. Tom sucht unterdessen die Teile des Hauses noch einmal ab, wo Jules bereits gewesen war.

Es gibt sehr wenig, was sie nicht bereits bei sich zu Hause haben. Er findet kein Telefonbuch. Kein Essen.

Jules, der sich mit Hunden sehr viel besser auskennt als Tom, erklärt ihm, dass sie noch nicht so weit seien, um aufbrechen zu können. Der Hund sei noch zu unberechenbar und vertraue ihm noch nicht.

Tom denkt an die zwölf Stunden, die er den Hausgenossen als Dauer ihrer Abwesenheit genannt hat. Er hat das Gefühl, eine Uhr ticken zu hören.

Schließlich verkündet Jules, der Hund sei nun seiner Ansicht nach so weit, das Haus zu verlassen.

»Dann lass uns gehen«, sagt Tom. »Wir werden unterwegs mit ihm weiterarbeiten müssen. Wir können hier nicht schlafen, bei diesem Todesgeruch.«

Jules gibt ihm recht. Doch es erfordert einige Versuche, bis sich der Hund anleinen lässt. Als es Jules schließlich gelingt, hat Tom bereits beschlossen, dass die zwölf Stunden der Teufel holen soll. Ein Nachmittag draußen hat ihnen einen Hund beschert, wer weiß, was der nächste Tag bringen könnte.

Dennoch: Die Uhr tickt.

In der Diele des Hauses legen sie ihre Augenbinden an und setzen die Helme wieder auf. Dann schließt Tom die Eingangstür auf, und sie verlassen das Heim. Jetzt benutzt Tom den Besen, Jules hingegen den Hund. Der Husky keucht.

Sie überqueren den Rasen vor dem Haus wieder und entfernen sich noch weiter von Malorie, Don, Cheryl, Felix und Olympia, bis sie zu einem weiteren Haus kommen.

In diesem, so hofft Tom, werden sie die Nacht verbringen. Wenn die Fenster geschützt sind, wenn sie nach einer Durchsuchung Vertrauen in das Haus gewinnen – und wenn sie nicht der Geruch des Todes begrüßt.

24

Der Schmerz in Malories Schulter ist so konkret, dass sie ihn im Geiste als Umriss sieht. Sie sieht, wie er sich bewegt, wenn sie die Schulter kreisen lässt. Es ist kein grell lodernder Schmerz mehr wie unmittelbar, nachdem es passiert war. Er ist jetzt tief, dumpf und pochend. Gedämpfte Farben des Verfalls statt der explosiven Töne der frisch geschlagenen Wunde. Sie stellt sich vor, wie der Boden des Ruderboots in diesem Moment aussieht. Urin. Wasser. Blut. Die Kinder haben gefragt, ob es ihr gut gehe. Sie hat Ja gesagt. Aber die Kinder merken, wenn sie belogen werden. Malories Training reicht über Worte hinaus.

Sie weint jetzt nicht, aber sie hat geweint. Lautlose Tränen hinter ihrer Augenbinde. Lautlos für sie. Aber die Kinder können Geräusche aus der Stille pflücken.

Okay, ihr beiden, sagte sie früher oft, wenn sie am Küchentisch saßen. *Schließt die Augen.*

Sie taten es.

Was tue ich?

Du lächelst.

Das stimmt, Mädchen. Woher weißt du das?

Du atmest anders, wenn du lächelst, Mommy.

Und am nächsten Tag wiederholten sie es.

Du weinst, Mommy!

Das stimmt. Und warum weine ich wohl?

Du bist traurig.

Das ist nicht der einzige Grund.

Du hast Angst!

Richtig. Versuchen wir etwas anderes.

Jetzt im Boot wird das Wasser kälter. Malorie fühlt es bei jedem qualvollen Ruderschlag spritzen.

»Mommy«, sagt der Junge.

»Was ist?«

Sie ist sofort alarmiert beim Klang seiner Stimme.

»Bist du okay?«

»Das hast du mich bereits gefragt.«

»Aber du klingst nicht okay.«

»Ich habe gesagt, es geht mir gut, und dann ist es auch so. Zweifelt nicht an dem, was ich sage.«

»Aber«, meldet sich das Mädchen zu Wort, »du atmest anders!«

Das stimmt. Sie weiß es. *Mühsam,* denkt sie.

»Das liegt nur am Rudern«, lügt sie.

Wie oft hat sie an ihren Mutterpflichten gezweifelt, als sie die Kinder zu Lauschapparaten ausgebildet hat? Für Malorie war es manchmal schrecklich, ihre Entwicklung zu verfolgen. Als hätte sie für zwei Mutantenkinder zu sorgen. Kleine Monster. Selbst eine Art unheimlicher Wesen, die ein Lächeln hören können. Die hören können, dass sie Angst hat, bevor sie es selbst weiß.

Die Wunde an der Schulter ist übel. Seit Jahren schon fürchtet sich Malorie vor einer Verletzung dieses Ausmaßes. Es gab andere Beispiele. Wo es gerade noch gut ging. Ein Sturz die Kellertreppe hinunter, als die Kinder zwei waren. Einmal ist sie gestolpert, als sie einen Eimer vom Brunnen zurücktrug, und hat sich den Kopf an einem Stein angeschlagen. Ein anderes Mal glaubte sie, sich das Handgelenk gebrochen zu haben. Ein Zahn, von dem sie sich ein Stück abgeschlagen hat. Sie kann sich kaum mehr erinnern, wie ihre Beine ohne blaue Flecken aussahen. Und jetzt fühlt es sich an, als würde sich das Fleisch an der Schulter vom Körper lösen. Sie würde das Boot am liebsten anhalten. Sie bräuchte ein Krankenhaus, sie würde am liebsten durch die Straßen laufen und schreien: *Ich brauche einen Arzt, ich brauche einen Arzt.* ICH BRAUCHE EINEN ARZT, SONST WERDE ICH STERBEN, UND DIE KINDER WERDEN OHNE MICH STERBEN!

»Mommy«, sagt das Mädchen.

»Was ist?«

»Wir fahren in die falsche Richtung.«

»*Was?*«

Mit zunehmender Erschöpfung hat sie ihren gesunden Arm immer mehr belastet, und jetzt rudert sie gegen den Strom und hat es nicht einmal bemerkt.

Plötzlich ist die Hand des Jungen auf ihrer. Malorie zuckt zuerst zusammen, dann versteht sie. Der Junge bewegt seine Hand mit ihrer, als würde er die Kurbel des Brunnens drehen.

In dieser kalten, schmerzvollen Welt hört der Junge, wie sie zu kämpfen hat, und hilft ihr beim Rudern.

25

Der Husky leckt Toms Hand. Jules schnarcht links von ihm auf dem Teppichboden im Haus der Familie. Hinter ihm ruht ein riesiges, stummes Fernsehgerät auf einem Eichengestell. Kisten mit Schallplatten stehen an den Wänden. Lampen. Eine karierte Couch. Ein gemauerter Kamin. Das große Gemälde eines Strands füllt den Platz über dem Kaminsims aus. Tom glaubt, es zeigt eine Ansicht aus dem nördlichen Michigan. Über ihm hängt reglos ein staubiger Deckenventilator.

Der Hund leckt seine Hand, weil er und Jules sich am Abend an schalen Kartoffelchips gütlich getan haben.

Dieses Haus hat sich als ein bisschen fruchtbarer erwiesen als das letzte. Die Männer haben ein paar Konserven, Papier, zwei Paar Kinderstiefel, zwei kleine Jacken und einen robusten Plastikeimer eingepackt, bevor sie sich schlafen legten. Immer noch kein Telefonbuch. Seit alle Leute ein Handy haben, scheinen Telefonbücher ausgestorben zu sein.

Es gibt Hinweise darauf, dass die ursprünglichen Hausbewohner die Stadt absichtlich verlassen haben. Wegbeschreibungen zu einem kleinen Ort in Texas, an der mexikanischen Grenze. Ein Überlebenshandbuch mit Markierungen darin. Lange Listen von zu besorgenden Dingen, einschließlich Benzin und Autoersatzteilen. Tom sieht anhand von Quittungen, was sie gekauft hatten: zehn Taschenlampen, drei Angelruten, sechs Messer, Wasser in

Plastikflaschen, Propangas, Nüsse in Dosen, drei Schlafsäcke, einen Generator, eine Armbrust, Speiseöl, Feuerholz. Während der Hund seine Hand leckt, denkt Tom an Texas.

»Schlechte Träume«, sagt Jules.

Tom dreht den Kopf und sieht, dass sein Freund wach ist.

»Ich hab geträumt, dass wir nicht mehr ins Haus zurückgefunden haben«, sagt Jules. »Ich habe Victor nie wieder gesehen.«

»Denk an den Stock, den wir in den Rasen gepflanzt haben«, sagt Tom.

»Den habe ich nicht vergessen«, sagt Jules. »In meinem Traum hat ihn jemand weggenommen.«

Jules steht auf, und die Männer essen Nüsse zum Frühstück. Der Husky bekommt eine Dose Thunfisch.

»Lass uns auf die andere Straßenseite gehen«, sagt Tom.

Jules ist einverstanden. Die Männer packen zusammen. Bald darauf brechen sie auf.

Draußen macht der Rasen Beton Platz. Sie sind wieder auf der Straße. Die Sonne brennt heiß. Die frische Luft fühlt sich gut an. Tom will gerade eine entsprechende Bemerkung machen, als Jules plötzlich ruft.

»Was ist das denn?«

Tom dreht sich blind in seine Richtung.

»Was ist?«

»Hier ist eine Stange, Tom. Wie … Ich glaube, es ist ein *Zelt.*«

»Mitten auf der Straße?«

»Ja. Mitten auf *unserer Straße.*«

Tom tastet sich zu Jules vor. Die Borsten seines Besens kommen mit etwas in Kontakt, das nach Metall klingt. Vorsichtig streckt er die Hand in die Dunkelheit und berührt, was Jules gefunden hat.

»Das verstehe ich nicht«, sagt Tom.

Tom legt den Besen ab und tastet mit beiden Händen über seinem Kopf an der Leinwandplane entlang. Es erinnert ihn an einen Straßenmarkt, den er mit seiner Tochter einmal besucht hat. Die Fahrbahnen waren mit orangefarbenen Kegeln abgesperrt. Hunderte von Künstlern verkauften Gemälde, Skulpturen, Zeichnungen. Sie standen dicht nebeneinander, mehr als man zählen konnte, und alle hatten eine Leinwandplane über ihre Werke gespannt.

Tom geht unter die Plane. Er schwingt den Besen in einem weiten Bogen, aber er findet nichts außer den vier Stangen, die die Plane tragen.

Militär, denkt Tom. Das Bild ist himmelweit entfernt von einem Künstlermarkt.

Als Tom noch ein Junge war, prahlte seine Mutter vor ihren Freundinnen immer damit, dass ihr Sohn »jedem Problem auf den Grund gehen muss«. *Er versucht, es zu verstehen,* sagte sie. *Es gibt nicht ein Ding in diesem Haus, das ihn nicht interessiert.* Tom erinnert sich an die Gesichter der Freundinnen seiner Mutter, wie sie lächelten, wenn sie so etwas sagte. *Spielzeug?*, sagte seine Mutter. *Tom braucht kein Spielzeug. Ein Ast an einem Baum ist ein Spielzeug. Die Kabel hinter dem Videorekorder sind Spielzeug. Die Art und Weise, wie ein Fenster funktioniert.* Sein ganzes Leben lang hat man so von ihm gesprochen. *Der Typ Junge, der wissen will, wie etwas funktioniert. Frag Tom. Wenn er es nicht weiß, findet er es heraus. Er repariert alles. Alles.* Für Tom selbst war dieses Verhalten jedoch nicht bemerkenswert. Bis er Robin hatte. Dann war er selbst überwältigt, welche Faszination die Mechanik von Dingen auf Kinder ausüben kann. Als er nun unter diesem Zeltdach steht, kann Tom nicht sagen, ob er wie das Kind ist, das herausfinden möchte, was es damit auf sich hat, oder wie der Vater, der es anweist, um das hier lieber einen Bogen zu machen.

Mehrere Minuten lang untersuchen die Männer das Ding mit verbundenen Augen.

»Vielleicht hätten wir Verwendung dafür«, sagt Tom schließlich, aber Jules ruft ihn bereits aus einiger Entfernung.

Tom überquert die Straße. Er folgt Jules' Stimme, bis sie sich auf einer neuen Rasenfläche treffen.

Das erste Haus, zu dem sie gehen, ist nicht abgesperrt. Sie vereinbaren, dass sie in diesem Haus die Augen nicht öffnen werden, dann gehen sie hinein.

Drinnen zieht es. Die Männer wissen, dass die Fenster offen stehen, bevor sie es überprüft haben. Toms Besenstiel verrät ihm, dass der allererste Raum, den sie betreten, voller Kisten steht. Diese Leute, denkt er, waren im Begriff aufzubrechen.

»Jules«, sagt Tom. »Geh die Kisten durch. Ich suche weiter im Haus herum.«

Seit Verlassen ihres eigenen Hauses sind bereits vierundzwanzig Stunden vergangen.

Jetzt geht er langsam durch das Haus von Fremden. Er kommt zu einer Couch. Einem Sessel. Einem Fernseher. Jules und der Husky sind kaum noch zu hören. Wind weht durch die offenen Fenster. Tom kommt an einen Tisch. Er tastet auf dessen Oberfläche umher, bis seine Hand an etwas stoppt.

Eine Schüssel, denkt er.

Als er sie hochhebt, hört er etwas auf die Tischplatte fallen. Er tastet danach, findet es und stellt fest, dass es ein Gegenstand ist, mit dem er nicht gerechnet hat.

Es ist wie ein Portionierer für Eiscreme, nur kleiner.

Tom lässt einen Finger in die Kelle gleiten. Eine dickflüssige Substanz befindet sich darin.

Er schaudert. Es ist keine Eiscreme. Und Tom hat schon einmal genau so etwas berührt.

Auf dem Rand der Badewanne. Bei ihrem kleinen Handgelenk. Das Blut dort war genauso. Dickflüssig. Tot. Robins Blut.

Zitternd zieht er die Schale näher zu sich heran und legt zugleich den Portionierer beiseite. Er fährt an der glatten Keramikwölbung der Schüssel hinunter, bis er etwas berührt, was auf dem Grund liegt. Sein Atem stockt, und er lässt die Schüssel auf den Teppichboden fallen.

»Tom?«

Tom antwortet nicht sofort. Das Ding, das er eben berührt hat – auch so etwas hat er früher schon einmal berührt.

Robin hatte es von der Schule mit nach Hause gebracht. Aus dem naturwissenschaftlichen Unterricht. Sie hatte es in einer offenen Kaffeedose voller Pennys aufbewahrt. Tom fand es, als sie in der Schule war. Als er nach der Ursache für diesen *Geruch* suchte.

Er wusste, er hatte sie gefunden, als er auf dem Stapel Münzen eine kleine, verfärbte Kugel entdeckte. Automatisch griff er danach. Es machte ein glucksendes Geräusch zwischen seinen Fingern.

Es war ein Schweineauge. Seziert. Robin hatte erzählt, dass sie es in dem Kurs gemacht hatten.

»Tom? Was ist los da drin?«

Jules ruft dich. Antworte ihm.

»Tom?«

»Alles in Ordnung, Jules! Ich habe nur etwas fallen lassen.«

Als er sich rückwärts aus dem Raum entfernen will, stößt er mit der Hand an etwas.

Er kennt auch dieses Gefühl.

Das war eine Schulter, denkt er. *An diesem Tisch sitzt eine Leiche in einem Sessel.*

Tom stellt sie sich vor. Sitzend. Augenlos.

Erst ist er zu keiner Bewegung fähig. Sein Gesicht ist dorthin gerichtet, wo die Leiche sein muss.

Dann eilt er aus dem Zimmer.

»Jules«, sagt er, »lass uns hier verschwinden.«

»Was ist los?«

Tom erzählt es ihm. Kurz darauf haben sie das Haus verlassen. Sie haben beschlossen, sich auf den Heimweg zu machen. Ein Hund ist genug. Nach dem Zelt und Toms Fund in der Schüssel will keiner der beiden mehr hier draußen sein.

Sie überqueren einen Rasen. Dann eine Zufahrt. Dann zwei. Der Hund zieht Jules. Tom hat Mühe, Schritt zu halten. Er hat das Gefühl, in der Dunkelheit seiner Augenbinde hier draußen verloren zu gehen. Er ruft nach Jules.

»Ich bin hier drüben!«, ruft Jules zurück.

Tom folgt seiner Stimme und holt ihn ein.

»Tom«, sagt Jules, »der Hund macht ein großes Theater wegen dieser Garage hier.«

Noch zitternd von seiner Entdeckung im Haus und auf einer tieferen Ebene noch mehr verängstigt durch die Sinnlosigkeit des Zelts auf der Straße, sagt Tom, dass sie ihren Heimweg fortsetzen sollten. Aber Jules möchte wissen, was den Hund so interessiert.

»Es ist eine frei stehende Garage«, sagt Jules. »Der Hund benimmt sich, als wäre etwas Lebendiges darin.«

Eine Seitentür ist abgesperrt. Jules findet ein Fenster und schlägt es ein. Er teilt Tom mit, dass es mit Pappkarton geschützt ist. Es ist ein kleiner Raum, aber einer von ihnen sollte hineingehen. Jules sagt, er wird gehen. Tom sagt, er wird ebenfalls gehen. Sie binden den Hund an eine Regenrinne und kriechen beide durch das Fenster.

Drinnen empfängt sie ein Knurren.

Tom macht kehrt in Richtung Fenster. Jules ruft.

»Es hört sich an wie noch ein Hund!«

Tom glaubt es ebenfalls. Sein Herz schlägt schnell, zu schnell, denkt er, und er steht mit einer Hand am Fenstersims, bereit, wieder hinauszusteigen.

»Ich fasse es nicht«, sagt Jules.

»Was ist?«

»Es ist noch ein Husky.«

»*Was?* Woher weißt du das?«

»Weil ich sein Gesicht berühre.«

Tom löst sich vom Fenster. Er hört den Hund fressen. Jules füttert ihn.

Dann kommt seitlich von Tom plötzlich ein neues Geräusch.

Zuerst klingt es wie Kinderlachen. Dann wie ein Lied.

Dann identifiziert er es als Zwitschern.

Vögel.

Vorsichtig weicht Tom zurück. Das Zwitschern beruhigt sich. Er tritt wieder vor. Es wird lauter.

Natürlich, denkt Tom aufgeregt; auf so etwas hat er gehofft, als er das Haus am Vortag verlassen hat.

Während Jules leise mit dem Hund spricht, nähert sich Tom den Vögeln, bis ihr Kreischen unerträglich wird. Er tastet auf einem Regalbrett entlang.

»Tom«, sagt Jules in der Dunkelheit, »sei vorsichtig …«

»Sie sind in einer Kiste«, sagt Tom.

»Was?«

»Ich bin mit einem Typen aufgewachsen, dessen Freund

Jäger war. Seine Vögel haben dieselben Geräusche gemacht. Sie werden lauter, je näher man kommt.«

Tom hat die Hände an der Kiste. Er überlegt. »Lass uns nach Hause gehen, Jules«, sagt er.

»Ich würde gern noch mehr Zeit mit dem Hund verbringen.«

»Du wirst es zu Hause tun müssen. Wir können sie in einem Zimmer einsperren, falls es Probleme gibt. Aber wir haben gefunden, wofür wir losgezogen sind. Lass uns nach Hause gehen.«

Jules leint den zweiten Husky an. Dieser hier ist leichter zu handhaben. Als sie die Garage durch die Seitentür verlassen, fragt Jules. »Du nimmst die Vögel mit?«

»Ja. Ich habe eine Idee.«

Draußen binden sie den ersten Husky los und machen sich auf den Heimweg. Jules geht mit dem zweiten Hund, Tom mit dem ersten. Langsam überqueren sie Rasenflächen und Einfahrten, bis sie die Markierung erreichen, die sie am Vortag aufgestellt haben.

Draußen auf der Treppe hört Tom seine Mitbewohner im Haus streiten, ehe er an die Tür klopft. Dann glaubt er, ein Geräusch auf der Straße hinter sich zu hören.

Er dreht sich um.

Er wartet.

Er fragt sich, wie weit das Zelt entfernt ist.

Dann klopft er.

Drinnen endet der Streit. Felix ruft zu ihm heraus. Tom antwortet.

»Felix! Ich bin's, Tom!«

26

Du wirst die Augen öffnen müssen …

»Du musst essen, Mädchen«, bringt Malorie heraus. Ihre Stimme ist schwach.

Der Junge hat Nüsse aus dem Beutel gegessen. Das Mädchen weigert sich.

»Wenn du nicht isst«, sagt Malorie und verzieht zwischendurch das Gesicht, »halte ich das Boot an und lass dich hier zurück.«

Malorie spürt die Hand des Mädchens auf ihrem Rücken. Sie hört auf zu rudern und schüttelt ihm ein paar Nüsse aus dem Beutel heraus. Selbst dabei schmerzt ihre Schulter.

Über dem Schmerz schwebt jedoch ein Gedanke. Eine Wahrheit, der sich Malorie nicht stellen will.

Ja, die Welt hinter ihrer Augenbinde ist ein scheußliches Grau. Ja, sie befürchtet, sie könnte das Bewusstsein verlieren. Doch eine viel unheilvollere Realität bahnt sich geschickt einen Weg durch ihre unzähligen Ängste und Sorgen. Sie schwebt, verharrt und landet dann in der vordersten Reihe ihrer Fantasie.

Es ist etwas, das sie den ganzen Morgen vor sich selbst versteckt hat.

Aber seit Jahren kreisen alle Entscheidungen, die sie trifft, darum.

Du redest dir ein, du hast vier Jahre gewartet, weil du Angst hattest, das Haus für immer aufzugeben. Du redest dir ein, du hast vier Jahre gewartet, weil du die Kinder erst trainieren wolltest. Aber nichts davon ist wahr. Du hast vier Jahre gewartet, weil du hier auf dieser Reise, auf diesem Fluss, wo Verrückte und Wölfe lauern, wo Wesen in der Nähe sein müssen, weil du HEUTE etwas tun musst, was du im Freien sogar länger als vier Jahre nicht mehr getan hast.

Heute wirst du die Augen öffnen müssen.

Im Freien.

Es stimmt. Sie weiß es. Es kommt ihr vor, als hätte sie es immer gewusst. Und wovor fürchtet sie sich mehr – vor der Möglichkeit, dass eins der Wesen in ihrem Blickfeld steht? Oder vor der unermesslichen Farbpalette, die vor ihren Augen explodieren wird, wenn sie diese öffnet?

Wie sieht die Welt jetzt aus? Wirst du sie noch erkennen?

Ist sie grau? Sind die Bäume verrückt geworden? Die Blumen, das Schilf, der *Himmel*? Ist die ganze Welt irrsinnig? Bekämpft sie sich selbst? Lässt die Erde ihre eigenen Ozeane nicht gelten? Der Wind hat aufgefrischt. Hat er etwas gesehen? Ist er ebenfalls verrückt?

Denk nach, würde Tom sagen. *Du bist dabei, es zu tun. Du ruderst. Rudere einfach weiter. Das alles bedeutet, dass du es schaffen wirst. Du wirst die Augen öffnen müssen. Du kannst es. Weil du musst.*

Tom. Tom. Tom. Tom.

Sie sehnt sich mehr denn je nach ihm.

Selbst in dieser neueren Welt hier auf dem Fluss, da der Wind zu heulen anfängt und kaltes Wasser über ihre Jeans spritzt, wo wilde Tiere am Ufer entlangpirschen, wo ihr Körper zerschunden und ihr Geist ein Gefangener der Grautöne ist, selbst hier erscheint ihr Tom als etwas Strahlendes, Richtiges. Als etwas, das *gut* ist.

»Ich esse«, sagt das Mädchen.

Das ist ebenfalls gut. Malorie findet die Kraft für aufmunternde Worte.

»Gut gemacht«, sagt sie, schwer atmend.

Noch mehr Bewegung im Wald links. Hört sich nach einem Tier an. Könnte der Mann mit dem Boot sein. Könnte ein Wesen sein. Oder ein Dutzend von ihnen. Wird das Ruderboot eine Schar hungriger Bären beim Fischfang stören?

Malorie ist *verwundet*. Das Wort kommt ihr immer wieder in den Sinn. Wie Tom. Wie die grauen Farben hinter ihrer Augenbinde. Wie die Geräusche des Flusses und der neuen Welt. Ihre Schulter. Ihre *Wunde*. Es ist passiert. Genau das, wovor man sie gewarnt hätte, wenn jemand da gewesen wäre, um sie zu warnen.

Fahr den Fluss hinunter, wenn du musst, aber sei darauf gefasst, dass du dich verletzen könntest.

Ach, ich weiß nicht, ob ich das tun würde. Du könntest verletzt werden.

Das ist zu gefährlich. Was wird aus den Kindern, falls du dich da draußen verletzt?

Das ist jetzt eine Tierwelt da draußen, Malorie. Geh nicht hinaus. Fahr nicht den Fluss hinunter.

Du könntest verletzt werden.

Verletzt.

VERLETZT.

VERLETZT.

Shannon. Denk an Shannon. Halt dich an ihr fest.

Sie versucht es. Eine Erinnerung boxt sich durch die Menge der düsteren Gedanken, die bereits von ihr Besitz ergriffen haben. Sie denkt daran, wie sie mit Shannon an einem Hang lag. Es war sonnig damals. Sie deckte die Augen mit dem Unterarm ab und zeigte zum Himmel.

Das ist Allan Harrison, sagte sie und meinte einen Jungen aus der Klasse. *Die Wolke da sieht aus wie Allan Harrison!*

Sie lachte.

Welche?

Die da! Siehst du sie?

Shannon rutschte auf dem Gras näher zu ihr heran und legte den Kopf direkt neben Malories.

Ja! Haha! Jetzt sehe ich ihn auch. Und schau dir die dort an! Das ist Susan Ruth!

Die Schwestern lagen stundenlang dort und suchten Gesichter in den Wolken. Eine Nase genügte. Ein Ohr. Oder eine war oben gelockt, wie Emily Holt.

Erinnerst du dich an den Himmel, fragt sie sich, während sie unglaublicherweise immer noch rudert. *Er war so blau. Und die Sonne war so gelb wie auf einer Kinderzeichnung. Das Gras war grün. Shannons Gesicht war blass, glatt, weiß. Wie deine Hände, mit denen du zum Himmel gezeigt hast. Wohin du an diesem Tag geschaut hast, waren Farben.*

»Mommy«, sagt der Junge. »Weinst du, Mommy?«

Wenn du die Augen öffnest, Malorie, wirst du sie wiedersehen. Deine ganze Welt wird erhellt werden. Du hast Wände und Decken gesehen. Treppen und Teppichböden. Flecken und Eimer mit Brunnenwasser. Stricke, Messer, eine Axt, Maschendraht, Lautsprecherkabel und Löffel. Konservendosen, Kerzen und Sessel. Klebeband, Batterien, Holz und Verputz. Das Einzige, was du seit Jahren sehen durftest, waren die Gesichter deiner Mitbewohner und die Gesichter deiner Kinder. Dieselben Farben. Dieselben Farben. Jahrelang dieselben Farben. JAHRE. Bist du bereit? Und wovor hast du mehr Angst? Vor den Wesen oder vor dir selbst, wenn die Erinnerungen an tausend Anblicke und Farben auf dich einstürzen? Was macht dir mehr Angst?

Malorie rudert jetzt sehr langsam. Nicht einmal mehr halb

so schnell wie noch vor zehn Minuten. Wasser, Blut und Pisse schwappen um ihre Knöchel. Tiere, Verrückte oder Wesen bewegen sich an den Ufern. Der Wind ist kalt. Tom ist nicht hier. Shannon ist nicht hier. Die graue Welt hinter der Augenbinde beginnt sich zu drehen, wie zäher Matsch, der langsam in einen Abfluss rinnt.

Sie übergibt sich.

Im letzten Moment zerbricht sie sich den Kopf, ob es eine schreckliche Sache ist, was hier mit ihr passiert. Dass sie das Bewusstsein verliert. Was wird aus den Kindern werden? Kommen sie klar, wenn Mommy einfach bewusstlos wird?

Und das war's dann.

Malories Hände gleiten von den Rudern. In ihrer Vorstellung beobachtet Tom sie. Die Wesen beobachten sie ebenfalls.

Und dann, während der Junge ihr eine Frage stellt, verliert Malorie, der Kapitän dieses kleinen Schiffs, vollständig das Bewusstsein.

27

Malorie erwacht aus Träumen über Babys. Es ist vermutlich entweder früher Morgen oder sehr später Abend. Im Haus ist es still. Je weiter ihre Schwangerschaft voranschreitet, desto realer wird alles, was auf sie zukommt. Beide Babybücher gehen kurz auf Hausgeburten ein. Es ist natürlich möglich, es ohne professionelle Hilfe zu tun, aber die Bücher sind diesbezüglich sehr misstrauisch. Sauberkeit, schreiben sie. *Unvorhergesehene Umstände.* Olympia hasst es, diese Abschnitte zu lesen, aber Malorie weiß, dass sie es tun müssen.

Eines Tages wird der Schmerz, von dem deine Mutter spricht und von dem alle Mütter sprechen, auch dir zuteilwerden: die Geburt eines Kindes. Nur Frauen können ihn erfahren, und aus diesem Grund besteht ein Band zwischen allen Frauen.

Jetzt kommt dieser Moment. *Jetzt.* Und wer wird da sein, wenn es so weit ist? In der alten Welt wäre die Antwort leicht gewesen. Shannon natürlich. Mom und Dad. Freunde. Eine Krankenschwester, die ihr versichert, dass alles in Ordnung ist. Es würde Blumen auf einem Tisch geben. Die Laken würden frisch riechen. Sie würde von Menschen umsorgt werden, die schon öfter Babys zur Welt gebracht haben; sie würden sich benehmen, als sei es nicht anders, als eine Pistazie aus ihrer Schale zu befreien. Und die Gelassenheit, die sie an den Tag legten, würde genau das sein, was Malorie zur Beruhigung ihrer Nerven brauchte.

Aber so ist es nicht mehr. Die Wehen, die Malorie nun

bevorstehen, klingen nach denen einer Mutterwölfin; brutal, gemein, unmenschlich. Es wird keinen Arzt geben und keine Schwester.

Keine Medikamente.

Ach, wie sie sich vorgestellt hatte, sie würde schon wissen, was sie tun musste! Wie vorbereitet sie sein würde! Zeitschriften, Websites, Videos, Ratschläge ihres Frauenarztes, Geschichten von anderen Müttern. Aber nichts davon steht ihr jetzt zur Verfügung. Nichts! Sie wird das Kind nicht in einem Krankenhaus zur Welt bringen, es wird hier, in diesem Haus geschehen. In einem der Räume dieses Hauses. Und das Äußerste, worauf sie hoffen kann, ist, dass Tom hilft, während Olympia ihre Hand hält und entsetzt zuschaut. Decken werden die Fenster verhüllen. Vielleicht wird ein T-Shirt unter ihrem Po liegen. Sie wird trübes Brunnenwasser aus einem Glas trinken.

Und das war's dann. So wird es geschehen.

Sie dreht sich wieder auf den Rücken. Schwer und langsam atmend starrt sie an die Decke. Sie schließt die Augen und öffnet sie dann wieder. *Wird sie das schaffen?*

Sie muss. Und deshalb wiederholt sie die Mantras, die sie vorbereiten sollen.

Letzten Endes spielt es keine Rolle, ob es in einem Krankenhaus passiert oder auf dem Küchenboden. Dein Körper weiß, was zu tun ist. Dein Körper weiß, was zu tun ist. Dein Körper weiß, was zu tun ist.

Das künftige Baby ist alles, was zählt.

Als wollten sie den Klang des Babys imitieren, auf das sich Malorie vorbereitet, fangen die Vögel vor der Haustür plötzlich zu zirpen an. Es reißt sie aus ihren Gedanken, und sie wendet sich dem Geräusch zu. Als sie sich langsam im Bett aufsetzt, hört sie ein Klopfen aus dem Erdgeschoss.

Sie erstarrt.

War das an der Tür? Ist es Tom? War jemand draußen?

Sie hört es wieder und setzt sich erstaunt auf. Sie legt eine Hand auf ihren Bauch und horcht.

Es klopft erneut.

Malorie schwingt langsam die Beine auf den Boden und geht zur Tür. Dort bleibt sie, eine Hand auf ihrem Bauch, eine am Türstock, wieder stehen und lauscht.

Ein neuerliches Klopfen. Lauter diesmal.

Sie geht zum oberen Ende der Treppe und stoppt wieder.

Wer ist das?

Ihr Körper fühlt sich kalt an in dem Pyjama. Das Baby bewegt sich. Malorie ist leicht schwindlig. Die Vögel lärmen immer noch.

Ist es einer der Hausbewohner?

Sie geht in ihr Zimmer zurück und holt eine Taschenlampe. Dann geht sie zu Olympias Zimmer und richtet den Strahl auf ihr Bett. Olympia schläft. In dem Zimmer am Ende des Flurs sieht sie Cheryl auf dem Bett.

Malorie geht langsam die Treppe ins Wohnzimmer hinunter.

Tom.

Tom schläft auf dem Teppich. Felix liegt auf der Couch.

»Tom«, sagt sie und berührt ihn an der Schulter. »Wach auf, Tom.«

Tom dreht sich auf den Bauch. Dann hebt er plötzlich den Kopf und sieht Malorie an.

»Tom«, sagt sie.

»Ist alles okay?«

»Jemand klopft an der Haustür.«

»Was? Jetzt?«

»In diesem Augenblick.«

Es klopft erneut. Tom dreht den Kopf zum Flur.

»Du lieber Himmel. Wie spät ist es?«

»Ich weiß es nicht. Spät.«

»Okay.«

Tom steht rasch auf. Er hält inne, wie um ganz wach zu werden und den Schlaf auf dem Boden zurückzulassen. Er ist vollständig bekleidet. Malorie sieht die primitiven Anfänge eines neuen Helms neben seinem Lagerplatz liegen. Tom schaltet die Lampe im Wohnzimmer an.

Dann gehen die beiden in Richtung Haustür. Im Flur bleiben sie stehen. Sie hören eine weitere Reihe Klopfzeichen.

»Hallo?«, sagt ein Mann.

Malorie packt Toms Arm. Tom macht das Licht in der Diele an.

»Hallo?«, sagt der Mann wieder.

Weiteres Klopfen folgt.

»Ihr müsst mich hereinlassen«, sagt der Mann. »Ich kann sonst nirgendwo hin. Hallo?«

Schließlich geht Tom zur Tür. Am Ende des Flurs sieht Malorie einen Schatten, der sich bewegt. Es ist Don.

»Was ist los?«, fragt er.

»Jemand ist an der Tür«, sagt Tom.

Don, der noch gar nicht richtig wach ist, sieht verwirrt aus. Dann braust er auf: »Und was willst du jetzt machen?«

Es klopft wieder.

»Ich muss irgendwohin«, sagt die Stimme. »Ich schaffe es nicht mehr allein hier draußen.«

»Ich werde mit ihm reden«, sagt Tom.

»Wir sind verdammt noch mal kein Wohnheim, Tom«, sagt Don.

»Ich werde nur mit ihm reden.«

Don kommt jetzt zu ihnen an die Haustür. Malorie hört schlurfende Schritte von oben.

»Wenn da jemand ist, könnte ich …«

»Wer bist du?«, ruft Tom schließlich.

Einen Moment lang ist es still. Dann: »Oh, Gott sei Dank ist jemand da! Ich heiße Gary.«

»Er könnte böse sein«, sagt Don. »Er könnte *verrückt* sein.«

Felix und Cheryl tauchen am Ende des Flurs auf. Sie sehen erschöpft aus. Jules ist jetzt ebenfalls da, die Hunde sind hinter ihm.

»Was ist los, Tom?«

»Hey, Gary«, sagt Tom. »Erzählst du uns ein bisschen mehr von dir?«

Die Vögel zirpen.

»Wer ist das?«, fragt Felix.

»Mein Name ist Gary, und ich bin sechsundvierzig Jahre alt. Ich habe einen braunen Bart. Ich habe meine Augen seit langer Zeit nicht geöffnet.«

»Mir gefällt der Klang seiner Stimme nicht«, sagt Cheryl.

Olympia ist jetzt da.

»Warum bist du draußen?«, ruft Tom.

»Ich musste das Haus verlassen, in dem ich gewohnt habe«, sagt Gary. »Die Leute dort haben nichts getaugt. Es gab Probleme.«

»Was zum Teufel soll das bedeuten?«, ruft Don.

Gary zögert. Dann: »Sie wurden gewalttätig.«

»Das reicht nicht«, sagt Don zu den anderen. »Macht die Tür nicht auf.«

»Gary«, ruft Tom. »Wie lange bist du schon da draußen?«

»Zwei Tage, glaube ich. Könnten schon eher drei sein.«

»Wo hast du dich aufgehalten?«

»Aufgehalten? Auf Rasen. Unter Büschen.«

»Scheiße«, sagt Cheryl.

»Hört zu«, sagt Gary. »Ich bin hungrig. Ich bin allein. Und

ich habe große Angst. Ich verstehe eure Vorsicht, aber ich kann sonst nirgendwohin.«

»Hast du es bei anderen Häusern versucht?«

»Ja. Ich klopfe seit Stunden an Türen. Ihr seid die Ersten, wo sich jemand meldet.«

»Woher wusste er, dass wir hier sind?«, fragt Malorie die anderen.

»Vielleicht wusste er es nicht«, sagt Tom.

»Er hat sehr lange geklopft. Er *wusste*, dass wir hier sind.«

Tom sieht Don an. Sein Gesichtsausdruck fragt, was Don meint.

»Kommt nicht infrage.«

Tom schwitzt jetzt.

»*Du* willst ihn bestimmt hereinlassen«, fährt Don wütend fort. »Du hoffst, er hat Informationen.«

»Das stimmt«, sagt Tom. »Ich hoffe, er hat Ideen. Ich denke außerdem, dass er unsere Hilfe braucht.«

»Tja, und ich denke, da draußen könnten sieben Männer stehen, die uns allen die Kehle aufschlitzen wollen.«

»*Himmel*«, sagt Olympia.

»Jules und ich waren vor zwei Tagen da draußen«, sagt Tom. »Er hat recht, dass die anderen Häuser leer sind.«

»Wieso schläft er dann nicht in einem davon?«

»Ich weiß es nicht, Don. Essen?«

»Und ihr beiden wart zur selben Zeit draußen. Und er hat euch nicht gehört?«

»Verdammt«, sagt Tom, »ich habe keine Ahnung, wie ich das beantworten soll. Er könnte eine Straße weiter gewesen sein.«

»Bei diesen Häusern habt ihr es nicht probiert. Woher weißt du, dass er die Wahrheit sagt?«

»Lass ihn rein«, sagt Jules.

Don baut sich vor ihm auf. »So läuft das hier nicht, Mann.«

»Dann lass uns abstimmen.«

»Hör doch auf mit dem Scheiß«, sagt Don wütend. »Wenn einer von uns nicht will, dass wir die Scheißtür aufmachen, dann sollten wir sie nicht aufmachen.«

Malorie denkt an den Mann vor der Haustür. In ihrer Vorstellung hat er die Augen geschlossen. Er zittert.

Die Vögel zirpen immer noch.

»Hallo?«, sagt Gary wieder. Er klingt angestrengt, ungeduldig.

»Ja«, sagt Tom. »Tut mir leid, Gary. Wir überlegen noch.« Dann wendet er sich den anderen zu. »Stimmt ab«, sagt er.

»Ja«, sagt Felix.

Jules nickt.

»Tut mir leid«, sagt Cheryl. »Nein.«

Tom sieht Olympia an. Sie schüttelt den Kopf.

»Ich tu dir das nur ungern an, Malorie«, sagt Tom. »Aber es steht unentschieden. Was werden wir tun?«

Malorie will nicht antworten. Sie will diese Macht nicht haben. Das Schicksal dieses Fremden wurde ihr vor die Füße gekippt.

»Vielleicht braucht er Hilfe«, sagt sie, aber in dem Moment, in dem sie es sagt, bereut sie es schon wieder.

Tom wendet sich der Tür zu.

Don streckt den Arm aus und packt ihn am Handgelenk. »Ich will nicht, dass diese Tür geöffnet wird«, zischt er.

»Don«, sagt Tom und entzieht sich langsam Dons Griff, »wir haben abgestimmt. Wir werden ihn hereinlassen. So wie wir Olympia und Malorie hereingelassen haben. So wie George dich und mich hereingelassen hat.«

Don starrt Tom an, es erscheint Malorie sehr lange. Wird es diesmal zu Handgreiflichkeiten kommen?

»Passt auf«, sagt Don. »Wenn die Sache schlimm ausgeht, wenn mein Leben wegen einer beschissenen Abstimmung in Gefahr gerät, werde ich keinem von euch helfen, wenn ich hier verschwinde.«

»Don«, sagt Tom.

»Hallo?«, ruft Gary.

»Halt die Augen geschlossen!«, schreit Tom. »Wir lassen dich rein.«

Tom hat die Hand auf dem Türknopf.

»Jules, Felix«, sagt er. »Nehmt die Besenstiele. Malorie, Olympia? Ihr müsst ihn abtasten, okay? So, jetzt alle die Augen schließen.«

In der Dunkelheit hört Malorie die Tür aufgehen.

Stille. Dann spricht Gary.

»Ist die Tür offen?«, fragt er.

»*Beeil dich*«, sagt Tom.

Malorie hört ein Schlurfen. Dann geht die Tür zu. Sie tritt einen Schritt vor.

»Lass die Augen zu, Gary«, sagt sie.

Sie streckt die Hand aus, findet ihn und führt die Hand an sein Gesicht. Sie befühlt seine Nase, die Wangen, die Augenhöhlen. Sie berührt ihn an den Schultern und bittet um eine Hand von ihm.

»Das ist neu für mich«, sagt Gary. »Was sucht …«

»Pst!«

Sie befühlt seine Hände und zählt die Finger. Sie streicht über die Fingernägel und das dünne Haar auf den Knöcheln.

»Okay«, sagt Felix. »Ich glaube, er ist allein.«

»Ja«, sagt Jules. »Er ist allein.«

Malorie öffnet die Augen.

Sie sieht einen Mann, wesentlich älter als sie selbst, mit einem braunen Bart und einem Tweed-Sakko über einem schwarzen Pullover. Er riecht, als wäre er seit Wochen im Freien gewesen.

»Danke«, sagt er beinahe atemlos.

Zunächst reagiert niemand. Sie beobachten ihn nur.

Das seitlich gescheitelte braune Haar ist struppig. Er ist sowohl älter als auch schwergewichtiger als die Hausgenossen. In der Hand hält er eine braune Aktentasche.

»Was ist da drin?«, fragt Don.

Gary sieht die Aktentasche an, als hätte er vergessen, dass er sie in der Hand hat.

»Meine Sachen«, sagt er. »Was ich schnell eingepackt habe, als ich gegangen bin.«

»Was für Sachen?«, fragt Don.

Gary blickt sowohl überrascht als auch verständnisvoll drein. Er öffnet die Aktentasche und dreht sie so, dass die Hausgenossen hineinsehen können. Papiere, eine Zahnbürste, ein Hemd, eine Uhr.

Don nickt.

Als Gary die Tasche wieder schließt, fällt ihm Malories Bauch auf. »Ach du meine Güte«, sagt er. »Es ist bald so weit, oder?«

»Ja«, sagt sie kühl. Sie weiß noch nicht, ob sie diesem Mann trauen kann.

»Wofür sind die Vögel da?«, fragt er.

»Um uns zu warnen«, sagt Tom.

»Natürlich«, sagt Gary. »Kanarienvögel im Minenschacht. Sehr schlau von euch. Ich habe sie gehört, als ich mich dem Haus genähert habe.«

Tom bittet Gary weiter ins Haus. Die Hunde beschnuppern ihn. Im Wohnzimmer zeigt Tom auf einen Fernsehsessel.

»Du kannst heute Nacht hier schlafen«, sagt er. »Man kann ihn nach hinten neigen. Brauchst du etwas zu essen?«

»Ja«, sagte Gary erleichtert.

Tom führt ihn durch die Küche ins Esszimmer.

»Wir bewahren die Konservendosen im Keller auf. Ich hole dir etwas.«

Tom macht Malorie unauffällig ein Zeichen, ihm in die Küche zu folgen. Sie tut es.

»Ich werde eine Weile mit ihm wach bleiben«, sagt Tom. »Schlaft noch ein bisschen, wenn ihr wollt. Alle sind erschöpft. Es ist okay. Ich gebe ihm etwas zu essen und Wasser, und wir reden morgen mit ihm. Wir alle zusammen.«

»Kommt nicht infrage, dass ich jetzt auf der Stelle wieder ins Bett gehe«, sagt Malorie.

Tom lächelt müde. »Okay.«

Er macht sich auf den Weg in den Keller. Malorie geht zu den anderen ins Esszimmer. Als Tom zurückkommt, hat er Pfirsiche in Dosen dabei.

»Ich hätte nie gedacht«, sagt Gary, »dass das kostbarste Werkzeug der Welt eines Tages ein Dosenöffner sein würde.«

Alle sitzen am Esstisch zusammen. Tom stellt Gary Fragen. Wie hat er da draußen überlebt? Wo hat er geschlafen? Gary ist erkennbar erschöpft. Er sagt, er würde gern schlafen. Schließlich gehen die Hausgenossen, beginnend mit Don, einer nach dem andern in ihre Schlafzimmer. Als Tom Gary ins Wohnzimmer zurückführt, stehen auch Malorie und Olympia vom Tisch auf. Auf der Treppe legt Olympia die Hand auf Malories Hand.

»Malorie«, sagt sie. »Würde es dir etwas ausmachen, wenn ich heute Nacht bei dir schlafe?«

Malorie dreht sich zu ihr um. »Nein«, sagt sie. »Nicht das Geringste.«

28

Es ist der nächste Morgen. Malorie steht auf und zieht sich an. Es klingt, als wären alle unten.

»Hattet ihr ebenfalls Strom?«, fragt Felix gerade, als Malorie das Wohnzimmer betritt.

Gary sitzt auf der Couch. Als er Malorie sieht, lächelt er.

»Das«, sagt Gary und gestikuliert in ihre Richtung, »ist der Engel, der mein Gesicht abgetastet hat, als ich hereingekommen bin. Ich muss zugeben, der menschliche Kontakt hat mich fast zum Weinen gebracht.«

Malorie findet, dass Gary ein wenig wie ein Schauspieler spricht. Theatralisch übertriebene Gesten.

»Und hat tatsächlich eine Abstimmung über mein Schicksal entschieden?«, fragt er.

»Ja«, sagt Tom.

Gary nickt. »In dem Haus, aus dem ich komme, wurden keine solchen Anstandsformen aufrechterhalten. Wenn jemandem etwas in den Sinn kam, hat er es ziemlich rigoros umgesetzt, egal ob die anderen einverstanden waren. Es tut gut, Leute zu treffen, die etwas von der Höflichkeit unseres alten Lebens beibehalten haben.«

»Ich habe dagegen gestimmt«, sagt Don unvermittelt und richtet den Blick auf Gary.

»Tatsächlich?«

»Ja. Sieben Leute unter einem Dach sind genug.«

»Ich verstehe.«

Einer der Huskys steht auf und geht zu Gary. Gary krault ihn hinter den Ohren.

Tom beginnt, ihm dieselben Dinge zu erklären, die er einst Malorie erklärt hat. Strom aus Wasserkraft. Die Vorräte im Keller. Das Fehlen eines Telefonbuchs. Wie George starb …

Nach einer Weile fängt Gary an, über einen früheren Mitbewohner zu sprechen. Ein »schwieriger Mensch«, der nicht glauben wollte, dass die Wesen überhaupt schädlich seien. »Er war überzeugt, die Reaktion der Menschen auf sie sei psychosomatisch. Anders ausgedrückt, der Wahnsinn, um den alle so ein Getue machen, wird gar nicht von den Wesen erzeugt, sondern vielmehr von den dramatisch veranlagten Leuten, die sie sehen.«

Getue, denkt Malorie. Hat Garys früherer Mitbewohner die Sache mit dieser Einschätzung abgetan?

Oder Gary selbst?

»Ich würde euch gern von meinen Erfahrungen in dem früheren Haus erzählen«, sagt Gary. »Aber ich muss euch warnen. Es ist eine düstere Geschichte.«

Malorie will sie hören. Alle wollen sie hören.

Gary fährt sich mit den Fingern durchs Haar. Dann fängt er an. »Es gab keine Anzeige, auf die wir uns gemeldet haben, und wir waren nicht so jung wie ihr alle. Es gab keinen Gemeinschaftssinn, keine Gruppenanstrengung. Mein Bruder Duncan hat einen Freund, der den Russenbericht sehr ernst nahm. Er war einer der frühen Gläubigen. Es passte gut zu seinen Verschwörungstheorien und seiner paranoiden Überzeugung, die Regierung oder *irgendwer* habe es auf uns alle abgesehen. Was mich selbst betrifft, kann ich manchmal selbst jetzt noch nicht glauben, dass das alles passiert. Und wer wollte es mir vorwerfen? Ich bin über vierzig. So an das Leben gewöhnt, das ich führte, dass ich mir eins wie dieses jetzt nicht vorstellen konnte. Deshalb stritt ich alles ab. Aber Kirk, der Freund meines Bruders, war sich von Anfang an sicher. Und nichts konnte ihn anscheinend von seiner Meinung abbringen. Eines Nachmittags rief Duncan an und sagte, Kirk habe vorgeschlagen, dass wir uns alle für ein paar Tage in seinem Haus versammeln oder zumindest bis wir mehr über ›diese Sache‹ wüssten.

›Welche Sache‹, fragte ich.

›Gary, es kommt pausenlos im Fernsehen.‹

›Welche Sache, Duncan? Das, was in Russland passiert ist? Das kann nicht dein Ernst sein.‹

›Komm schon‹, sagte Duncan. ›Wir kippen ein paar Bier, essen Pizza und tun ihm den Gefallen. Du hast nichts zu verlieren.‹

Ich sagte, nein danke. Bei diesem Spinner Kirk herumzuhängen und sich seine Deutung von Sensationsmeldungen anzuhören war nichts, was mich anmachte. Aber es dauerte nicht lange, dann tauchte ich doch auf. Ich hatte die Berichte gehört, so wie alle anderen im Land. Sie fingen an, mich zu beunruhigen. Es waren einfach so viele. Dennoch wollte ich es weiterhin hartnäckig nicht wahrhaben. Solche Dinge passieren einfach nicht. Aber dann kam eine Meldung, die mich zu handeln zwang. Es war die über die Schwestern in Alaska. Man könnte sich fragen, warum ich so lange gebraucht habe, bis ich überzeugt war. Alaska war relativ spät, aber Alaska war eben auch ein amerikanischer Bericht, und ich bin wohl provinziell genug, mir keine Sorgen zu machen, bis es in meiner näheren Umgebung passiert. Selbst der Reporter war sichtlich verängstigt. Ja, selbst der Mann, der die Nachricht meldete, tat es zitternd. – Ihr kennt die Geschichte. Eine Frau sah ihre ältlichen Nachbarn, zwei Schwestern, das Haus verlassen. Sie nahm an, sie seien zu ihrem täglichen

Spaziergang aufgebrochen. Drei Stunden später hörte sie im Radio, die Schwestern würden auf der Steintreppe vor dem Krankenhaus kauern und versuchen, Passanten zu beißen. Die Frau fuhr zum Krankenhaus, da sie sich den Schwestern näher glaubte als irgendwer sonst und deshalb dachte, sie könnte vielleicht helfen. Aber das war nicht der Fall. Auf den Fotos auf CNN sah man das Gesicht der Frau buchstäblich vom blutigen Schädel gerissen auf dem Gehsteig liegen. Und dahinter die beide alten Damen, tot, von der Polizei erschossen. Das Bild ließ mich frösteln. Solche normalen Leute. So eine alltägliche Umgebung. – Für Kirk bestätigte der Zwischenfall in Alaska sämtliche paranoiden Fantasien. Trotz meiner eigenen größer werdenden Angst war ich nicht bereit, mein vertrautes Leben gegen diese neue, milizartige Existenz einzutauschen, der er sich verschrieb. Ich war bereit, die Fenster zu verhängen, die Türen abzuschließen und mich zu verstecken, aber Kirk dachte sich bereits Pläne aus, wie diese ›Invasion‹, für die er es hielt, zu bekämpfen sei – ob es Aliens oder irgendetwas anderes sein sollten, wurde nie ganz klar. Er sprach von Waffen und Ausrüstung wie ein altgedienter Soldat. Natürlich war er keiner. Er hatte sich in seinem ganzen Leben nie für irgendetwas engagiert.«

Gary hält inne. Er scheint zu überlegen. Dann fährt er fort: »Bald war das Haus überfüllt mit pseudomilitanten Männern. Kirk genoss seine neu gewonnene Stellung als General, und ich sah mir das Kasperletheater größtenteils aus der Distanz an. Ich riet Duncan regelmäßig, ebenfalls Abstand zu wahren. Ein Mann wie Kirk würde seine Freunde ziemlich sicher ins Verderben führen. Die Männer wurden zunehmend streitsüchtig, aufgeladen mit Fantasien, wie sie die Bösewichte von Kirks ›Invasion‹ überwältigen würden. Tage vergingen, und ihre prahlerischen Behauptungen, sie würden die Stadt beschützen, die Ursache dieses globalen Wahnsinns beseitigen und sich ihren Platz in der Geschichte sichern, blieben noch folgenlos. Es gab jedoch einen Mann im Haus, der nach seiner Überzeugung handelte. Sein Name war Frank, und Frank war überzeugt, dass die Wesen, auf die sich Kirk vorbereitete, gar keine Bedrohung darstellten. Dennoch war er in das Haus gekommen, aus Angst vor der unvermeidlichen Gesetzlosigkeit, die sich im Land ausbreiten würde, wie er zugab. – Während Kirk sinnlose tägliche Wehrübungen plante, wurde Frank zu einer Art Einsiedler, der sein Zimmer im ersten Stock kaum noch verließ. Und da drin schrieb er. Tag und Nacht schrieb Frank, mit Bleistift, Kugelschreiber, Filzstift und Make-up. Eines Tages, als ich durch den Flur im Obergeschoss ging, hörte ich etwas hinter seiner geschlossenen Tür. Es waren wütende Laute, gepresst, unermüdlich in schnellem Tempo hervorgestoßen. Ich öffnete die Tür vorsichtig einen Spalt und sah ihn über den Schreibtisch gebeugt, und während er schrieb, flüsterte er etwas von der ›abergläubischen, überreagierenden‹ Gesellschaft, die er verabscheute. Ich hatte keine Ahnung, was er schrieb. Aber ich wollte es herausfinden. – Ich sprach mit Duncan darüber. Das Gesicht meines Bruders war mit lachhafter Tarnfarbe bemalt. Er war inzwischen ernsthaft angesteckt von Kirks Geschwafel. Er glaubte nicht, dass Frank eine Bedrohung darstellte. Frank, der Ausdrücke wie *Massenhysterie* und *psychosomatische Götzenverehrung* von sich gab, während Kirk und die anderen ohne Waffen im Keller Zielschießen imitierten. Alle taten Frank als nutzlosen Pazifisten ab.«

Gary hält wieder inne und fährt sich mit den Händen durchs Haar. Anschließend setzt er erneut an: »Ich machte mich daran herauszufinden, was Frank in seinem Zimmer trieb, und wartete auf eine Gelegenheit, seine geheimen

Schriften lesen zu können. – Was denkt ihr, geschieht mit einem Menschen, der bereits verrückt ist, wenn er die Wesen da draußen sehen sollte? Glaubt ihr, er wäre immun gegen sie, da sein Geist schon zerbrochen ist? Oder würde sein Irrsinn eine neue, höhere Stufe erklimmen? Vielleicht werden die Geisteskranken diese neue Welt erben, da sie nicht mehr kaputter werden können, als sie bereits sind. Ich weiß es genauso wenig wie ihr.«

Gary trinkt aus seinem Wasserglas.

»Meine Gelegenheit ergab sich, als Kirk und die anderen im Keller beschäftigt waren und Frank gleichzeitig im Bad war. Ich schlich mich rasch in sein Zimmer und fand seine Schriften in der Schreibtischschublade. Das war keine Kleinigkeit, denn inzwischen hatte ich Angst vor dem Mann. Die anderen mochten ihn als lächerlich abtun, aber ich vermutete brutalere Möglichkeiten in dem Ganzen. Ich fing zu lesen an. Bald war ich wie zugeschüttet von seinen Worten. Egal wann Frank zu schreiben angefangen hatte, es erschien mir unmöglich, dass er bereits so viel geschrieben hatte. Dutzende von Notizbüchern, in allen möglichen Farben, jedes wütender als das vorhergehende. Auf winzige, kursive Couplets folgten riesige, hervorgehobene Begriffe, und all das verkündete, dass man die Wesen nicht fürchten müsse. Den Rest von uns bezeichnete er als ›Kleingeister‹, die ›vernichtet‹ werden müssten. Er war tatsächlich gefährlich. Als ich ihn aus der Badewanne steigen hörte, eilte ich schnell aus seinem Zimmer. Vielleicht lag Duncan doch nicht so falsch damit, sich Kirk anzuschließen. Diese Notizbücher zeigten mir, dass es weitaus schlimmere Reaktionen auf die neue Welt gab als seine.«

Gary holt tief Luft. Er fährt sich mit dem Handrücken über den Mund.

»Als wir am nächsten Morgen aufwachten, waren die Vorhänge abgenommen.«

Cheryl gibt einen erschrockenen Laut von sich.

»Die Türen waren aufgesperrt.«

Don will etwas sagen.

»Und Frank war verschwunden. Die Notizbücher hatte er mitgenommen.«

»Oh, Scheiße«, sagt Felix.

Gary nickt.

»Kam jemand zu Schaden?«

Garys Augen werden feucht, aber er beherrscht sich.

»Nein«, sagt er. »Niemand. Was Frank bestimmt in seinen Aufzeichnungen vermerkt hat.«

Malorie führt die Hand an ihren Bauch.

»Warum bist du gegangen?«, fragt Don ungeduldig.

»Ich bin gegangen«, sagt Gary, »weil Kirk und die anderen lang und breit davon sprachen, Frank zu jagen. Sie wollten ihn töten für das, was er getan hatte.«

Es ist still im Raum.

»Da wusste ich, ich musste raus. Das Haus war kaputt. Verpestet. Eures ist es nicht, wie mir scheint. Und deshalb«, sagt Gary und sieht Malorie an, »bin ich dankbar, dass du mich aufgenommen hast.«

»Ich habe dich nicht hereingelassen«, sagt Malorie. »Das waren wir alle.«

Was für ein Mann lässt seinen Bruder zurück, fragt sie sich.

Sie sieht zu Don. Zu Cheryl. Zu Olympia. Hat Garys Geschichte ihn beliebter gemacht bei denen, die gegen ihn gestimmt haben? Oder hat sie ihre Befürchtungen bestätigt?

Wahnsinnsgetue.

Tom und Felix stellen Gary Fragen zu seiner Geschichte. Jules mischt sich ebenfalls ein. Aber Cheryl hat den Raum verlassen. Und Don, der zu allem etwas zu sagen hat, redet nicht viel. Er starrt nur vor sich hin.

Eine Kluft macht sich bemerkbar, denkt Malorie.

Wann genau es begonnen hat, spielt keine Rolle für sie. Es ist jetzt deutlich zu sehen: Gary hat eine Aktentasche mit ins Haus gebracht. Eine Geschichte. Und irgendwie eine Kluft.

29

Malorie wacht mit geschlossenen Augen auf. Es ist nicht mehr so schwer wie früher. Das Bewusstsein kommt. Die Geräusche, Empfindungen und Gerüche des Lebens. Auch die optischen Eindrücke. Malorie weiß, dass es etwas zu sehen *gibt*, auch wenn man die Augen geschlossen hat. Sie sieht Pfirsich- und Gelbtöne, die Farben des fernen Sonnenlichts, das die Haut durchdringt. Am Rande ihres Sehbereichs sind Grauschattierungen.

Es hört sich an, als wäre sie im Freien. Sie fühlt kühle Luft auf dem Gesicht. Spröde Lippen. Trockene Kehle. Wann hat sie zuletzt getrunken? Ihr Körper fühlt sich okay an. Ausgeruht. Ein dumpfes Pochen kommt von irgendwoher links von ihrem Hals. Ihre Schulter. Sie legt die rechte Hand an die Stirn. Als ihre Finger das Gesicht berühren, nimmt sie wahr, dass sie schmutzig und nass sind. Tatsächlich fühlt sich ihr ganzer Rücken nass an. Ihr Shirt ist vollgesogen mit Wasser.

Ein Vogel singt über ihr. Ohne die Augen zu öffnen, wendet ihm Malorie das Gesicht zu.

Die Kinder atmen schwer. Es klingt, als würden sie an etwas arbeiten.

Zeichnen sie? Bauen sie etwas? Spielen sie?

Malorie setzt sich auf.

»Junge?«

Ihr erster Gedanke klingt wie ein Witz. Unmöglich. Ein Irrtum. Doch dann wird ihr klar, dass genau das passiert.

Sie atmen so schwer, weil sie rudern.

»*Junge!*«, schreit Malorie. Ihre Stimme klingt furchtbar. Als wäre ihre Kehle aus Holz.

»Mommy!«

»Was ist los?«

Das Ruderboot. Das Ruderboot. Das Ruderboot. Du bist auf dem Fluss. Du hast das Bewusstsein verloren. DU HAST DAS BEWUSSTSEIN VERLOREN.

Sie schiebt die lahme Schulter über den Bootsrand, schöpft eine Handvoll Wasser und führt sie an den Mund. Dann kniet sie, beugt sich über den Rand und schöpft weiter in schneller Folge. Sie atmet schwer. Aber die Grautöne sind verschwunden. Und sie fühlt sich körperlich ein wenig besser.

Sie wendet sich den Kindern zu.

»Wie lange? *Wie lange?*«

»Du bist eingeschlafen, Mommy«, sagt das Mädchen.

»Du hast schlecht geträumt«, sagt der Junge.

»Du hast geweint.«

Malories Verstand arbeitet zu schnell. Hat sie etwas verpasst?

»*Wie lange?*«, brüllt sie wieder.

»Nicht lange«, sagt der Junge.

»Habt ihr die Augenbinden auf. Sprecht!«

»Ja«, sagen sie.

»Das Boot ist hängen geblieben«, sagt das Mädchen.

Du lieber Himmel, denkt Malorie.

Dann beruhigt sie sich so weit, um fragen zu können: »Wie sind wir wieder losgekommen?«

Sie findet den kleinen Körper des Mädchens und folgt seinen Armen zu den Händen. Dann tastet sie auf der anderen Seite des Boots nach dem Jungen.

Sie benutzen jeder ein Ruder. Sie rudern gemeinsam.

»Das waren wir, Mommy!«, sagt das Mädchen.

Malorie ist auf den Knien. Sie nimmt wahr, dass sie schlecht riecht. Wie eine Kneipe. Wie eine Toilette.

Wie Erbrochenes.

»Wir haben es freibekommen«, sagt der Junge.

Malorie ist jetzt bei ihm. Ihre zitternden Hände sind auf seinen.

»Ich bin verletzt«, sagt sie laut.

»Was?«, fragt der Junge.

»Ihr müsst jetzt wieder dorthin, wo ihr wart, bevor Mommy eingeschlafen ist. Sofort.«

Die Kinder hören auf zu rudern. Das Mädchen presst sich an sie, als es nach hinten kriecht. Malorie hilft ihm.

Dann sitzt Malorie wieder auf der Mittelbank.

Ihre Schulter pocht, aber es ist nicht mehr so schlimm wie zuvor. Sie brauchte Ruhe. Sie hat ihrem Körper keine gegönnt. Also hat er sie sich genommen.

Während Malorie langsam wach wird, friert sie mehr, und ihre Furcht wächst. Was, wenn es wieder passiert?

Sind sie an dem Punkt vorbeigefahren, zu dem sie unterwegs sind?

Malorie hat die Ruder in der Hand und atmet tief durch, ehe sie zu rudern anfängt.

Dann beginnt sie zu weinen. Sie weint, weil sie bewusstlos geworden ist. Sie weint, weil ein Wolf sie angegriffen hat. Sie weint aus mehr Gründen, als sie benennen kann. Aber sie weiß, es hat teilweise auch mit der Entdeckung zu tun, dass die Kinder fähig sind, allein zu überleben, und sei es auch nur für kurze Zeit.

Du hast sie gut trainiert, denkt sie. Der Gedanke, den sie oft als hässlich empfand, macht sie stolz.

»Junge!«, sagt sie durch ihre Tränen, »du musst jetzt wieder horchen. Okay?«

»Ich horche, Mommy!«

»Und du ebenfalls, Mädchen.«

»Ja, Mommy!«

Kann es sein, denkt Malorie, *dass alles in Ordnung ist? Kann es sein, dass du ohnmächtig wirst, und wenn du aufwachst, ist immer noch alles in Ordnung?*

Es fühlt sich nicht an, als könnte es stimmen. Es steht nicht im Einklang mit den Regeln der neuen Welt. Irgendetwas ist hier draußen bei ihnen auf diesem Fluss. Verrückte. Wilde Tiere. Wesen. Wie lange hätte sie noch schlafen müssen, bis alle von dem Boot angelockt worden wären?

Gott sei Dank rudert sie wieder. Doch das lauernde Unbekannte fühlt sich näher an.

»Es tut mir so leid«, sagt sie weinend zwischen zwei Zügen.

Ihre Beine sind patschnass von Wasser, Pisse, Blut und Erbrochenem. Aber ihr Körper ist ausgeruht. Irgendwie, denkt Malorie, war ihr trotz der grausamen Regeln dieser unbarmherzigen Welt eine Pause vergönnt.

Das Gefühl der Erleichterung dauert einen Ruderschlag. Dann hat die Angst wieder von Malorie Besitz ergriffen.

30

Cheryl ist aufgebracht.

Malorie hört sie in dem Zimmer am Ende des Flurs mit Felix reden. Die anderen Hausbewohner sind unten. Gary hat sich angewöhnt, im Esszimmer zu schlafen, trotz des harten Holzbodens. Don hat sich seit seiner Ankunft vor zwei Wochen stark mit ihm angefreundet. Malorie weiß nicht, was sie davon halten soll. Er ist wahrscheinlich in diesem Moment bei Gary.

Aber hinten im Flur flüstert Cheryl, ihre Worte kommen schnell. Sie klingt, als hätte sie Angst. Man hat den Eindruck, alle haben Angst. Mehr als sonst. Die Stimmung im Haus, die früher durch Toms Optimismus massiv gestützt wurde, verdüstert sich mit jedem Tag. Manchmal glaubt Malorie, die Stimmung reicht über Angst hinaus. Genau so hört sich Cheryl in diesem Augenblick an. Malorie überlegt, ob sie zu ihnen gehen, Cheryl vielleicht sogar trösten soll, aber sie entscheidet sich dagegen.

»Ich mache es jeden Tag, Felix, weil ich es gern tue. Es ist mein Job. Und die paar Minuten, in denen ich rausgehe, sind mir kostbar. Es erinnert mich daran, dass ich früher einen *echten* Job hatte. Einen, für den ich aufgestanden bin. Auf den ich stolz war. Die Vögel zu füttern ist meine einzige Verbindung zu dem Leben, das ich früher geführt habe.«

»Und es ist eine Gelegenheit, ins Freie zu kommen.«

»Und es ist eine Gelegenheit, ins Freie zu kommen, ja.«

Cheryl bemüht sich um einen beherrschten Tonfall, dann fährt sie fort. Sie ist draußen, erzählt sie Felix, bereit, die Vögel zu füttern. Sie tastet sich an der Wand entlang zur Kiste. In der rechten Hand hat sie Apfelspalten aus einer Dose im Keller. Die Eingangstür hat sich hinter ihr geschlossen. Jules wartet drinnen, mit verbundenen Augen. Cheryl geht langsam und stützt sich am Haus ab. Die Ziegel sind rau unter ihren Fingerspitzen. Bald werden sie einem Abschnitt mit Holzverkleidung Platz machen, aus dem ein Metallhaken ragt. Dort hängt die Kiste mit den Vögeln.

Sie zirpen bereits. Das tun sie immer, wenn sie ihnen nahe kommt. Cheryl hat sich mit Freuden dazu bereit erklärt, die Vögel zu füttern, als die Aufgabe zur Sprache kam. Seither tut sie es jeden Tag. In gewisser Weise ist es, als wären es ihre Vögel. Sie spricht mit ihnen, erzählt ihnen die neuesten Belanglosigkeiten aus dem Haus. Ihre liebliche Antwort beruhigt sie, wie es Musik früher tat. Sie kann an der Lautstärke ihres Gesangs ermessen, sagt sie zu Felix, wie nahe sie der Kiste ist.

Doch diesmal hört sie noch etwas außer ihrem Zirpen.

Am Ende des Gehwegs vor dem Haus hört sie einen »nicht ausgeführten Schritt«. Anders kann sie es Felix nicht erklären. Es klingt für sie, als würde jemand gehen, der auch die Absicht hat weiterzugehen, aber dann plötzlich stehen bleibt.

Cheryl, die immer in höchstem Maß wachsam ist, wenn sie die Vögel füttert, stellt zu ihrer Überraschung fest, dass sie zittert.

»Ist da jemand?«, fragt sie.

Keine Antwort.

Sie überlegt, zur Haustür zurückzugehen. Sie wird den anderen sagen, dass sie heute zu überdreht ist für den Job.

Stattdessen wartet sie.

Und es kommt kein weiteres Geräusch.

Die Vögel in der Kiste sind aktiv. Sie ruft sie nervös.

»Na, ihr. Hey, hey.«

Das Zittern in ihrer Stimme macht ihr Angst. Instinktiv senkt sie den Kopf und hebt die Hand, in der sie die Äpfel hält, um sich zu schützen, als würde jeden Moment etwas ihr Gesicht berühren. Sie macht einen Schritt. Dann noch einen. Schließlich kommt sie bei der Kiste an. Manchmal, erzählt sie Felix, ist der Spaziergang zwischen Haustür und Kiste, als würde sie im Weltall schweben. Ohne Verankerung.

Heute fühlt sie sich unglaublich weit vom Land entfernt.

»Hallo, ihr«, sagt sie und hebt den Deckel der Kiste gerade hoch genug an, um ein paar Apfelspalten hineinzuwerfen. Normalerweise hört sie dann das Trippeln der winzigen Füße, wenn die Vögel zum Futter eilen. Heute hört sie es nicht.

»Na los, fresst. Seid ihr nicht hungrig?«

Sie öffnet den Deckel wieder ein wenig und wirft die restlichen Apfelstücke hinein. Das, sagt sie zu Felix, ist immer ihr Lieblingsmoment. Wenn sie den Deckel schließt, das Ohr an die Kiste drückt und hört, wie die kleinen Körper fressen.

Aber sie fangen nicht an zu essen. Stattdessen zirpen sie ängstlich.

»Na, na«, sagt Cheryl und versucht, das Zittern in ihrer Stimme loszuwerden. »Fresst, Vögelchen.«

Sie nimmt das Ohr von der Kiste, weil sie glaubt, ihre Anwesenheit mache die Vögel heute scheu. Im selben Moment kreischt sie.

Etwas hat ihre Schulter berührt.

Cheryl dreht sich blind im Kreis und fuchtelt wild mit den Armen. Sie berührt nichts.

Sie kann ihre Beine nicht bewegen. Sie kann nicht ins

Haus laufen. Etwas hat ihre Schulter berührt, und sie weiß nicht, was es war.

Die Stimmen der Vögel klingen nicht mehr lieblich. Sie klingen wie das, was sie nach Toms Vorstellung sein sollten.

Ein Alarm.

»Wer ist da?«

Sie befürchtet, jemand könnte antworten. Sie will nicht, dass jemand antwortet.

Sie beschließt zu schreien. Einer der Hausgenossen kann kommen und sie holen. Sie zur Erde zurückholen. Doch als sie einen Schritt macht, hört sie, wie ein Blatt unter ihrem Schuh zerdrückt wird. Sie versucht, sich fieberhaft an ihre Ankunft hier beim Haus zu erinnern. Sie hat aus dem Wagenfenster gesehen. War da ein Baum? Hier, beim Gehweg vor dem Haus?

War da einer?

Vielleicht hat sie nur ein herabfallendes Blatt gestreift.

Es wäre leicht herauszufinden. Wenn sie einfach die Augen für eine Sekunde öffnen dürfte, könnte sie sehen, dass sie allein ist. Sie könnte sehen, dass es nur ein Blatt war, nichts weiter.

Aber sie darf nicht.

Zitternd drückt sie sich mit dem Rücken an das Haus und rutscht langsam zurück zur Haustür. Ihr Kopf geht beim leisesten Geräusch ruckartig nach links oder rechts. Ein Vogel hoch am Himmel. Das Rascheln in einem Baum auf der anderen Straßenseite. Ein kleiner Windstoß. Schwitzend spürt sie endlich die Ziegelwand und eilt zum Eingang.

»Großer Gott«, sagt Felix. »Glaubst du wirklich, es könnte ein Blatt gewesen sein?«

Sie zögert. Malorie beugt sich im Flur weiter vor.

»Ja«, sagt Cheryl plötzlich. »Das glaube ich. Wenn ich es

noch einmal ablaufen lasse, würde ich sagen, genau das war es.«

Malorie geht in ihr Schlafzimmer zurück und setzt sich auf das Bett.

Felix' Geschichte über den Brunnen. Victor, der das abgedeckte Fenster angebellt hat. Cheryl bei den Vögeln.

Kann es sein, fragt sich Malorie, dass die Welt da draußen und die Dinge, vor denen sie sich verstecken, immer näher kommen?

31

Für Malorie fühlt sich das Haus seit Garys Ankunft vollkommen anders an, gespalten. Es ist eine kleine Veränderung, aber unter den gegebenen Umständen ist jede Veränderung groß.

Und es ist Don, der ihr am meisten Sorgen macht.

Sehr oft, wenn Tom, Jules und Felix sich im Wohnzimmer unterhalten, ist Don mit Gary im Esszimmer. Er bringt ein starkes Interesse an dem Mann zum Ausdruck, der die Vorhänge abnahm und die Türen öffnete. Während Malorie in der Küchenspüle Kleidung wäscht – sie sind bei ihrer vorletzten Packung Waschmittel angelangt –, hört sie zwei Gesprächen gleichzeitig zu. Tom und Jules verwandeln dabei langärmlige Hemden in Hundeleinen, während Gary Don erklärt, wie Frank dachte. Immer wie Frank dachte. Nie ganz, was Gary selbst denkt.

»Ich glaube nicht, dass es darum geht, ob ein Mensch besser vorbereitet ist als ein anderer«, sagt Gary gerade. »Ich stelle es mir mehr wie einen 3-D-Film vor. Am Anfang glaubt das Publikum, die Gegenstände würden wirklich auf sie zukommen. Sie heben die Hände zum Schutz. Aber die Intelligenten, die gut Informierten, wissen, dass sie die ganze Zeit nicht in Gefahr waren.«

Don hat in Bezug auf Gary eine totale Kehrtwendung gemacht. Malorie glaubt, sie hat gesehen, wie es passiert ist.

Hey, ich glaube nicht, dass diese Theorie verrückter ist als unsere, hat Don einmal zu ihm gesagt.

»Es ist schwer«, sagt Don jetzt, »weil wir keine neuen Berichte mehr erhalten.«

»Genau.«

Ja, nachdem Don zuerst dagegen gestimmt hatte, Gary hereinzulassen, ist er nun der einzige Hausgenosse, der sich mit ihm zusammensetzt und redet. Und redet. Und redet.

Er ist skeptisch, denkt Malorie. *Das ist seine Natur. Und er hat jemanden gebraucht, mit dem er reden kann. Weiter hat es nichts zu bedeuten. Er ist anders als du. Kannst du das nicht verstehen?*

Aber solche Gedanken schlagen in dieser Form keine Wurzeln bei ihr. Egal wie sie es dreht und wendet, Gary und Don sprechen über Dinge wie Hysterie, und dass die Wesen demjenigen, der darauf vorbereitet ist, sie zu sehen, nichts anhaben können. Don, das weiß sie, neigt seit Langem dazu, sich mehr vor Menschen als vor Wesen zu fürchten. Dennoch schließt er die Augen, wenn die Haustür geöffnet wird. Er sieht nicht aus dem Fenster. Er hat sich noch nie zu der Idee *bekannt*, dass die Wesen ihnen nichts anhaben können. Könnte ihn jemand wie Gary schließlich davon überzeugen?

Sie möchte mit Tom darüber sprechen. Sie möchte ihn beiseitenehmen und ihn bitten, dem Treiben der beiden ein Ende zu setzen. Oder dass er zumindest mit ihnen redet. Vielleicht werden seine Worte ihre Gespräche beeinflussen und sie nicht mehr so bedrohlich klingen lassen.

Ja, sie will mit Tom darüber sprechen.

Spaltung.

Mit einem Gefühl der Beklommenheit durchquert sie die Küche und schaut ins Wohnzimmer. Tom und Felix lesen auf dem Fußboden eine Karte. Sie messen Entfernungen anhand der Skala auf der Karte. Jules bringt den Hunden Kommandos bei.

Stopp. Noch mal von vorn.

»Wir müssen messen, wie viel ein durchschnittlicher Schritt von *dir* ist«, sagt Felix.

»Was habt ihr beide denn vor?«, fragt Malorie.

Tom dreht sich zu ihr um. »Es geht um Entfernungen«, sagt er. »Wie viele meiner Schritte sind in einer Meile enthalten.«

Felix benutzt das Maßband zu Toms Füßen.

»Wenn ich beim Gehen Musik höre«, sagt Tom, »könnte ich im Rhythmus zu ihr gehen. Auf diese Weise würden die Schritte, die wir hier drin ausmessen, denen nahe kommen, die ich draußen mache.«

»Wie beim Tanzen«, sagt Felix.

Malorie dreht sich um und sieht, dass Olympia jetzt an der Küchenspüle ist. Sie säubert verschiedene Geräte in einem Eimer. Malorie geht zu ihr und fährt fort, ihre Sachen zu waschen. Nachdem sie seit fast vier Monaten in diesem Haus eingesperrt ist, hat Olympia ein wenig von ihrem Glanz verloren. Sie ist blass, die Augen scheinen tiefer zu liegen.

»Machst du dir Sorgen?«, fragt Olympia plötzlich.

»Worüber?«

»Ob wir es schaffen.«

»Was schaffen?«

»Unsere Geburten zu überleben.«

Malorie würde Olympia gern sagen, dass alles gut wird, aber sie hat Mühe, die Worte zu finden. Sie denkt an Don.

»Ich wollte immer ein Baby haben«, sagt Olympia. »Ich war so aufgeregt, als ich es erfahren habe. Es war, als wäre mein Leben damit komplett. Verstehst du, was ich meine?«

Das waren nicht gerade Malories Empfindungen damals, aber sie sagt, ja, sie verstehe es.

»Ach, Malorie, *wer* wird die Babys zur Welt bringen?«

Malorie weiß es nicht.

»Unsere Mitbewohner. Ich sehe nicht …«

»Aber Tom hat es noch nie getan!«

»Nein. Aber er war Vater.«

Olympia blickt auf ihre Hände, die in den Eimer getaucht sind.

»Weißt du was«, sagt Malorie scherzhaft. »Wir holen sie uns gegenseitig heraus.«

»Gegenseitig!«, sagt Olympia und lächelt endlich. »Malorie, du bist einfach unschlagbar!«

Gary betritt die Küche. Er schöpft ein Glas Wasser aus einem Eimer auf der Anrichte. Dann ein zweites Glas. Malorie weiß, es ist für Don. Als er wieder geht, ertönt plötzlich Musik aus dem Wohnzimmer. Malorie beugt sich vor, damit sie hineinsehen kann. Tom hat den kleinen, batteriebetriebenen Radiorekorder in der Hand. Eine von Georges Kassetten läuft. Felix misst auf allen vieren Toms Schritte, während dieser zum Rhythmus des Songs läuft.

»Was treiben sie?«, fragt Olympia.

»Ich glaube, sie haben einen konkreten Ort im Sinn, zu dem sie gehen wollen«, sagt Malorie. »Sie versuchen, eine bessere Methode zu entwickeln, sich im Freien zu bewegen.«

Malorie geht leise zum Eingang des Esszimmers und späht hinein. Gary und Don sitzen mit dem Rücken zu ihr auf Stühlen und unterhalten sich leise.

Erneut durchquert sie die Küche. Als sie ins Wohnzimmer kommt, lächelt Tom. Er hat eine Leine in jeder Hand. Die Huskys spielen damit, sie wedeln mit dem Schwanz.

Die Diskrepanz zwischen dem optimistischen, auf Verbesserung zielenden Handeln der beiden im Wohnzimmer und dem gedämpften, verschwörerischen Murmeln im Esszimmer nimmt Malories ganze Aufmerksamkeit gefangen.

Sie geht wieder zur Spüle und beginnt zu waschen. Olympia redet, aber Malorie denkt an etwas anderes. Sie beugt sich vor und kann Garys Schulter sehen. Dahinter lehnt der einzige Gegenstand an der Wand, den er von außen mit ins Haus gebracht hat.

Seine Aktentasche.

Er hat ihnen den Inhalt bei seiner Ankunft gezeigt. Don hatte ihn dazu aufgefordert. Aber hat sie alles richtig gesehen? Oder einer der anderen?

»Und stopp!«, sagt Tom. Malorie wendet den Kopf und sieht, dass er mit den Hunden im Eingang zur Küche steht. Die Huskys setzen sich beide. Tom belohnt sie mit rohem Fleisch.

Malorie wäscht weiter. Sie denkt an die Aktentasche.

32

Sie wusste, das würde kommen. Wie hätte sie es nicht wissen sollen? Die Anzeichen waren unübersehbar, seit die beiden mit den Hunden zurück sind. Tom und Jules haben sie zehn, zwölf Stunden am Tag ausgebildet. Erst im Haus, dann im Garten. Blindenhunde. Die Vogelkiste, die draußen hängt, funktioniert wie eine Alarmanlage. Genau wie es Tom gesagt hat. Die Vögel haben gezirpt, als Gary kam. Sie singen, wenn Cheryl sie füttert. Deshalb war es nur eine Frage der Zeit, bis Tom erklärte, er würde mithilfe der Blindenhunde ein weiteres Mal in die neue Welt hinausgehen.

Doch diesmal ist es schlimmer. Denn diesmal geht er weiter.

Sie waren für einen Block zwei Tage unterwegs. Wann werden wir sie wiedersehen, wenn sie drei Meilen laufen?

Drei Meilen. So weit ist es bis zu Toms Haus. Und dorthin will er.

»Es ist der einzige Ort, dessen ich mir hundertprozentig sicher sein kann«, sagte er. »Ich habe Vorräte dort. Wir brauchen sie. Pflaster. Medikamente. Verbandsmaterial.«

Malorie fasste neuen Mut, als er von Medikamenten sprach. Aber Tom draußen, und das für so lange – es ist zu viel für sie, das hält sie nicht aus.

»Keine Sorge«, sagte Felix am selben Abend. »Wir haben es bis aufs i-Tüpfelchen geplant. Tom und Jules gehen zum Rhythmus eines Lieds. Eines einzigen Lieds. Es heißt ›Halfway To Paradise‹ von einem gewissen Tony Light. Sie nehmen den Radiorekorder mit und spielen es immer wieder ab, während sie der Route folgen, die wir ausgeknobelt haben. Sie wissen, wie viele Schritte sie für jeden Teilabschnitt, bis zu jedem Richtungswechsel brauchen.«

»Ihr habt also vor, da draußen zu tanzen?«, sagte Gary. »Wie nett.«

»Nicht tanzen«, erwiderte Tom gereizt. »Wir gehen, um Dinge zu besorgen, die uns helfen.«

»Tom«, sagte Cheryl, »ihr könnt das üben, so viel ihr wollt, aber wenn eure Schritte da draußen auch nur einen Zentimeter länger sind, stimmt eure Rechnung nicht mehr. Dann verlauft ihr euch. Und wie zum Teufel wollt ihr dann wieder zurückfinden? Ihr könnt es nicht.«

»Wir finden zurück«, sagte Tom.

»Und es ist nicht so, als wären wir hilflos, wenn wir uns verlieren«, fügte Jules an. »Wir brauchen die Vorräte. Das weißt du besser als jeder andere, Cheryl. Du hast sie als Letzte gezählt.«

Ja, dieser Tag ist nun gekommen. Aber es gefällt Malorie ganz und gar nicht.

»Tom«, sagte sie und nahm ihn beiseite, kurz bevor er und Jules heute Morgen aufbrachen, »ich glaube nicht, dass das Haus es aushält, wenn du nicht zurückkommst.«

»Wir werden zurückkommen.«

»Ich verstehe, dass du das glaubst«, sagte Malorie. »Aber ich denke nicht, dass dir klar ist, wie sehr das Haus dich braucht.«

»Malorie«, sagte er, während Jules rief, er sei bereit loszugehen, »das Haus braucht uns alle.«

»Tom.«

»Lass dich nicht so nervös machen wie beim letzten Mal.

Bau lieber auf der Tatsache auf, dass wir das letzte Mal zurückgekommen sind. Wir werden es wieder schaffen. Und übernimm diesmal die Führung, Malorie. Hilf ihnen, wenn sie es mit der Angst bekommen.«

»Tom.«

»Du brauchst die Medikamente, Malorie. Mittel zur Sterilisation. Du bist bald so weit.«

Es war klar, dass Tom seinen eigenen Weg ging, bereit, wiederholt sein Leben aufs Spiel zu setzen, um ein Weiterleben im Haus zu fördern.

Letztes Mal kamen sie mit Kinderschuhen zurück, erinnert sie sich.

Und sie erinnert sich auch jetzt wieder daran, jetzt, da Tom und Jules aufgebrochen sind zu ihrem Drei-Meilen-Marsch durch die gefährlichste Gegend, die es auf dieser Welt je gab.

Sie sind am Morgen losmarschiert. Felix ist die Karte noch einmal mit ihnen durchgegangen. Gary hat ihnen Mut zugesprochen. Olympia hat ihnen einen Petoskey-Stein gegeben, der ihr immer Glück gebracht hat, wie sie behauptete. Aber Malorie hat nicht ein Wort gesagt. Als sich die Haustür ein zweites Mal hinter Tom schloss, hat Malorie ihm nicht nachgerufen. Sie hat ihn nicht umarmt. Sie hat nicht Auf Wiedersehen gesagt.

Es schmerzt sie jetzt, nur Stunden nach ihrem Aufbruch.

Dennoch wirken die wenigen Worte, die Tom zu ihr gesagt hat, bevor sie losgegangen sind. Das Haus braucht Führung in seiner Abwesenheit. Jemanden, der inmitten all dieser Nervosität und berechtigten Angst die Ruhe bewahrt.

Aber es ist schwer. Die Hausbewohner sind nicht in der Stimmung für Optimismus.

Cheryl weist darauf hin, dass die Chancen, einem Wesen zu begegnen, auf einem Drei-Meilen-Marsch natürlich wesentlich größer sind als bei einer Runde um zwei Wohnblocks. Sie erinnert die Zurückgebliebenen daran, dass niemand weiß, wie die Wirkung der Wesen auf Tiere ist. Was wird aus Tom und Jules werden, wenn die Huskys diesmal etwas sehen? Werden sie gefressen werden? Oder schlimmer?

Cheryl ist nicht die Einzige, die sich düsteren Gedanken hingibt.

Don schlägt vor, dass sich eine zweite Gruppe vorbereitet, für den Fall, dass Tom und Jules nicht wiederkommen. *Wir brauchen ohnehin noch mehr Lebensmittel,* sagt er. *Ob sie zurückkommen oder nicht.*

Olympia sagt, sie habe Kopfweh. Sie sagt, das bedeute, dass ein Unwetter im Anmarsch sei. Und ein Unwetter würde Felix' Schrittmessung zwangsläufig ändern, wenn Tom und Jules gezwungen wären, irgendwo Schutz zu suchen.

Cheryl gibt ihr recht.

Don geht in den Keller, um selbst einen Blick auf die Vorräte zu werfen, um genau zu ermitteln, was sie brauchen und wo sie es bekommen.

Olympia redet über Blitze, wenn man sich im Freien aufhält.

Cheryl streitet mit Felix über die Karte. Sie sagt, Karten haben keine Bedeutung mehr.

Don redet über die Neuordnung der Schlafplätze.

Olympia beschreibt einen Tornado aus ihrer Jugend.

Cheryl und Felix reden sich in Rage.

Olympia klingt ein wenig hysterisch.

Don wird wütend.

Malorie hat genug von der wachsenden Panik und ergreift schließlich das Wort: »Alle mal herhören«, sagt sie. »Es gibt Dinge, die wir tun könnten. Hier, in diesem Haus. Wir müssen das Abendessen vorbereiten. Der Scheiße-Eimer ist den ganzen Tag nicht hinausgebracht worden. Der Keller könnte vernünftiger geordnet werden, als er es jetzt ist. Felix, du und ich, wir könnten im Garten nach Werkzeugen suchen, nach etwas, das wir vielleicht übersehen haben. Etwas, das wir gebrauchen könnten. Cheryl, du musst die Vögel füttern. Gary, Don, was haltet ihr davon, wenn ihr telefonieren würdet? Ruft alle Zahlenkombinationen an. Vielleicht erreicht ihr jemanden. Olympia, es wäre wirklich hilfreich, wenn du das Bettzeug waschen könntest. Wir haben es zwar erst vor einer Woche getan, aber so wenig, wie wir uns hier selbst waschen, sind es die Kleinigkeiten wie saubere Laken, die alles erträglich machen.«

Die Hausbewohner sehen Malorie an, als wäre sie eine Fremde. Einen Moment lang ist es ihr peinlich, dass sie sich so in den Vordergrund schiebt. Aber dann funktioniert es.

Gary geht leise zum Telefon. Cheryl macht sich auf den Weg zur Kellertür.

Du bist bald so weit, hat Tom zu ihr gesagt, als er aufgebrochen ist.

Daran denkt sie, als sich die Hausgenossen an ihre Aufgaben machen; als sie und Felix ihre Augenbinden holen gehen, denkt sie daran, was Tom und Jules vielleicht mitbringen werden. Wird etwas dabei sein, was ihrem Baby das Leben erleichtert?

Sie legt die Augenbinde an und hofft es.

33

Der Fluss wird sich in vier Arme aufteilen, sagte der Mann. *Sie brauchen den zweiten von rechts. Sie können sich also nicht einfach an das rechte Ufer halten, wenn Sie es schaffen wollen. Es ist knifflig. Und Sie werden die Augen öffnen müssen.*

Malorie rudert.

Und so werden Sie wissen, wann es so weit ist, sagte der Mann. *Sie werden eine Aufnahme hören. Eine Stimme. Wir können nicht den ganzen Tag am Fluss sitzen. Es ist zu gefährlich. Stattdessen haben wir einen Lautsprecher dort aufgestellt. Die Aufnahme läuft als Endlosschleife. Sie werden sie hören. Sie ist laut. Und deutlich. Und wenn Sie sie hören, müssen Sie die Augen öffnen.*

Der Schmerz in ihrer Schulter kommt in Wellen. Die Kinder hören ihr Stöhnen und bieten Hilfe an.

Im ersten Jahr, in dem sie allein mit den Kindern war, hat sie ständig Toms Stimme gehört. Viele seiner Ideen waren nur formuliert, aber nie umgesetzt worden. Malorie, die nichts besaß außer Zeit, hat viele von ihnen ausprobiert.

Wir sollten Mikrofone im Garten anbringen, sagte er einmal.

Toms Idee, das Alarmsystem von Vögeln zu Verstärkern weiterzuentwickeln.

Allein mit zwei Neugeborenen wollte Malorie diese Mikrofone haben.

Aber wie? Wie sollte sie an Mikrofone, Verstärker und Kabel gelangen?

Wir können irgendwohin fahren, sagte Tom einmal.

Das ist Wahnsinn, antwortete Don.

Nein, gar nicht. Man muss nur langsam fahren. Die Straßen sind leer. Was kann schlimmstenfalls passieren?

Während Malorie jetzt rudert, erinnert sie sich an einen bestimmten Moment vor dem Badezimmerspiegel. Sie hatte andere Gesichter in dem Glas gesehen. Olympia. Tom. Shannon. Alle flehten sie an, das Haus zu verlassen, noch mehr für die zukünftige Sicherheit dieser Kinder zu unternehmen. Sie würde selbst etwas riskieren müssen. Tom und Jules waren nicht da, um es für sie zu tun.

Toms Stimme damals. Immer Toms Stimme. In ihrem Kopf. Im Zimmer. Im Spiegel.

Befestige einen Puffer um Cheryls Wagoneer. Streich die Fenster schwarz. Zerbrich dir nicht den Kopf darüber, gegen was du fährst. Fahr einfach. Fahr sieben, acht Stundenkilometer. Du hast jetzt Babys im Haus, Malorie. Du musst wissen, ob etwas da draußen ist. Ob etwas in der Nähe ist. Die Mikrofone zeigen es dir an.

Sie verließ das Badezimmer und ging in die Küche. Dort studierte sie die Karte, mit der Felix, Jules und Tom einen Weg zu Toms Haus ausgetüftelt hatten. Ihre Notizen waren immer noch darauf. Felix' Berechnungen. Mithilfe des Maßstabs der Karte stellte sie ihre eigenen an.

Sie wollte Toms fortgeschrittenes Alarmsystem haben. Sie brauchte es. Doch trotz ihrer neu gewonnenen Entschlossenheit wusste sie immer noch nicht, woher sie es nehmen sollte.

Spät eines Abends, während die Babys schliefen, saß sie am Küchentisch und versuchte, sich an ihre erste Fahrt zum Haus zu erinnern. Es war weniger als ein Jahr her. Damals hatte sie sich auf die Adresse aus der Anzeige konzentriert. Aber woran war sie unterwegs vorbeigekommen?

Sie versuchte, sich zu erinnern.

Ein Waschsalon.

Gut. Was noch?

Die Ladenzeilen waren leer gewesen. Es sah aus wie in einer Geisterstadt, und du hast dir Sorgen gemacht, die Leute, die die Anzeige aufgegeben hatten, könnten vielleicht nicht mehr da sein. Du dachtest, entweder sie sind verrückt geworden oder haben ein Auto vollgepackt und sind weit weggefahren.

Ja, gut. Was noch?

Eine Bäckerei.

Gut. Was noch?

Was noch?

Ja.

Eine Bar.

Gut. Wofür wurde auf der Markise geworben?

Das weiß ich nicht. Was für eine lächerliche Frage!

Du erinnerst dich nicht an die Traurigkeit, die du empfunden hast beim Namen der … beim Namen der …

Der was?

Beim Namen der Band?

Der Band?

Du hast den Namen einer Band gelesen, die dort auftreten sollte, nur dass das Datum bereits seit zwei Wochen verstrichen war.

Ich erinnere mich nicht an den Namen der Band.

Gut, aber das Gefühl.

Ich erinnere mich nicht.

Doch, du erinnerst dich.

Ich war traurig. Ich hatte Angst.

Was haben die Leute dort getan.

Was?

In der Bar. Was haben die Leute getan?

Ich weiß nicht. Getrunken. Gegessen.

Ja. Was noch?

Getanzt?

Richtig. Sie haben getanzt.

Ja.

Und?

Und was?

Wie haben sie getanzt?

Ich weiß es nicht.

Zu was haben sie getanzt?

Sie haben zu Musik getanzt. Zur Musik der Band.

Malorie legte eine Hand an die Stirn und lächelte.

Richtig. Sie haben zur Band getanzt.

Und die Band brauchte Mikrofone. Die Band brauchte Verstärker.

Toms Ideen hingen noch im Haus wie Gespenster.

So wie wir es getan haben, würde Tom vielleicht sagen. *Genau wie damals, als Jules und ich um den Block gegangen sind. Du konntest an vielen Aktivitäten seinerzeit nicht teilnehmen, Malorie, aber du kannst es jetzt. Jules und ich haben Hunde eingefangen und sie später dazu eingesetzt, zu meinem Haus zu gehen. Denk darüber nach, Malorie. Es geschah alles gewissermaßen der Reihe nach, jeder Schritt machte den nächsten möglich. Und alles, weil wir nicht stehen blieben. Wir sind Risiken eingegangen. Jetzt musst du dasselbe tun. Streich die Windschutzscheibe schwarz.*

Don hatte gelacht, als Tom vorschlug, blind Auto zu fahren.

Aber genau das hatte sie getan.

Victor, *er* würde ihr helfen. Jules hatte früher nicht zugelassen, dass er auf diese Weise eingesetzt wurde. Aber Malorie hatte zwei Neugeborene in einem Zimmer am Ende des

Flurs. Jetzt galten andere Regeln. Ihr Körper schmerzte noch von der Entbindung. Die Muskeln in ihrem Rücken waren immer hart. Wenn sie sich zu schnell bewegte, fühlte es sich an, als könne ihre Leiste reißen. Sie war schnell erschöpft. Sie hatte nie die Ruhe gehabt, die einer Mutter nach der Geburt zusteht.

Victor, dachte sie damals, *er wird dich beschützen.*

Sie strich die Windschutzscheibe mit der Farbe aus dem Keller schwarz an. Sie klebte Socken und Pullover mit Klebeband an die Innenseite der Scheibe. Mit einem Holzleim, den sie in der Garage fand, und Isolierband aus dem Keller befestigte sie Decken und Matratzen an der Stoßstange. Das alles auf der Straße, mit verbundenen Augen. Und die ganze Zeit mit den Schmerzen einer frisch entbundenen Mutter, für jede Bewegung bestraft, wie es ihr schien.

Sie würde die beiden zurücklassen müssen. Sie würde allein fahren.

Sie würde eine Viertelmeile in die Richtung zurückfahren, aus der sie gekommen war. Dann würde sie links abbiegen und vier Meilen fahren. Dann rechts und noch einmal zweieinhalb. Von dort würde sie nach der Bar suchen müssen. Sie würde Futter für Victor mitnehmen. Er würde sie, falls nötig, zum Auto zurückführen, zurück zu dem Futter.

Sieben, acht Stundenkilometer klang vernünftig. Gefahrlos.

Doch als sie es zum ersten Mal versuchte, entdeckte sie, wie schwer es sein würde.

Trotz aller Vorsichtsmaßnahmen war es ein Horror zu fahren, ohne etwas zu sehen. Der Wagen holperte heftig, wenn sie über Dinge fuhr, die sie nie würde identifizieren können. Zwanzig Mal fuhr sie gegen die Bordsteinkante. Zweimal stieß sie an Masten. Einmal an ein geparktes Fahrzeug.

Es war pure, furchtbare Spannung. Bei jedem Klicken des Tachometers rechnete sie mit einem Zusammenstoß, einer Verletzung. Einer Tragödie. Als sie wieder zu Hause eintraf, war sie ein Nervenbündel. Sie kam mit leeren Händen zurück und war nicht überzeugt, dass sie den Mumm haben würde, es noch einmal zu versuchen.

Aber sie tat es. Und beim neunten Versuch, als der Wagen bereits schwer verbeult war, fand sie, was sie suchte.

Den Waschsalon fand sie beim siebten Versuch. Und da sie sich von ihrer ersten Fahrt zum Haus an ihn erinnerte, machte es ihr Mut, weiter zu suchen. Blind und voller Angst betrat sie einen Schuhladen, einen Coffeeshop, eine Eisdiele und ein Kino. Sie hatte ihre Schuhe auf dem Marmorboden der Eingangshalle eines Bürogebäudes hallen hören. Sie hatte ein Regal mit Grußkarten umgestoßen. Doch noch immer war es ihr nicht gelungen, die Bar zu finden. Dann, am neunten Nachmittag, ging Malorie durch eine unverschlossene Tür aus Holz und wusste sofort, sie war da.

Der Geruch nach saurem Obst, kaltem Rauch und schalem Bier war einladender als alles, was sie je gerochen hatte. Sie kniete nieder und umarmte Victor.

»Wir haben sie gefunden«, sagte sie.

Alles tat ihr weh. Ihre Zunge war trocken. Sie stellte sich ihren Bauch als einen Ballon vor, aus dem alle Luft entwichen war.

Aber sie war da.

Sie suchte lange nach dem Holz der Theke. Sie stieß gegen Stühle und schlug sich den Ellbogen heftig an einem Pfeiler an. Einmal stürzte sie, aber ein Tisch bewahrte sie davor, auf den Boden zu fallen. Sie verbrachte viel Zeit damit, Gebrauchsgegenstände durch Tasten zu identifizieren. War das die Küche? Wurden damit Drinks gemixt? Victor zog spielerisch an ihr, und sie drehte sich um und stieß mit dem Bauch gegen etwas Hartes. Es war die Theke. Sie band Victors Leine an eine Metallstange, ging hinter die Bar und tastete nach den Flaschen. Jede Bewegung war eine Erinnerung daran, wie kurz ihre Entbindung zurücklag. Sie führte eine Flasche nach der anderen an ihre Nase. Whiskey. Etwas mit Pfirsich. Etwas mit Zitrone. Wodka. Gin. Und schließlich Rum. Solchen, wie die Hausbewohner am Abend von Olympias Ankunft hatten genießen wollen.

Die Flasche fühlte sich gut an in ihren Händen. Als hätte sie tausend Jahre darauf gewartet, sie zu halten.

Sie nahm sie mit auf die andere Seite der Theke. Dann suchte sie sich einen Barhocker, setzte die Flasche an den Mund und trank.

Der Alkohol durchströmte sie. Und für einen Moment verringerte er den Schmerz.

In ihrer privaten Finsternis war ihr klar, dass ein Wesen neben ihr an der Theke sitzen konnte. Möglicherweise war der Laden voll von ihnen. Drei an jedem Tisch. Die sie lautlos beobachteten. Die der kaputten Frau mit verbundenen Augen und ihrem Blindenhund zusahen. Aber in diesem Moment war es ihr einfach egal.

»Willst du was, Victor?«, sagte sie. »Brauchst du einen Schluck?«

Himmel, tat das gut.

Sie trank wieder und erinnerte sich, wie wunderbar ein Nachmittag in einer Bar sein konnte. Vergiss die Babys, vergiss das Haus, vergiss alles.

»Victor, das Zeug ist gut.«

Aber der Hund war abgelenkt, wie sie bemerkte. Er zerrte an seiner Leine.

Malorie trank wieder. Dann winselte Victor.

»Victor? Was ist los?«

Victor zog heftiger an der Leine. Er winselte, knurrte nicht.

Malorie lauschte. Der Hund klang zu ängstlich. Sie stand auf, band ihn los und ließ ihn führen.

»Wohin gehen wir, Victor?«

Sie wusste, dass er sie zurück in Richtung Eingangstür führte, durch die sie gekommen waren. Unterwegs stießen sie gegen Tische. Victors Pfoten rutschten auf Fliesen, und Malorie schlug sich das Schienbein an einem Stuhl an.

Der Geruch war stärker hier. Der Kneipengeruch. Und noch etwas.

»Victor?«

Er war stehen geblieben. Dann begann er, auf dem Fußboden zu scharren.

Bestimmt eine Maus, dachte Malorie. *Davon muss es hier drin viele geben.*

Sie strich mit einem Fuß in einem Bogen über den Boden, bis sie an etwas Kleines, Hartes stieß. Nachdem sie Victor beiseitegezerrt hatte, tastete sie den Untergrund vorsichtig ab.

Sie dachte an die Babys, und dass sie ohne sie sterben würden.

»Was ist da, Victor?«

Es war eine Art Ring, er fühlte sich nach Metall an. Ein Stück Seil war daran befestigt. Malorie verstand, was es war. Sie richtete sich wieder auf.

»Das ist die Kellertür, Victor.«

Der Hund keuchte.

»Komm, wir lassen sie in Ruhe. Wir müssen hier ein paar Dinge besorgen.«

Aber Victor zerrte wieder.

Da unten könnten Leute sein, dachte Malorie. *Die sich ver-*

stecken. Die da unten leben. Leute, die dir helfen könnten, die Babys großzuziehen.

»Hallo!«, rief sie. Doch sie bekam keine Antwort.

Schweiß lief unter ihrer Augenbinde hervor. Victors Nägel gruben sich in das Holz. Malorie hatte das Gefühl, ihr Körper könnte in der Mitte entzweibrechen, als sie niederkniete und das Ding aufzog.

Der Geruch, der zu ihr heraufdrang, ließ sie würgen, und der Rum kam ihr wieder hoch. Sie stand auf und übergab sich an Ort und Stelle.

»Victor«, sagte sie unter Würgen. »Da unten verfault etwas. Da unten …«

Dann wurde sie von wahrer, nackter Angst gepackt. Nicht die Angst, die eine Frau hat, wenn sie mit schwarz gestrichener Windschutzscheibe Auto fährt, sondern die Angst, die sie überfällt, wenn sie eine Augenbinde trägt und plötzlich weiß, dass noch jemand mit ihr im Raum ist.

Sie streckte die Hand nach der Tür aus, voller Furcht, sie könnte in den Keller stürzen und auf das treffen, was diesen Geruch verursachte. Es war nicht der Gestank von alten Nahrungsmitteln. Es war nicht schlecht gewordener Schnaps.

»Victor!«

Der Hund riss an ihr, begierig auf die Quelle dieses Geruchs.

»Victor! Lass das!«

Aber er machte weiter.

So riecht ein Grab. So riecht Tod.

Unter unerträglichen Schmerzen zerrte Malorie Victor schnell aus dem Raum und zurück in die Bar, wo sie einen Pfosten für ihn suchte. Sie fand einen aus Holz, band ihn daran und kniete nieder, um ihn zu beruhigen.

»Wir müssen zurück zu den Babys«, sagte sie und nahm seinen Kopf in beide Hände. »Du musst dich beruhigen.«

Aber Malorie hatte selbst Beruhigung nötig.

Wir haben noch nicht festgestellt, wie es sich auf Tiere auswirkt. Wir haben es nie herausgefunden.

Sie drehte sich blind zu dem Gang um, der zum Keller führte.

»Victor«, sagte sie, und Tränen stiegen ihr in die Augen. »Was hast du da hinten gesehen?«

Der Hund war still. Er hechelte, keuchte schwer. Zu schwer.

»Victor?«

Sie stand auf und entfernte sich von ihm.

»Ich gehe nur da hinüber, Victor. Ich mache mich auf die Suche nach Mikrofonen.«

Etwas in ihr begann zu sterben. Es war, als wäre sie diejenige, die verrückt wurde. Sie dachte an Jules. Jules, der seinen Hund mehr geliebt hatte als sich selbst.

Dieser Hund war ihre allerletzte Verbindung zu den Hausgenossen.

Ein gequältes Knurren entrang sich dem Tier. Es war ein Laut, den sie noch nie von ihm gehört hatte. Und auch von keinem anderen Hund auf Erden.

»Victor, es tut mir leid, dass wir hierhergekommen sind. Es tut mir so leid.«

Der Hund bewegte sich heftig, und Malorie dachte schon, er hätte sich losgerissen. Der Holzpfosten splitterte.

Victor bellte.

Malorie wich zurück und spürte etwas hinter sich in den Kniekehlen, eine Art Podest.

»Victor, nein. *Bitte.* Es tut mir so leid.«

Der Hund warf sich umher und stieß an einen Tisch.

»O Gott, Victor, hör auf zu knurren! Hör auf! BITTE!«

Aber Victor konnte nicht aufhören.

Malorie tastete an dem mit Teppich bedeckten Podest hinter ihr entlang. Sie kroch darauf, sie traute sich nicht, dem, was Victor gesehen hatte, den Rücken zuzuwenden. Zusammengekauert und zitternd hörte sie zu, wie der Hund wahnsinnig wurde. Wie er urinierte. Das Klappern seiner Zähne, als er ins Nichts schnappte.

Malorie kreischte. Sie streckte instinktiv die Hand nach einem Werkzeug aus, nach einer Waffe und bekam eine kleine Metallstange zu fassen.

Langsam stand sie auf und tastete sich an dem Gestänge entlang nach oben.

Victor biss in die Luft und schnappte. Es klang, als würden seine Zähne brechen.

Am Ende der Metallstange ertasteten Malories Finger ein kurzes, längliches Objekt. An seinem Ende war etwas wie ein Drahtgitter.

Sie hielt den Atem an.

Sie befand sich auf der Bühne. Und in ihrer Hand hielt sie genau das, wofür sie gekommen war: ein Mikrofon.

Sie hörte Victors Knochen brechen. Sein Fell und seine Haut waren aufgerissen.

»*Victor!*«

Sie steckte das Mikrofon ein und sank auf die Knie.

Töte ihn, dachte sie.

Aber sie konnte es nicht.

Wie von Sinnen suchte sie die Bühne ab. Hinter ihr hörte es sich an, als habe Victor sein eigenes Bein durchgenagt.

Du bist körperlich am Ende. Victor stirbt. Aber zu Hause warten zwei Babys in Kisten. Sie brauchen dich, Malorie. Sie brauchen dich, sie brauchen dich, sie brauchen dich.

Tränen durchtränkten die Augenbinde, ihr Atem ging

schnell und stoßweise. Auf den Knien folgte sie einem Kabel zu einem kleinen, quadratischen Objekt am anderen Ende der Bühne und entdeckte drei weitere Kabel, die zu drei weiteren Mikrofonen führten.

Victor gab Laute von sich, die kein Hund von sich geben sollte. Er klang beinahe menschlich in seiner Verzweiflung. Malorie sammelte zusammen, so viel sie konnte.

Die Verstärker, klein genug, um sie zu tragen. Die Mikrofone. Die Kabel. Ein Stativ.

»Es tut mir leid, Victor. Es tut mir so leid.«

Als sie aufstand, glaubte sie, ihr Körper würde es nicht schaffen. Sie war überzeugt, wenn sie eine Unze weniger Kraft hätte, würde sie für alle Zeit zusammenbrechen. Dennoch stand sie schließlich. Während Victor weiterkämpfte, tastete sich Malorie mit dem Rücken zur Wand voran, bis sie schließlich von der Bühne stieg.

Victor hat etwas gesehen. Wo war es jetzt?

Ihre Tränen wollten nicht versiegen. Und doch übernahm ein stärkeres Gefühl das Kommando: eine kostbare Ruhe. Mutterschaft. Als wäre sie eine Fremde für sich selbst, die einzig für die Babys funktionierte.

Als sie die Bar durchquerte, kam sie Victor so nahe, dass etwas von ihm ihr Bein streifte. War es seine Flanke? Seine Schnauze? Sagte er Lebwohl? Oder hatte er nach ihr geschnappt?

Malorie setzte ihren Weg durch die Bar in Richtung Eingang fort. Die offene Kellertür musste in der Nähe sein, aber sie wusste nicht genau, wo.

»BLEIBT WEG VON MIR! BLEIBT WEG VON MIR!«

Während sie sich mit ihrer Ausrüstung abmühte, machte sie einmal einen Schritt und fühlte keinen Boden unter dem Schuh.

Sie verlor das Gleichgewicht.

Sie stürzte beinahe.

Aber sie fing sich wieder.

Ihre Stimme klang für sie selbst fremd, als sie beim Verlassen der Bar einen Schrei ausstieß.

Die Sonne brannte heiß auf ihrer Haut.

Sofort eilte sie in Richtung des Wagens.

Ihre Gedanken rasten. Alles ging viel zu schnell. Sie rutschte von der Bordsteinkante ab und knallte mit voller Wucht gegen das Fahrzeug. Hektisch lud sie ihre Sachen in den Kofferraum. Als sie sich hinter das Lenkrad setzte, heulte sie auf.

Die Grausamkeit dieser Welt. Victor.

Sie hatte den Schlüssel im Zündschloss und wollte ihn gerade umdrehen. Ihr schwarzes Haar war nass vor Schweiß.

Dann hielt sie inne.

Wie hoch war die Chance, dass etwas in den Wagen gelangt war? Dass in diesem Moment etwas neben ihr auf dem Beifahrersitz saß?

Wenn etwas hier drin war, würde sie es zu den Kindern transportieren.

Um nach Hause zu kommen, sagte sie sich – selbst die Stimme in ihrem Kopf bebte, selbst die Stimme in ihrem Kopf klang, als würde sie weinen –, *musst du auf jeden Fall auf den Tachometer schauen.*

Sie schlug blindlings im Wagen umher, ihre Fäuste trafen das Armaturenbrett, das Wagendach, die Fenster.

Sie riss sich die Augenbinde vom Kopf und sah die schwarze Windschutzscheibe.

Sie war allein im Wagen.

Mithilfe des Tachometers fuhr sie erst zweieinhalb Meilen zurück, dann vier nach Shillingham und noch eine Viertelmeile zum Haus. Unterwegs stieß sie gegen jeden Randstein und jedes Straßenschild. Bei nur acht Stundenkilometern kam ihr die Fahrt wie eine Ewigkeit vor.

Nachdem sie den Wagen abgestellt hatte, sammelte sie ihre Funde zusammen. Im Haus dann, als die Tür geschlossen war, öffnete sie die Augen und stürzte zu den Babys.

Sie waren wach. Weinten mit roten Gesichtern. Waren hungrig.

Viel später lag sie wach und zitternd auf dem feuchtkalten Küchenboden, starrte auf die Mikrofone und die beiden kleinen Verstärker und dachte an die Laute, die Victor von sich gegeben hatte.

Hunde sind nicht immun. Hunde können verrückt werden. Hunde sind nicht immun.

Und immer wenn sie dachte, sie würde aufhören zu weinen, ging es von vorn los.

34

Malorie ist im Badezimmer im Obergeschoss. Es ist schon spät, und im Haus ist alles still. Die Hausgenossen schlafen.

Sie denkt an Garys Aktentasche.

Tom hat gesagt, dass sie mehr Führung in seiner Abwesenheit übernehmen muss. Aber die Aktentasche stört sie. Genau wie Dons plötzliches Interesse an Gary sie stört. Oder alles, was Gary auf seine großspurige, künstliche Art sagt.

Schnüffeln ist falsch. Wenn Leute gezwungen sind, auf engem Raum zusammenzuleben, ist ihre Privatsphäre sehr wichtig. Aber ist es nicht Malories Pflicht? Obliegt es in Toms Abwesenheit nicht ihr zu klären, ob ihre Ahnung zutrifft?

Malorie neigt das Ohr zum Gang. Im Haus rührt sich nichts. Als sie aus dem Bad kommt, biegt sie zu Cheryls Zimmer ab und sieht den Umriss ihrer schlafenden Gestalt. Sie späht in Olympias Zimmer und hört sie leise schnarchen. Lautlos schleicht sie die Treppe hinunter, die Hand auf dem Geländer.

Sie geht zur Küche und macht das Licht über dem Herd an. Es ist schwach und summt leise. Aber es genügt. Als Malorie ins Wohnzimmer kommt, blickt Victor sie an. Felix schläft auf der Couch. Der Platz auf dem Boden, den Tom normalerweise einnimmt, ist leer.

Sie durchquert die Küche wieder zum Esszimmer. Die Herdbeleuchtung reicht gerade weit genug, damit sie Gary auf dem Boden liegen sieht. Er liegt auf dem Rücken und schläft.

Glaubt sie.

Die Aktentasche lehnt an der Wand, in Reichweite von ihm.

Leise schreitet Malorie durch das Esszimmer. Bodenbretter knarren unter ihrem Gewicht. Sie bleibt stehen und späht intensiv auf Garys bärtigen, weit offen stehenden Mund. Er pfeift ein wenig, gleichmäßig und langsam. Sie hält den Atem an, macht einen letzten Schritt auf ihn zu und bleibt stehen. Dann verharrt sie über ihm und beobachtet ihn aufmerksam.

Sie kniet nieder.

Gary schnaubt. Ihr Herz flattert. Sie wartet.

Um an die Aktentasche zu gelangen, muss sie die Hand über seine Brust hinweg ausstrecken. Ihr Arm ist nur Zentimeter von seinem T-Shirt entfernt. Ihre Finger schließen sich eben um den Griff, als er wieder schnaubt. Sie wendet den Kopf.

Er sieht sie an.

Malorie erstarrt. Sie betrachtet prüfend seine Augen.

Dann atmet sie leise aus. Seine Augen sind nicht offen. Schatten haben sie getäuscht.

Rasch hebt sie die Aktentasche vom Boden, steht auf und verlässt den Raum.

An der Kellertür bleibt sie stehen und lauscht. Sie hört keine Bewegung aus dem Esszimmer. Die Kellertür geht leise und langsam auf, aber gegen das Quietschen der Angeln kann sie nichts machen. Es klingt lauter als sonst.

Sie schlüpft durch die Tür, sobald die Öffnung breit genug ist. Im Haus ist es wieder still.

Langsam steigt sie die Kellertreppe hinunter.

Sie ist nervös; es dauert zu lange, bis sie die Schnur für das

Licht gefunden hat. Doch dann erstrahlt der Raum in hellem gelben Licht. Zu hell. Als könnte es Cheryl wecken, die zwei Stockwerke darüber schläft.

Malorie sieht sich um und wartet.

Sie kann ihren eigenen, gepressten Atem hören. Sonst nichts.

Ihr Körper schmerzt. Sie braucht Ruhe. Aber im Augenblick will sie nur sehen, was Gary mit ins Haus gebracht hat.

Sie geht zu dem Hocker und setzt sich.

Sie lässt den Verschluss der Aktentasche aufspringen.

Darin sieht sie eine stark abgenutzte Zahnbürste.

Socken.

T-Shirts.

Ein Anzughemd.

Deo.

Und Papiere. Ein Notizbuch.

Malorie sieht zur Kellertreppe. Sie horcht nach Schritten. Es gibt keine. Sie zieht das Notizbuch unter der Kleidung hervor und stellt die Aktentasche auf den Boden.

Das Notizbuch hat einen sauberen blauen Einband. Die Ränder sind nicht abgestoßen. Es sieht aus, als hätte Gary es im bestmöglichen Zustand erhalten.

Sie öffnet es.

Und liest.

Die Handschrift ist so exakt, dass sie ihr Angst macht. Sie ist penibel genau ausgeführt. Wer immer das schrieb, tat es mit Leidenschaft. Mit Stolz. Als sie die Seiten durchblättert, sieht sie, dass manche Sätze auf die herkömmliche Weise, von links nach rechts, geschrieben sind, andere in die Gegenrichtung, von rechts nach links. Wieder andere, weiter zur Mitte des Buchs, beginnen oben auf der Seite und laufen abwärts. Zum Ende hin sind die Sätze saubere Spiralen, immer noch makellos ausgeführt, und sie ergeben seltsame Muster und Formen aus Wörtern.

Zu wissen, bis in welche Höhe der menschliche Verstand reicht, heißt, die volle Macht dieser Wesen zu kennen. Wenn es eine Frage des Begreifens ist, dann müssen sich die Folgen einer Begegnung mit ihnen zweifellos bei zwei verschiedenen Menschen stark unterscheiden. Die Obergrenze meines Verstands ist eine andere als deine. Eine sehr viel andere, als die der Halbaffen in diesem Haus. In ihrer übersteigerten Hysterie sind die anderen empfänglicher für die Regeln, die wir den Wesen zugeschrieben haben. Mit anderen Worten, diese Gimpel mit ihrem kindlichen Intellekt werden nicht überleben. Aber jemand wie ich, nun, ich habe meinen Standpunkt bereits bewiesen.

Malorie blättert um.

Welche Sorte Mensch duckt sich, wenn das Ende der Welt kommt? Wenn seine Brüder sich selbst töten, wenn die Straßen der amerikanischen Vororte von Mord verseucht sind … welcher Mensch versteckt sich dann hinter Decken und Augenbinden? Die Antwort lautet: die meisten Menschen. Man hat ihnen gesagt, sie würden verrückt werden. Also werden sie verrückt.

Malorie sieht zur Kellertreppe. Das Licht über dem Herd ist durch den schmalen Schlitz unter der Kellertür zu sehen. Sie denkt, sie hätte es ausmachen sollen. Sie überlegt, es jetzt zu tun. Dann blättert sie um.

Wir tun es uns selbst an wir tun es uns selbst an wir TUN ES uns SELBST an. Anders ausgedrückt (man merke sich das!): DER MENSCH IST DAS WESEN, VOR DEM ER SICH FÜRCHTET.

Es ist Franks Notizbuch. Aber wieso hat Gary es?

Weil er es geschrieben hat, natürlich.

Weil Frank nicht die Vorhänge in Garys altem Haus von den Fenstern gerissen hat.

Das war Gary.

Malorie steht auf. Ihr Herz rast.

Tom ist nicht zu Hause. Tom ist auf einem Drei-Meilen-Marsch zu seinem Haus.

Sie starrt auf den Schlitz unter der Kellertür. Das Licht vom Herd. Sie rechnet damit, dass Schuhe es plötzlich verdunkeln. Sie sieht sich nach einer Waffe um. Wenn er kommt, womit kann sie ihn töten?

Aber keine Schuhe verdunkeln den Schlitz, und Malorie hält das Notizbuch näher ans Gesicht. Sie liest.

Rational gesehen und um es ihnen zu beweisen, habe ich keine Wahl. Ich werde es tausend Mal aufschreiben, bis ich mich selbst davon überzeugt habe, es zu tun. Zweitausend Mal. Drei. Diese Männer verweigern einen vernünftigen Diskurs. Nur ein Beweis wird sie verändern. Aber wie beweist man es ihnen? Wie überzeugt man sie?

Ich werde die Vorhänge abnehmen und die Türen öffnen.

An den Seitenrändern sind durchnummerierte Anmerkungen, und die dazugehörigen Zahlen sind fein säuberlich an den oberen Rand geschrieben. Hier ist Anmerkung 2343. Hier ist 2344. Endlos, ziellos, gnadenlos.

Malorie blättert um.

Sie hört etwas von oben.

Sie sieht zur Tür. Sie wagt es nicht, auch nur zu blinzeln. Sie wartet und schaut.

Den Blick auf die Tür geheftet, streckt sie die Hand nach der Aktentasche aus und lässt das Notizbuch wieder unter Garys Sachen gleiten. Liegt es richtig? Steckte es vorher genauso drin?

Sie weiß es nicht. *Sie weiß es nicht.*

Sie macht die Aktentasche zu und zieht an der Kordel für das Licht.

Malorie schließt die Augen und fühlt die kalte Erde unter ihren Füßen. Sie öffnet die Augen. Die absolute Dunkelheit wird nur durch das Herdlicht unter der Kellertür durchbrochen.

Malorie beobachtet es und wartet.

Sie geht zur Treppe. Ihre Augen gewöhnen sich langsam an die Finsternis, als sie vorsichtig nach oben steigt und ein Ohr an die Tür presst.

Unregelmäßig atmend, lauscht sie. Im Haus ist wieder alles ruhig.

Gary steht am anderen Ende der Küche. Er beobachtet die Kellertür. Wenn du sie öffnest, wird er dich in Empfang nehmen.

Sie wartet. Und wartet. Und hört nichts.

Sie öffnet die Tür. Die Angel quietscht.

Malorie drückt die Aktentasche an sich, ihr Blick huscht in die Küche. Die Stille ist zu laut.

Aber dort ist niemand. Niemand wartet auf sie.

Mit der Hand auf ihrem Bauch quetscht sie sich durch die Türöffnung und schließt die Tür hinter sich.

Sie sieht zum Wohnzimmer. Zum Esszimmer.

Zum Wohnzimmer.

Zum Esszimmer.

Auf Zehenspitzen schleicht sie durch die Küche und betritt schließlich das Esszimmer.

Gary liegt immer noch auf dem Rücken. Seine Brust hebt und senkt sich. Er stöhnt leise.

Sie nähert sich ihm. Er bewegt sich. Sie wartet.

Er hat sich bewegt …

Es war nur sein Arm.

Malorie beobachtet ihn, sein Gesicht, seine geschlossenen Augen. Hastig kniet sie neben ihm nieder und stellt die Aktentasche an die Wand.

Stand sie so herum?

Sie belässt es dabei, rappelt sich hoch und stürzt aus dem Raum. Im Lichtschein der Küche blickt ihr ein Augenpaar entgegen.

Malorie erstarrt.

Es ist Olympia.

»Was *tust* du hier?«, flüstert Olympia.

»Nichts«, antwortet sie atemlos. »Ich dachte, ich hätte da drin etwas vergessen.«

»Ich hatte einen furchtbaren Traum«, sagt Olympia. Malorie geht zu ihr, streckt die Hand nach ihr aus. Sie führt Olympia wieder nach oben. Sie nehmen die Stufen zusammen. Oben angekommen, sieht Malorie nach unten.

»Ich muss es Tom sagen«, sagt sie.

»Wegen meines Traums?«

Malorie sieht Olympia an und schüttelt den Kopf.

»Nein. Nein. Tut mir leid. Nein.«

»Malorie?«

»Ja?«

»Alles okay mit dir?«

»Olympia, ich brauche Tom.«

»Na ja, er ist fort.«

Malorie starrt zum Fuß der Treppe hinunter. Das Herdlicht brennt immer noch. Sein Schein reicht weit genug, dass Malorie einen Schatten sehen würde, falls jemand vom Esszimmer in die Küche ginge.

Sie blickt inbrünstig in den matt erleuchteten Raum. Wartet. Auf den Schatten. Ist sich sicher, dass er kommt.

Dabei denkt sie an das, was Olympia eben gesagt hat.

Tom ist fort.

Sie stellt sich das Haus als einen großen Pappkarton vor. Sie will raus aus diesem Karton. Tom und Jules sind, wenngleich draußen, immer noch in diesem Karton. Der gesamte Globus ist eingeschlossen. Die ganze Welt ist auf denselben Pappkarton begrenzt, der draußen die Vögel beherbergt. Malorie versteht, dass Tom nach einem Weg sucht, den Deckel zu öffnen. Er sucht nach einem Ausweg. Aber sie fragt sich, ob über diesem Deckel nicht ein zweiter ist und über diesem noch ein dritter.

Eingeschlossen, denkt sie. *Für immer.*

35

Eine Woche ist vergangen, seit Tom und Jules zu dem Drei-Meilen-Marsch mit den Huskys aufgebrochen sind. Mehr als irgendetwas sonst will Malorie jetzt, dass sie nach Hause kommen. Sie will es an der Tür klopfen hören und die Erleichterung fühlen, weil sie wieder da sind. Sie will hören, was ihnen begegnet ist, und sehen, was sie mitgebracht haben. Sie will Tom erzählen, was sie im Keller gelesen hat.

Sie hat sich letzte Nacht nicht wieder schlafen gelegt. In der Dunkelheit ihres Zimmers dachte sie nur an Garys Notizbuch. Sie ist jetzt in der Diele. Versteckt sich, wie es scheint, vor dem Rest des Hauses.

Sie kann es Felix nicht erzählen. Er würde möglicherweise etwas unternehmen. Er würde etwas sagen. Für diesen Fall will Malorie Tom und Jules dabeihaben. Felix würde sie brauchen.

Wer weiß, wozu Gary fähig ist. *Was er schon getan hat.*

Sie kann nicht mit Cheryl reden. Cheryl ist aufbrausend und stark. Sie wird schnell wütend. Sie würde noch vor Felix etwas unternehmen.

Olympia würde sich nur noch mehr fürchten.

Sie kann nicht mit Gary reden. Sie wird es nicht tun. Nicht ohne Tom.

Aber trotz seines Seitenwechsels, trotz seiner unberechenbaren Launen glaubt Malorie, dass sie mit Don reden kann.

Es ist etwas Gutes in ihm, denkt sie. Es ist immer da gewesen.

Gary ist seit Wochen der Teufel, der Don einflüstert. Don hat so jemanden im Haus *gebraucht*. Jemanden, der die Welt eher so sieht wie er. Aber könnte sich Dons Skeptizismus hier nicht als nützlich erweisen? Hat er bei allen seinen Gesprächen mit Gary nicht auch schon gedacht, dass etwas nicht stimmt mit dem Neuankömmling?

Gary schläft mit der Aktentasche in Reichweite. Sie bedeutet ihm etwas. Sie bedeutet ihm etwas, und er glaubt an die Schriftstücke darin.

Alles in dieser neuen Welt ist hart, denkt sie, aber nichts war bisher so hart wie ihre Entdeckung von Garys Notizbuch, während Tom fort ist.

Er könnte lange fort sein.

Hör auf.

Für immer.

Hör auf.

Er könnte tot sein. Sie könnten auf der Straße direkt vor dem Haus getötet worden sein. Der Mann, auf den du wartest, könnte seit einer Woche tot auf dem Nachbargrundstück liegen.

Er ist nicht tot. Er kommt zurück.

Vielleicht.

Er kommt.

Vielleicht.

Sie haben es mit Felix genau ausgearbeitet.

Was weiß Felix?

Sie haben es alle geplant. Tom würde es nicht riskieren, wenn er nicht wüsste, dass er es schaffen kann.

Weißt du noch, das Video, das George angeschaut hat? Tom ist George sehr ähnlich.

HÖR AUF!

Doch. Er hat den Mann vergöttert. Und was ist mit den Hunden?

Wir haben keinen Grund zu der Annahme, dass es sich auf sie auswirkt.

Nein, aber es könnte sein. Kannst du dir das vorstellen? Ein Hund, der komplett durchdreht?

Bitte … nein.

Notwendige Gedanken. Notwendige Visionen. Es kann sein, dass Tom nicht wiederkommt.

Er wird kommen. Er wird, er wird, er wird …

Und wenn nicht, wirst du es jemand anderem sagen müssen.

Tom kommt zurück.

Es ist eine Woche her.

ER KOMMT ZURÜCK!

Du kannst es Gary nicht sagen. Rede erst mit jemand anderem.

Don.

Nein, nein. Nicht mit ihm. Don bringt dich um.

Was!?

Don hat sich verändert, Malorie. Sei nicht so naiv.

Er würde uns nichts tun.

Doch. Das würde er. Er würde euch alle mit der Gartenaxt erschlagen.

Hör auf!

Leben bedeutet ihm nichts. Er hat dir geraten, dein Baby zu blenden, Malorie.

Er würde uns nichts tun.

Doch. Sprich mit Felix.

Felix wird es allen erzählen.

Sag ihm, er soll es nicht tun. Sprich mit Felix. Tom kommt möglicherweise nicht zurück.

Malorie verlässt die Diele. Cheryl und Gary sind in der Küche. Gary sitzt am Tisch und löffelt Birnen aus einer Dose.

»Guten Tag«, sagt er in dieser für ihn typischen Art, bei der man den Eindruck hat, als wäre er für den guten Tag verantwortlich.

Malorie glaubt, er merkt es ihr an. Sie glaubt, er weiß Bescheid.

Er war wach er war wach er war wach.

»Guten Tag«, sagt sie. Sie beachtet ihn nicht weiter und geht ins Wohnzimmer.

Dort sitzt Felix am Telefon. Die Karte liegt offen auf dem Beistelltisch.

»Ich verstehe es nicht«, sagt er verwirrt. Felix sieht nicht gut aus. Er hat zuletzt nicht viel gegessen. Von seinem Optimismus von vor einer Woche ist nichts übrig.

»Es dauert schon so lange, Malorie. Ich weiß, Tom wird sich da draußen schon zu helfen wissen – aber es dauert einfach so lange.«

»Du musst an etwas anderes denken«, sagt Cheryl, die gerade den Kopf zur Tür hereinstreckt. »Im Ernst, Felix. Denk an etwas anderes. Sonst kannst du gleich ohne Augenbinde rausgehen. Verrückt wirst du so oder so.«

Felix atmet lautstark aus und fährt sich mit den Fingern durchs Haar.

Malorie kann es Felix nicht sagen. Er ist dabei, etwas zu verlieren. Er hat schon etwas verloren. Er verliert Vernunft, Überlegung. Kraft.

Ohne ein Wort geht Malorie wieder. Im Flur begegnet ihr Don. Die Worte über ihre Entdeckung formen sich in ihr. Fast hätte sie es laut ausgesprochen.

Don, Gary taugt nichts. Er ist gefährlich. Er hat Franks Notizbuch in seiner Aktentasche.

Was, Malorie?

Genau wie ich gesagt habe.

Du hast geschnüffelt? Du warst an Garys Sachen?

Ja.

Warum kommst du damit zu mir?

Don, ich muss es einfach jemandem sagen. Das verstehst du doch, oder?

Warum fragst du nicht einfach Gary? Hey, Gary!

Nein, sie kann es Don nicht sagen. Don hat ebenfalls etwas verloren. Er könnte gewalttätig werden. Gary auch.

Ein Stoß, denkt sie, *und du verlierst das Baby.*

Sie stellt sich Gary am oberen Ende der Kellertreppe vor. Und ihren zerschlagenen, blutenden Körper an ihrem Fuß.

Du liest gern da unten im Keller, oder? Dann stirb da unten mit deinem Kind.

Hinter sich hört sie, dass inzwischen alle Hausgenossen im Wohnzimmer sind. Cheryl redet mit Felix. Gary redet mit Don.

Malorie wendet sich zu ihren Stimmen um und geht auf den Eingang zu.

Sie wird es ihnen allen sagen.

Als sie den Raum betritt, fühlt sich ihr Körper an, als wäre er aus Eis. Eis, das schmilzt. Als würden Teile von ihr abbröckeln und untergehen durch den unerträglichen Druck dessen, was kommen wird.

Cheryl und Olympia sind auf der Couch. Felix wartet am Telefon. Don sitzt im Lehnstuhl. Gary steht mit dem Gesicht zu dem abgehängten Fenster.

Als sie den Mund aufmacht, blickt Gary langsam über die Schulter und sieht ihr in die Augen.

»Malorie«, sagt er in scharfem Ton. »Hast du etwas auf dem Herzen?«

Mit einem Mal wird Malorie deutlich bewusst, dass alle sie ansehen und warten, dass sie spricht.

»Ja, Gary«, sagt sie. »Das habe ich.«

»Was?«, fragt Don.

Die Worte stecken in ihrer Kehle fest. Wie die Beine eines Tausendfüßlers kriechen sie nach oben, um endlich über ihre Lippen zu kommen.

»Erinnert ihr euch an Garys …«

Sie verstummt. Malorie und die übrigen Hausbewohner wenden sich dem Fenster zu.

Die Vögel zirpen.

»Das ist Tom«, sagt Felix verzweifelt. »Er muss es sein!«

Gary sieht Malorie wieder in die Augen. Es klopft an der Haustür.

Die Hausgenossen sind in Bewegung. Felix stürzt zur Eingangstür. Malorie und Gary bleiben zurück.

Er weiß es er weiß es er weiß es.

Als Tom ruft, zittert Malorie vor Angst.

Er weiß es.

Dann, nachdem er Toms Stimme gehört hat, wendet sich Gary von ihr ab und geht zur Diele.

Als alle Fragen gestellt sind und die Hausgenossen die Augen geschlossen haben, hört Malorie, wie die Haustür aufgeht. Kühle Luft strömt herein, und mit ihr die Erkenntnis, wie nahe Malorie gerade dran war, Gary zur Rede zu stellen, ohne dass Tom im Haus war.

Hundeklauen auf den Fliesen in der Diele. Stiefel. Etwas klatscht gegen den Türrahmen. Man hört Besenstiele über die Wände kratzen. Tom spricht. Und seine Stimme ist Erlösung.

»Eigentlich hatte ich vor, euch von mir zu Hause anzurufen«, sagt Tom. »Aber das verdammte Telefon ging nicht.«

»Tom«, sagt Felix mit schriller und zugleich matter Stimme. »Ich wusste, dass ihr es schaffen würdet. Ich wusste es!«

Als Malorie die Augen öffnet, denkt sie nicht an Gary. Sie sieht nicht die vollkommen ausgeführten Buchstaben, die in seiner Aktentasche warten.

Sie sieht nur, dass Tom und Jules wieder zu Hause sind.

»Wir haben einen Lebensmittelladen geplündert«, sagt Tom. Seine Worte klingen unmöglich. »Jemand war schon vor uns da. Aber wir haben eine Menge gute Sachen dabei.«

Er sieht müde aus, aber er sieht gut aus.

»Die Hunde haben funktioniert«, sagt er. »Sie haben uns geführt.« Er ist stolz und glücklich. »Aber ich habe etwas aus meinem Haus mitgebracht, das uns hoffentlich noch mehr helfen wird.«

Felix hilft ihm mit seiner Reisetasche. Tom zieht den Reißverschluss auf und holt etwas heraus. Dann lässt er es auf den Boden fallen.

Es ist ein Telefonbuch.

»Wir werden jede Nummer da drin anrufen«, sagt er. »Jede einzelne. Und irgendwer wird sich melden.«

Es ist nur ein Telefonbuch, aber Tom hat es in ein Leuchtfeuer verwandelt.

»So«, sagt Tom. »Und jetzt lasst uns essen.«

Die anderen bereiten aufgeregt das Esszimmer vor. Olympia holt Geschirr und Besteck. Felix füllt Gläser mit Brunnenwasser aus den Eimern.

Tom ist wieder da.

Jules ist wieder da.

»Malorie!«, ruft Olympia. »Da ist eine Dose Krabbensalat!«

Malorie, die irgendwo zwischen zwei Welten gefangen ist, betritt die Küche und hilft mit, das Abendessen vorzubereiten.

36

Jemand folgt ihnen.

Es hat keinen Sinn, sich zu fragen, wie viel weiter sie noch fahren muss. Sie weiß nicht, wann sie die aufgezeichnete Stimme hören wird, die ihr verrät, dass sie da ist. Sie weiß nicht, ob sie überhaupt noch existiert. Jetzt rudert sie nur, sie hält nur durch.

Vor einer Stunde sind sie an etwas vorbeigekommen, das sich wie kämpfende Löwen angehört hat. Brüllen. Raubvögel kreischen Drohungen vom Himmel. Alles Mögliche knurrt und schnaubt aus dem Wald. Die Flussströmung ist stärker. Sie denkt an das Zelt, das Tom und Jules auf der Straße vor ihrem Haus gefunden haben. Könnte es etwas Ähnliches, etwas, das so ganz und gar fehl am Platz ist, hier auf dem Fluss geben? Könnte sie dagegenkrachen … *jetzt, in diesem Moment*?

Hier draußen, das weiß sie, ist alles möglich, was vorstellbar ist.

Doch im Augenblick macht ihr etwas wesentlich Konkreteres Sorgen.

Jemand folgt ihnen. Ja, der Junge hat es ebenfalls gehört.

Ein Phantomecho. Ein zweites Rudern, im Gleichklang mit ihrem eigenen.

Wer sollte das sein? Und wenn es jemand ist, der ihr etwas tun will, warum hat er es dann nicht getan, als sie ohnmächtig war?

Ist es jemand, der ebenfalls von zu Hause flieht?

»Junge«, sagte sie leise. »Sag mir alles über unsere Verfolger, was du kannst.«

Der Junge horcht.

»Ich weiß nicht, Mommy.«

Er klingt, als würde er sich schämen.

»Sind sie noch da?«

»Ich weiß es nicht!«

»*Horch.*«

Malorie erwägt anzuhalten. Zu wenden. Sich den Geräuschen zu stellen, die sie hinter sich hört.

Die Aufnahme läuft als Endlosschleife. Du wirst sie hören. Sie ist laut. Und deutlich. Und wenn du sie hörst, musst du die Augen öffnen.

Was folgt ihnen?

»Junge«, sagt sie wieder. »Erzähl mir über sie, was du kannst.«

Malorie hört auf zu rudern. Wasser rauscht um sie herum.

»Ich weiß nicht, was es ist«, sagt der Junge.

Immer noch wartet Malorie. Ein Hund bellt am rechten Ufer. Ein zweites Bellen antwortet.

Wilde Hunde, denkt Malorie. *Noch mehr Wölfe.*

Sie beginnt wieder zu rudern. Sie fragt den Jungen noch einmal, was er hört.

»Es tut mir leid, Mommy!«, schreit er. Seine Stimme ist erstickt von Tränen. Scham.

Er weiß es nicht.

Es ist Jahre her, seit der Junge zuletzt nicht in der Lage war, ein Geräusch zu identifizieren. Er hört offenbar etwas, was er noch nie gehört hat.

Aber Malorie ist überzeugt, er kann trotzdem helfen.

»Wie weit ist es entfernt?«, fragt sie.

Aber der Junge weint.

»Ich kann es nicht!«

»Nicht so laut!«, zischt sie.

Etwas grunzt am linken Ufer. Es klingt wie ein Schwein. Dann noch eins. Und noch eins.

Der Fluss fühlt sich zu schmal an. Die Ufer sind zu nahe.

Folgt ihnen wirklich etwas?

Malorie rudert.

37

Zum ersten Mal seit ihrer Ankunft im Haus weiß Malorie etwas, was die anderen nicht wissen.

Tom und Jules sind eben erst zurückgekehrt. Während die Hausgenossen das Abendessen vorbereitet haben, brachte Tom die neuen Konservenvorräte in den Keller. Malorie ist zu ihm hinuntergegangen. Vielleicht hat Gary das Notizbuch behalten, weil er Franks Schriften studieren wollte. Oder aber er hat es selbst geschrieben. Auf jeden Fall musste Tom es wissen. Sofort.

Er sah im Kellerlicht erschöpft, aber glücklich aus. Das helle Haar war schmutzig. Seine Gesichtszüge wirkten gealtert im Vergleich zu ihrem ersten Besuch hier unten. Er hatte abgenommen. Methodisch räumte er Dosen aus den beiden Reisetaschen und stellte sie in die Regale. Er fing gerade an zu erzählen, wie es in dem Lebensmittelladen gewesen war, wie es gestunken hatte von den vielen verdorbenen Sachen, als Malorie ihre Gelegenheit gekommen sah.

Doch als sie zu sprechen ansetzte, ging die Kellertür auf.

Es war Gary.

»Ich würde dir gern helfen«, rief er von der Treppe zu Tom hinunter.

»Gut«, sagte Tom. »Dann komm runter.«

Malorie verließ den Keller, als Gary unten ankam.

Jetzt sitzen alle am Esstisch. Und Malorie wartet immer noch auf ihre Gelegenheit.

Tom und Jules berichten gemächlich von ihrer Woche. Die Einzelheiten sind unglaublich, aber Malorie kann nur an Gary denken. Sie versucht, sich normal zu benehmen. Sie hört zu, was sie sagen. Jede Minute, die vergeht, ist eine mehr, in der Tom nicht weiß, dass Gary möglicherweise eine Gefahr für sie alle darstellt.

Malorie hat beinahe das Gefühl, als würden sie und die anderen Garys Privatsphäre verletzen. Als hätten Gary und Don sie freundlicherweise in *ihr* Esszimmer eingeladen, ihren Lieblingsort für die geflüsterten Unterhaltungen, die sie führen. Die beiden haben so viel Zeit hier drin verbracht, dass der Raum nach ihnen riecht. Hätten sie sich zu der Gruppe gesellt, wenn das Essen im Wohnzimmer serviert worden wäre? Malorie glaubt es nicht.

Als Tom beschreibt, wie sie die drei Meilen mit Augenbinden marschiert sind, ist Gary leutselig, gesprächig und neugierig. Und jedes Mal, wenn er den Mund aufmacht, würde Malorie ihn am liebsten anschreien. *Bekenn erst mal Farbe*, möchte sie sagen.

Aber sie wartet.

»Würdest du also sagen«, fragt Gary, den Mund voller Krabben, »du bist jetzt überzeugt, dass Tiere nicht betroffen sind?«

»Nein, das würde ich nicht sagen«, antwortet Tom. »Noch nicht. Vielleicht ist uns einfach nichts begegnet, was sie hätten sehen können.«

»Das ist unwahrscheinlich«, sagt Gary.

Malorie schreit es fast hinaus.

Dann verkündet Tom, dass er noch eine Überraschung für alle hat.

»Deine Reisetasche ist eine wahre Wundertüte«, sagt Gary und lächelt.

Als Tom zurückkommt, hat er einen kleinen braunen Karton in der Hand. Er entnimmt ihm acht Fahrradhupen.

»Die sind aus dem Spielzeugregal des Ladens«, sagt er.

Er verteilt sie.

»Auf meiner steht mein Name«, sagt Olympia.

»Er steht auf allen«, sagt Tom. »Ich habe sie mit verbundenen Augen eingeritzt.«

»Wozu sind sie gut?«, fragt Felix.

»Wir fangen langsam an, mehr Zeit im Freien zu verbringen«, sagt Tom. »Mit denen können wir uns Signale geben.«

Plötzlich hupt Gary mit seinem Exemplar. Es klingt wie eine Gans. Dann klingt es wie eine Gänseschar, als alle wild durcheinanderhupen.

Felix' Augenringe dehnen sich beim Lächeln.

»Und *das*«, sagt Tom und greift in seine Reisetasche, »ist das große Finale.« Er zieht eine Flasche hervor. Es ist Rum.

»Tom!«, sagt Olympia.

»Das ist der wahre Grund, warum ich zu meinem Haus gehen wollte«, scherzt er.

Malorie sieht die Hausgenossen lachen, sieht ihre lächelnden Gesichter, und sie hält es nicht mehr aus.

Sie steht auf und schlägt mit der flachen Hand auf den Tisch.

»Ich habe Garys Aktentasche durchgesehen«, sagt sie. »Ich habe das Notizbuch gefunden, von dem er uns erzählt hat. Das, wo drinsteht, dass man die Decken von den Fenstern reißen soll. Das Notizbuch, das Frank angeblich mitgenommen hat.«

Es wird still im Raum. Alle Hausbewohner sehen sie an. Malories Wangen sind gerötet. Ihre Kopfhaut juckt vom Schweiß.

Tom, der immer noch die Flasche Rum in der Hand hält,

studiert Malories Gesicht. Dann wendet er sich langsam Gary zu.

»Gary?«

Gary schaut auf die Tischplatte.

Er schindet Zeit, denkt Malorie. *Der Scheißkerl schindet Zeit, um nachzudenken.*

»Tja«, sagt er schließlich. »Ich weiß kaum, was ich sagen soll.«

»Du hast die Sachen von jemand anderem durchgesehen?«, fragt Cheryl und steht auf.

»Das habe ich, ja. Ich weiß, es verletzt die Regeln des Hauses. Aber wir müssen über das reden, was ich gefunden habe.«

Im Raum herrscht wieder Schweigen. Malorie steht immer noch. Sie fühlt sich, als stünde sie unter Strom.

»Gary?«, drängt Jules.

Gary lehnt sich zurück. Er atmet tief. Er verschränkt die Arme über der Brust. Dann löst er sie wieder. Er sieht ernst aus. Verärgert. Dann grinst er. Er steht auf, holt seine Aktentasche und legt sie auf den Tisch.

Die anderen starren auf die Aktentasche, aber Malorie beobachtet Garys Gesicht.

Er lässt die Tasche aufschnappen und zieht das Notizbuch heraus.

»Ja«, sagt Gary. »Ich habe es tatsächlich bei mir. Ich habe Franks Notizbuch.«

»Franks?«, wiederholt Malorie.

»Ja«, sagt Gary und wendet sich ihr zu. Dann fügt er in seiner theatralischen, gentlemanartigen Sprechweise an: »Du kleine Schnüfflerin.«

Plötzlich sprechen alle gleichzeitig. Felix verlangt das Notizbuch. Cheryl will wissen, wann Malorie es entdeckt hat. Don zeigt mit dem Finger auf Malorie und brüllt.

In dem ganzen Chaos nimmt Gary den Blick nicht von Malorie und sagt: »Du paranoide, schwangere *Hure.*«

Jules stürzt sich auf ihn. Die Hunde bellen. Tom geht zwischen die beiden. Er schreit, dass alle aufhören sollen. Schluss damit. Malorie macht keine Bewegung. Sie starrt Gary an.

Jules gibt nach.

»Sie muss das auf der Stelle erklären«, stößt Don hervor. Er ist aufgesprungen und deutet wütend auf Malorie.

Tom sieht sie an. »Malorie?«, sagt er.

»Ich traue ihm nicht.«

Die Hausbewohner warten auf mehr.

»Was steht in dem Notizbuch?«, fragt Olympia.

»Olympia!«, sagt Malorie. »Es liegt hier auf dem Tisch. Lies es verdammt noch mal selbst.«

Aber Felix hat es bereits in der Hand.

»Warum behältst du ein Andenken an einen Mann, der dein Leben in Gefahr gebracht hat?«, will er wissen.

»Das ist genau der Grund, warum ich es habe«, beteuert Gary. »Ich wollte wissen, was Frank gedacht hat. Ich habe wochenlang mit ihm zusammengelebt und wäre nie auf die Idee gekommen, dass er versuchen könnte, uns zu töten. Vielleicht behalte ich es als Warnung. Um sicherzustellen, dass ich nicht anfange, so wie er zu denken. Um sicherzustellen, dass es keiner von euch tut.«

Malorie schüttelt vehement den Kopf. »Du hast uns erzählt, dass Frank das Notizbuch mitgenommen hat«, sagt sie.

Gary setzt zu einer Erwiderung an. Dann bricht er ab. »Darauf habe ich keine zufriedenstellende Antwort«, sagt er. »Vielleicht dachte ich, ihr würdet Angst bekommen, wenn ihr wüsstet, dass ich es bei mir habe. Ihr könnt glauben, was ihr wollt, aber es wäre mir lieber, ihr würdet mir vertrauen.

Ich kann es euch unter den gegebenen Umständen nicht zum Vorwurf machen, dass ihr das Gepäck eines Fremden durchsucht. Aber erlaubt mir wenigstens, dass ich mich verteidige.«

Tom sieht jetzt das Notizbuch an. Die Worte kriechen unter seinen Augen dahin.

Don nimmt es als Nächster. Die Wut auf seinem Gesicht weicht langsam Verwirrung.

Dann, als hätte sie Kenntnis von etwas, das jede Abstimmung überflüssig machen würde, zeigt Malorie mit dem Finger auf Gary und sagt: »Du kannst nicht länger hierbleiben. Du musst gehen.«

»Komm, Malorie«, sagt Don mit wenig Überzeugung. »Der Mann erklärt sich.«

»Don«, sagt Felix. »Hast du sie noch alle?«

Mit dem Notizbuch in den Händen wendet sich Don an Gary. »Dir muss klar sein, wie schlecht das aussieht, Gary«, sagt er.

»Es ist mir klar, ja. Natürlich.«

»Das ist nicht deine Schrift? Kannst du es beweisen?«

Gary nimmt einen Kugelschreiber aus der Aktentasche und schreibt seinen Namen auf eine Seite des Notizbuchs.

Tom wirft kurz einen Blick darauf.

»Gary«, sagt Tom. »Wir anderen müssen uns unterhalten. Bleib ruhig sitzen, wenn du willst. Du würdest uns von nebenan sowieso hören.«

»Ich verstehe«, sagt Gary. »Du bist der Kapitän dieses Schiffs. Was immer du sagst.«

Malorie möchte ihn schlagen.

»Also gut«, sagt Tom ruhig zu den andern. »Was tun wir?«

»Er muss gehen«, sagt Cheryl ohne Zögern.

Dann beginnt Tom mit der Abstimmung.

»Jules?«

»Er kann nicht hierbleiben, Tom.«

»Felix?«

»Ich würde gern Nein sagen. Ich würde gern sagen, wir können niemanden per Abstimmung da hinausschicken. Aber es gibt einfach keinen Grund dafür, dass er dieses Buch hat.«

»Tom«, sagt Don, »wir stimmen diesmal nicht über jemanden ab, der gehen will. Wir stimmen ab, ob wir jemanden *zwingen* zu gehen. Willst du das auf deinem Gewissen haben?«

Tom wendet sich an Olympia.

»Olympia?«

»Tom«, sagt Don.

»Du hast abgestimmt, Don.«

»Wir dürfen niemanden zwingen zu gehen, Tom.«

Das Notizbuch liegt auf dem Tisch. Es ist offen. Die Worte sind penibel ausgeführt.

»Es tut mir leid, Don«, sagt Tom.

Don wendet sich hoffnungsvoll an Olympia.

Aber sie antwortet nicht. Und es spielt auch keine Rolle mehr. Das Haus hat gesprochen.

Gary steht auf. Er greift nach dem Notizbuch und legt es in die Tasche zurück. Dann stellt er sich hinter seinen Stuhl und hebt das Kinn. Er atmet tief. Er nickt.

»Tom«, sagt Gary, »denkst du, ich könnte einen von euren Helmen haben?«

»Natürlich«, sagt Tom ruhig.

Dann geht er hinaus und kommt mit einem Helm und ein wenig Essen wieder. Er gibt alles Gary.

»So läuft das dann einfach?«, sagt Gary und passt den Riemen an dem Helm an.

»Das ist *schrecklich*«, jammert Olympia.

Tom hilft Gary, den Helm aufzusetzen. Dann bringt er ihn zur Haustür. Die übrigen Hausbewohner folgen geschlossen.

»Soweit Jules und ich festgestellt haben, sind alle Häuser in diesem Block leer«, sagt Tom. »Du hast freie Auswahl.«

»Ja«, sagt Gary und lächelt nervös unter der Augenbinde. »Das ist ja ermutigend, würde ich sagen.«

Malorie, die innerlich brennt, beobachtet Gary sorgfältig.

Als sie die Augen schließt, als sie alle die Augen schließen, hört sie, wie die Haustür auf- und wieder zugeht. Dazwischen glaubt sie, Garys Füße auf dem Rasen zu hören. Als sie die Augen öffnet, steht Don nicht mehr bei ihnen in der Diele. Erst denkt sie, er ist mit Gary gegangen. Dann hört sie etwas in der Küche.

»Don?«

Er knurrt. Sie weiß, dass er es ist.

Er murmelt etwas, bevor er die Kellertür aufzieht und hinter sich zuknallt.

Eine weitere Lästerung. An Malorie gerichtet.

Während die anderen sich wortlos zerstreuen, wird ihr bewusst, wie schwerwiegend ihre Entscheidung ist.

Sie hat das Gefühl, als wäre Gary überall da draußen.

Er wurde verbannt. Geächtet.

Ausgestoßen.

Was ist schlimmer, fragt sie sich. *Wenn er hier ist, wo wir ihn im Auge behalten können, oder wenn er draußen ist, wo wir es nicht können?*

38

Ist das Gary, der dir folgt?

Die Geräusche von jemandem, der ihr mit beträchtlichem Abstand, aber noch in Hörweite folgt, halten an.

Er will dir Angst machen. Er könnte dich jederzeit überholen.

Gary.

Das ist vier Jahre her!

Kann es sein, dass er vier Jahre auf seine Rache gewartet hat?

»Mommy«, flüstert der Junge.

»Was ist?«

Sie fürchtet sich vor dem, was er sagen wird.

»Das Geräusch, es kommt näher.«

Wo hat Gary vier Jahre lang gesteckt? Er hat dich beobachtet. Außerhalb des Hauses gewartet. Er hat die Kinder heranwachsen sehen. Hat die Welt kälter und dunkler werden sehen, bis ein Nebel kam, von dem du törichterweise dachtest, er würde dich verhüllen. Er hat durch ihn hindurchgesehen. Er hat alles gesehen, was du getan hast. Er hat dich gesehen, *Malorie. Alles, was du getan hast.*

»*Verdammt!*«, schreit sie. »*Das ist unmöglich!*« Dann wendet sie sich um und brüllt: »*Lass uns in Ruhe!*«

Ein Ruderschlag ist nicht mehr das, was er war, als sie heute Morgen anfing. Da hatte sie noch zwei starke Schultern. Ein Herz voll Energie. Vier Jahre, die sie antrieben.

Nach allem, was sie erduldet hat, weigert sie sich zu glauben, es könnte Gary sein, der hinter ihr ist. Es wäre eine zu grausame Wendung. Ein Mann, der all die Jahre da draußen war. Kein Wesen, sondern ein *Mensch*.

DER MENSCH IST DAS WESEN, DAS ER FÜRCHTET.

Dieser Satz, Garys Satz, begleitet sie seit der Nacht, in der sie ihn im Keller gelesen hat. Und trifft er denn nicht zu? Wenn sie einen Stock durch die Verstärker knacken hörte, die sie mit Victor geholt hat, wenn sie Schritte auf dem Rasen draußen hörte, was hat sie am meisten gefürchtet? Ein Tier? Ein Wesen?

Oder einen Menschen?

Gary. Immer Gary.

Er hätte jederzeit ins Haus gelangen können. Er hätte ein Fenster einschlagen können. Sie attackieren, wenn sie Wasser vom Brunnen holte. Warum sollte er warten? Ihr immer folgen, immer lauern, nie ganz bereit zuzuschlagen.

Er ist verrückt. Auf die altmodische Art.

DER MENSCH IST DAS WESEN, DAS ER FÜRCHTET.

»Ist es ein Mann, Junge?«

»Ich kann es nicht sagen.«

»Rudert jemand?«

»Ja. Aber mit den Händen statt mit Paddeln.«

»Haben sie es eilig? Warten sie. Erzähl mir mehr. Erzähl mir alles, was du hörst.«

Wer folgt dir?

Gary.

Wer folgt dir?

Gary.

Wer folgt dir?

Gary Gary Gary Gary …

»Ich glaube nicht, dass es jemand in einem Boot ist«, sagt der Junge plötzlich. Er hört sich stolz an, weil er endlich etwas feststellen konnte.

»Wie meinst du das? *Schwimmen* sie?«

»Nein, Mommy. Niemand schwimmt. Es ist jemand, der geht.«

Weiter hinter sich hört sie etwas, das sie noch nie gehört hat. Es ist wie eine neue Art Gewitter. Oder als würden die Vögel, sie alle, in jedem einzelnen Baum, nicht mehr singen, nicht mehr zirpen, sondern schreien.

Das Geräusch hallt einmal hart über den Fluss, und Malorie fühlt eine Kälte, die nicht von der Oktoberluft stammen kann.

Sie rudert.

39

Don ist im Keller. Don ist immer im Keller. Er schläft jetzt dort unten. Gräbt er einen Tunnel, wo die nackte Erde durchscheint? Gräbt er einen Tunnel, der tiefer, weiter in die Erde führt? Weiter weg von den anderen? Schreibt er? Schreibt er ein Notizbuch wie das, das Malorie in Garys Aktentasche gefunden hat?

Gary.

Er ist seit fünf Wochen fort. Was hat es aus Don gemacht?

Brauchte er jemanden wie Gary? Brauchte er noch ein Ohr?

Don versinkt tiefer in sich selbst, so wie er tiefer ins Haus versinkt, und jetzt ist er im Keller.

Er ist immer im Keller.

40

Es ist der Abend, den Malorie später als den letzten Abend im Haus ansehen wird, obwohl sie die nächsten vier Jahre hier verbringt. Ihr Bauch sieht im Spiegel so groß aus, dass er ihr Angst macht. Er sieht aus, als könne er einfach vom Körper fallen. Sie spricht zu dem Baby.

»Du wirst jetzt jeden Tag herauskommen. Es gibt so viele Dinge, die ich dir sagen will, und so viele, die ich dir nicht sagen will.«

Ihr schwarzes Haar ist so lang wie seit ihrer Kinderzeit nicht mehr. Shannon war immer eifersüchtig darauf.

Du siehst aus wie eine Prinzessin. Ich sehe aus wie die Schwester der Prinzessin, sagte sie.

Da sie von Konservennahrung und Brunnenwasser lebt, kann sie trotz der Wölbung ihres Bauchs einige Rippen sehen. Ihre Arme sind streichholzdünn, ihre Gesichtszüge hart und scharf gezeichnet. Ihre Augen, die tiefer im Schädel liegen, verblüffen sogar sie selbst im Spiegel.

Die Hausgenossen sind unten im Wohnzimmer versammelt. Zuvor wurden die letzten Nummern im Telefonbuch angerufen. Es gibt keine mehr. Felix sagte, sie hätten an die fünftausend Anrufe gemacht. Sie hätten siebzehn Nachrichten hinterlassen. Aber Tom ist guter Dinge.

Jetzt, da Malorie ihren Körper im Spiegel betrachtet, hört sie einen der Hunde unten knurren.

Es hört sich nach Victor an. Sie geht in den Flur und lauscht.

»Was ist, Victor?«, hört sie Jules sagen.

»Er mag sie nicht«, sagt Cheryl.

»Er mag was nicht?«

»Die Kellertür.«

Der Keller. Es ist kein Geheimnis, dass Don nichts mit dem Rest des Hauses zu tun haben will. Als Tom seinen Plan, das Telefonbuch durchzurufen, umsetzte und allen Hausbewohnern einige Buchstaben zuteilte, weigerte sich Don und begründete es mit seinem »Mangel an Vertrauen« in das ganze Projekt. In den sieben Wochen, seit sie Gary ausgeschlossen haben, hat Don nicht mehr mit ihnen gegessen. Er spricht kaum noch mit ihnen.

Malorie hört einen Küchenstuhl über den Boden rutschen.

»Alles in Ordnung, Victor?«, fragt Jules.

Malorie hört, wie die Kellertür aufgeht, dann vernimmt sie Jules Rufe.

»Don? Bist du da unten?«

»Don?«, ruft Cheryl wie ein Echo hinterher.

Sie hört eine gemurmelte Antwort. Die Tür geht wieder zu.

Neugierig und nervös zieht Malorie ihr Shirt über den Bauch und geht nach unten.

Als sie in die Küche kommt, sieht sie Jules auf dem Boden knien und Victor beruhigen, der jetzt winselt und hin und her rennt. Malorie schaut ins Wohnzimmer. Dort steht Tom und starrt auf die verhüllten Fenster.

Er horcht nach den Vögeln, denkt sie. *Victor macht ihm Angst.*

Als würde er spüren, dass sie ihn beobachtet, dreht sich Tom zu Malorie um. Victor winselt hinter ihr.

»Was denkst du, ist los, Jules?«, fragt Tom und kommt ebenfalls in die Küche. »Was macht ihm Angst?«

»Ich weiß es nicht. Irgendetwas macht ihn offenbar nervös. Vorhin hat er an der Kellertür gekratzt. Don ist da unten, aber aus dem kriegt man kaum ein Wort heraus. Und noch weniger kriegt man ihn zu uns nach oben.«

»Also gut«, sagt Tom. »Dann wollen wir mal da runtergehen.«

Als Jules Tom ansieht, erkennt Malorie Angst auf seinem Gesicht.

Was hat Gary ihnen angetan?

Er hat Misstrauen ins Haus gebracht, denkt Malorie. *Jules fürchtet sich, Don überhaupt anzusprechen.*

»Kommt«, sagt Tom. »Es ist Zeit, dass wir mit ihm reden.«

Jules steht auf und legt die Hand an den Knopf der Kellertür. Victor fängt wieder zu knurren an.

»Du bleibst hier, mein Junge«, sagt Jules.

»Nein«, sagt Tom. »Lass uns ihn mit nach unten nehmen.«

Jules zögert, dann öffnet er die Kellertür.

»Don?«, ruft Tom.

Er bekommt keine Antwort.

Tom geht als Erster hinunter. Dann Jules mit Victor. Malorie folgt ihnen.

Obwohl das Licht an ist, kommt es ihr dort unten dunkler vor. Zuerst glaubt Malorie, sie seien allein. Sie hat erwartet, dass Don auf dem Hocker sitzt. Liest. Nachdenkt. Schreibt. Sie will schon fast sagen, dass niemand hier ist, als sie erschrocken aufkreischt.

Don steht im Halbdunkel vor dem dünnen Vorhang, er lehnt an der Waschmaschine.

»Was ist in den Hund gefahren?«, fragt er ruhig.

»Das wissen wir nicht, Don. Etwas hier unten scheint ihm nicht zu gefallen. Ist alles in Ordnung?«

»Was soll das heißen?«

»Du hast zuletzt mehr Zeit hier unten verbracht als wir«, sagt Tom. »Ich will nur wissen, ob alles in Ordnung ist.«

Als Don nach vorn, ins Licht tritt, stockt Malorie der Atem. Er sieht nicht gut aus. Blass. Dünn. Das dunkle Haar ist schmutzig und schütter. Seine Gesichtszüge haben eine lehmartige Struktur. Die dunklen Ringe unter den Augen erwecken den Eindruck, als habe er etwas von der Finsternis aufgenommen, in die er seit Wochen blickt.

»Wir haben das ganze Telefonbuch durchgerufen«, sagt Tom. Malorie denkt, dass er versucht, ein wenig Licht in diesen feuchten, düsteren Keller zu bringen.

»Und, Glück gehabt?«

»Bisher nicht. Aber wer weiß.«

»Ja. Wer weiß.«

Dann schweigen sie. Malorie weiß, die Kluft, die sie zwischen ihnen wachsen fühlte, trennt sie inzwischen vollständig. Sie kontrollieren Don. Sehen nach ihm. Als würde er jetzt woanders leben. Es sieht nicht so aus, als ließe sich im Verhältnis zu Don noch etwas kitten.

»Willst du nach oben kommen?«, fragt Tom freundlich.

Malorie wird plötzlich schwindlig. Sie legt eine Hand an ihren Bauch.

Das Baby. Sie hätte die Kellertreppe nicht hinuntersteigen sollen. Aber sie ist so besorgt wegen Don wie alle anderen.

»Wozu?«, fragt Don schließlich.

»Ich weiß nicht, wozu«, sagt Tom. »Es könnte dir guttun, für einen Abend mit uns allen zusammen zu sein.«

Don nickt langsam. Er leckt sich die Lippen, lässt den Blick einmal durch den Keller schweifen: die Regale, die Kisten, der Hocker, auf dem Malorie vor sieben Wochen saß, als sie das Notizbuch aus Garys Koffer las.

»Also gut«, flüstert Don. »In Ordnung.«

Tom legt eine Hand auf Dons Schulter. Don beginnt zu weinen. Er führt die Hand an die Augen, um es zu verbergen.

»Tut mir leid, Mann«, sagt er. »Ich bin so durcheinander, Tom.«

»Das sind wir alle«, sagt Tom leise. »Komm mit nach oben. Alle würden sich freuen, dich zu sehen.«

In der Küche holt Tom die Flasche Rum aus einem Schrank. Er gießt sich etwas in ein Glas, und dann schenkt er Don ein Glas ein. Die beiden stoßen leise an und nippen von ihren Drinks.

Für einen Augenblick ist es, als hätte sich nichts verändert und als würde sich nie etwas ändern. Die Hausgenossen sind wieder zusammen. Malorie kann sich nicht erinnern, wann sie Don zuletzt gesehen hat, ohne dass Gary neben ihm kauerte, der Teufel, der ihm Theorien einflüsterte und sein Denken in derselben Sprache färbte, die sie in dem Notizbuch gefunden hatte.

Victor streicht an Malories Bein, als er wieder in die Küche trabt. Als sie ihm nachsieht, wird ihr erneut schwindlig.

Ich muss mich hinlegen, denkt sie.

»Dann solltest du es tun«, sagt Tom.

Malorie war nicht bewusst, dass sie es laut gesagt hat.

Aber sie *will* sich nicht hinlegen. Sie will hier bei Don, Tom und den anderen sitzen und für einen Moment glauben, das Haus könnte immer noch das sein, als was es angefangen hat: ein Ort, an dem sich Fremde treffen, um ihre Fähigkeiten zu bündeln, Stärke durch die größere Gruppe zu finden und so der unmöglichen, sich verändernden Welt draußen die Stirn zu bieten.

Dann ist einfach alles zu viel. Eine dritte Welle Übelkeit und Schwindel setzt ein, und Malorie taumelt, als sie aufsteht. Jules taucht plötzlich neben ihr auf und hilft ihr die

Treppe hinauf. Als sie sich im Schlafzimmer auf ihr Bett legt, sieht sie, dass die anderen bei ihr im Raum sind. Alle, auch Don. Sie beobachten sie, sind besorgt. Sie *starren* sie an. Sie fragen, ob es ihr gut gehe. Ob sie etwas brauche. Wasser? Ein feuchtes Tuch? Sie sagt Nein oder glaubt, dass sie es sagt, aber sie driftet weg. Als sie einschläft, hört sie ein Geräusch durch den Lüftungsschacht, es ist Victor, er knurrt wieder, allein in der Küche.

Das Letzte, was sie sieht, ehe sie die Augen schließt, sind die Hausbewohner in einer Gruppe. Sie betrachten sie aufmerksam. Sie schauen auf ihren Bauch.

Sie wissen, es ist so weit.

Victor knurrt wieder. Don sieht zur Treppe.

Jules verlässt das Schlafzimmer.

»Danke, Tom«, sagt Malorie. »Für die Fahrradhupen.«

Sie glaubt, die Vogelkiste zu hören, die leicht gegen das Haus schlägt. Aber es ist nur der Wind am Fenster.

Dann schläft sie. Und sie träumt von Vögeln.

41

Die Vögel in den Bäumen sind unruhig. Es klingt, als würden tausend Äste gleichzeitig geschüttelt. Als würde dort oben ein gefährlicher Wind wehen. Aber Malorie spürt nichts davon hier unten auf dem Fluss. Nein. Es geht kein Wind.

Aber etwas stört die Vögel.

Der Schmerz in ihrer Schulter hat ein Ausmaß erreicht, das Malorie bisher nicht kannte. Sie verflucht sich, weil sie diese letzten vier Jahre nicht besser auf ihren Körper geachtet hat. Stattdessen hat sie ihre Zeit damit verbracht, die Kinder zu trainieren. Bis deren Fähigkeiten über die Übungen hinausgingen, die sie sich für sie ausgedacht hatte.

Mommy, ein Blatt ist in den Brunnen gefallen!

Mommy, weiter unten in der Straße nieselt es, und es zieht zu uns herauf!

Mommy, ein Vogel ist auf dem Ast vor unserem Fenster gelandet!

Werden die Kinder die Aufnahme der Stimme vor ihr hören? Zweifellos. Und wenn das passiert, ist es an der Zeit, die Augen zu öffnen. Zu schauen, wo sich der Fluss in vier Arme verzweigt. Sie muss den zweiten von rechts wählen, so hat man es ihr gesagt.

Und bald wird sie es tun müssen.

Die Vögel in den Bäumen kreischen. An den Ufern herrscht Aktivität. Mensch, Tier, *Ungeheuer.* Sie hat keine Ahnung.

Und jetzt kreischen auch die Vögel in den Bäumen direkt über ihnen.

Sie denkt an das Haus. An den letzten Abend, den sie mit den Hausgenossen verbracht hat, mit allen zusammen. Der Wind hat laut an den Fenstern gerüttelt. Ein Unwetter zog auf. Ein gewaltiges. Vielleicht wissen es die Vögel in den Bäumen. Oder vielleicht wissen sie etwas anderes.

»Ich kann nichts hören, Mommy!«, sagt das Mädchen plötzlich. »Die Vögel, sie sind zu laut!«

Malorie hört auf zu rudern. Sie denkt an Victor.

»Wie hören sie sich für euch an?«, fragt sie die Kinder.

»Als hätten sie Angst!«, sagt das Mädchen.

»Verrückt«, sagt der Junge.

Je konzentrierter Malorie zu den Bäumen hinauflauscht, desto schlimmer klingt es.

Wie viele sind da oben? Es klingt nach unendlich vielen.

Werden die Kinder die Aufnahme bei diesem schrillen Getöse von oben hören?

Victor ist verrückt geworden. Tiere können verrückt werden.

Die Vögel hören sich nicht normal an.

Langsam dreht sie den Kopf in die Richtung ihres wie auch immer gearteten Verfolgers.

Deine Augen sind geschlossen, denkt sie. *So wie deine Augen jedes Mal geschlossen waren, wenn du Wasser vom Brunnen geholt hast. Wenn du zu fahren versucht hast, um die Verstärker zu holen. Deine Augen waren geschlossen, als Victors nicht geschlossen waren. Worüber machst du dir Sorgen? Warst du nicht schon in unmittelbarer Nähe der Wesen? Warst du nicht einem so nahe, dass du dachtest, du könntest es riechen?*

Das war sie.

Du ergänzt die Einzelheiten, denkt sie. *Du stellst dir vor, wie sie aussehen, und fügst einem Körper und einer Gestalt, von denen du nicht das Geringste weißt, Einzelheiten hinzu. Einem Gesicht, das vielleicht gar kein Gesicht ist.*

Die Wesen ihrer Fantasie schreiten über offene, horizontlose Landschaften. Sie stehen vor den Fenstern früherer Zuhause und spähen neugierig auf das Glas. Sie studieren. Sie prüfen. Sie beobachten. Sie tun die eine Sache, die Malorie nicht tun darf.

Sie *schauen*.

Begreifen sie die Blumen im Garten als schön? Verstehen sie, in welche Richtung der Fluss fließt? Verstehen sie es?

»Mommy«, sagt der Junge.

»Was ist?«

»Da ist so ein Geräusch. Es klingt, als ob jemand reden würde.«

Sie denkt an den Mann im Boot. Sie denkt an Gary. Selbst jetzt, so weit vom Haus entfernt, denkt sie an Gary.

Sie will den Jungen fragen, was er meint, aber die Stimmen der Vögel schwellen zu einer grotesken Woge an, zu einem fast symphonischen Kreischen.

Es hört sich an, als wären es mehr Vögel, als die Bäume fassen können.

Als würden sie den ganzen Himmel einnehmen.

Sie klingen verrückt. Sie klingen verrückt. O mein Gott, sie klingen verrückt.

Malorie dreht den Kopf wieder über die Schulter, obwohl sie nichts sehen kann. Der Junge hat eine Stimme gehört. Die Vögel sind verrückt. Was folgt ihnen?

Allerdings fühlt es sich gar nicht mehr an, als würde ihnen etwas folgen. Es fühlt sich an, als wäre etwas *bei ihnen*.

»Es ist eine Stimme!«, schreit der Junge wie aus einem

Traum. Seine Stimme durchdringt den unglaublichen Lärm von oben.

Malorie ist sich sicher: Die Vögel haben etwas unten auf der Erde gesehen.

Der kollektive Vogelgesang schwillt an und erreicht einen Höhepunkt, ehe er abflacht und verzerrt wird und die Grenzen sich schlagartig auflösen. Malorie hört es nun, als wäre sie im *Innern* dieses Lärms. Als wäre sie mit tausend durchgedrehten Vögeln in eine Voliere gesperrt. Es ist, als wäre ein Käfig über sie alle gestülpt worden. Ein Pappkarton. Eine Vogelkiste. Die die Sonne für alle Zeit aussperrt.

Was ist das? Was ist das? Was ist das?

Unendlichkeit.

Woher kommt es? Woher kommt es? Woher kommt es?

Unendlichkeit.

Die Vögel schreien. Und das Geräusch, das sie machen, ist kein Gesang.

Das Mädchen kreischt auf.

»Etwas hat mich getroffen, Mommy. Etwas ist heruntergefallen!«

Malorie spürt es ebenfalls. Sie denkt, es regnet.

Obwohl es eigentlich nicht möglich scheint, werden die Vögel noch lauter. Sie sind ohrenbetäubend in ihrem Kreischen. Malorie muss sich die Ohren zuhalten. Sie ruft den Kindern zu, dasselbe zu tun.

Etwas landet heftig auf ihrer verletzten Schulter, und Malorie heult auf und krümmt sich vor Schmerz.

Mit einer Hand hält sie die Augenbinde fest, mit der anderen tastet sie wild im Boot umher, auf der Suche nach dem, was sie getroffen hat.

Das Mädchen kreischt wieder.

»Mommy!«

Aber Malorie hat es gefunden. Zwischen Zeigefinger und Daumen hält sie keinen Regentropfen, sondern den zerschmetterten Körper eines winzigen Vogels. Sie spürt den zerbrechlichen Flügel.

Malorie weiß jetzt Bescheid.

Am Himmel über ihr, wo es ihr verboten ist hinzusehen, bekriegen sich die Vögel. Die Vögel töten einander.

»Schützt euren Kopf! Haltet die Augenbinden fest!«

Dann kommen sie herunter wie eine Flut. Es hagelt gefiederte Körper. Der Fluss schäumt und spritzt unter dem Aufprall Tausender Vögel, die ins Wasser stürzen. Sie schlagen auf dem Boot auf. Sie klatschen auf den Boden. Malorie wird getroffen, am Kopf, am Arm, immer wieder.

Sie kann sie schmecken, als Vogelblut an ihren Wangen hinunterläuft.

Man riecht es auch. Tod. Sterben. Verfall. Der Himmel stürzt, der Himmel stirbt, der Himmel ist tot.

Malorie ruft den Kindern zu, aber der Junge spricht bereits, er versucht, ihr etwas zu sagen.

»Riverbridge«, sagt er. »Zwei-sieben-drei Shillingham … mein Name ist …«

»Was?«

Malorie beugt sich in ihrer zusammengekauerten Stellung vor und bringt das Ohr nahe an den Mund des Jungen.

»Riverbridge«, sagt er. »Zwei-sieben-drei Shillingham. Mein Name ist Tom.«

Malorie richtet sich auf und hält ihre Augenbinde mit beiden Händen fest.

Mein Name ist Tom.

Vögel treffen sie. Sie prallen mit dumpfem Aufschlag auf das Boot.

Aber Malorie denkt nicht an sie.

Sie denkt an Tom.

Hallo! Ich rufe aus Riverbridge an. Zwei-sieben-drei Shillingham. Mein Name ist Tom. Sie verstehen sicherlich, wie erleichtert ich bin, Ihren Anrufbeantworter zu hören. Das bedeutet, Sie haben noch Strom. Genau wie wir …

Malorie schüttelt den Kopf.

Nein nein nein nein nein nein …

»NEIN!«

Der Junge hat sie zuerst gehört. Toms Stimme. Aufgenommen und als Endlosschleife abgespielt. Bewegungsaktiviert. Für sie. Für Malorie. Falls sie sich je entschließen sollte, den Fluss hinunterzufahren. Wann immer dieser Tag kommen würde. Tom, der gute Tom, dessen Stimme all die Jahre hier ertönte. Der versuchte, Kontakt herzustellen. Jemanden zu erreichen versuchte. Der eine Brücke zwischen ihrem Leben im Haus und einem besseren Leben irgendwo anders bauen wollte.

Sie haben seine Stimme benutzt, weil sie wussten, du würdest sie erkennen. Es ist so weit, Malorie.

Das ist der Moment, in dem du die Augen öffnen sollst.

Wie grün ist das Gras? Wie bunt sind die Blätter? Wie rot ist das Blut der Vögel, das den Fluss unter ihr färbt?

»Mommy!«, ruft der Junge.

Mommy muss die Augen öffnen, möchte sie sagen. *Mommy muss schauen.*

Aber die Vögel sind verrückt geworden.

»Mommy!«, sagt der Junge wieder.

Sie antwortet. Sie erkennt ihre eigene Stimme kaum.

»Was ist, Junge?«

»Etwas ist hier bei uns. Etwas ist direkt hier.«

Das Ruderboot bleibt stehen.

Etwas hat es gestoppt.

Sie kann Bewegung im Wasser neben ihnen feststellen.

Das ist kein Tier, denkt sie. *Es ist nicht Gary. Es ist das, wovor du dich viereinhalb Jahre lang versteckt hast. Es ist das, was dich nicht ins Freie schauen lässt.*

Malorie macht sich bereit.

Etwas ist im Wasser links von ihr. Nur Zentimeter von ihrem Arm entfernt.

Der Lärm der Vögel über ihnen entfernt sich. Als würden sie auffliegen in einem irren Ausbruch zum Ende des Himmels.

Sie kann die Anwesenheit von etwas neben sich *fühlen.*

Die Vögel werden leiser. Beruhigen sich. Ihr Lärm verhallt. Sie fliegen auf, sind fort.

Toms Stimme spricht weiter. Der Fluss strömt um das Ruderboot herum.

Malorie schreit, als sie spürt, wie ihr die Augenbinde vom Kopf gezogen wird.

Sie rührt sich nicht.

Die Augenbinde verharrt zwei Zentimeter von ihren geschlossenen Augen entfernt.

Kann sie das Wesen hören? Atmen? Ist es das, was sie hört? *Tom,* denkt sie, *Tom hinterlässt eine Nachricht.*

Seine Stimme hallt über den Fluss. Er klingt so hoffnungsvoll. Lebendig.

Tom, ich werde die Augen öffnen müssen. Sprich mit mir. Bitte. Sag mir, was ich tun soll, Tom. Ich werde die Augen öffnen müssen.

Seine Stimme kommt von vorn. Er klingt wie die Sonne, das einzige Licht in all der Dunkelheit.

Die Augenbinde wird noch ein, zwei Zentimeter weiter von ihrem Gesicht gezogen. Der Knoten drückt gegen den Hinterkopf.

Tom, ich werde die Augen öffnen müssen.

Also …

42

… tut sie es.

Malorie setzt sich im Bett auf und greift sich an den Bauch, ehe sie begreift, dass sie bereits seit einiger Zeit heult. Das Bett ist triefend nass.

Die beiden Männer stürzen ins Zimmer. Es ist alles so verschwommen.

Bekomme ich wirklich ein Baby? Ein Baby? Ich war diese ganze Zeit schwanger?

Und so beängstigend.

Wo ist Shannon? Wo ist Mutter?

Sodass sie die beiden im ersten Moment nicht als Felix und Jules erkennt.

»*Verdammter Mist*«, sagt Felix. »Olympia ist schon oben. Bei ihr hat es vor etwa zwei Stunden angefangen.«

Oben, denkt Malorie. *Wo oben?*

Die Männer helfen ihr vorsichtig, sich auf den Bettrand zu setzen.

»Bist du bereit dafür?«, fragt Felix nervös.

Malorie sieht ihn nur an, sie runzelt die Stirn, und ihr Gesicht ist blass und rosig zugleich.

»Ich habe geschlafen«, sagt sie. »Ich war gerade … Wo oben, Felix?«

»Sie ist bereit«, sagt Jules und zwingt sich zu einem Lächeln, um sie zu beruhigen. »Du siehst wundervoll aus, Malorie. Du siehst bereit aus.«

Sie will noch einmal fragen. »Wo …?«

Aber Felix erklärt es ihr, ehe sie zu Ende gesprochen hat.

»Das Ganze findet auf dem Dachboden statt. Tom sagt, es ist der sicherste Ort im Haus. Für den Fall, dass etwas passiert. Aber es wird nichts passieren. Olympia ist schon oben. Bei ihr hat es vor zwei Stunden angefangen. Tom und Cheryl sind bei ihr. Mach dir keine Sorgen, Malorie. Wir tun, was wir können.«

Malorie antwortet nicht. Das Gefühl, etwas in sich zu haben, das hinausmuss, ist das schrecklichste und unglaublichste Gefühl, das sie je hatte. Die beiden Männer fassen sie unter den Armen und führen sie aus dem Zimmer und über den Flur zur Rückseite des Hauses. Die Dachbodentreppe ist bereits heruntergelassen. Malorie sieht die Decken über dem Fenster am Ende des Flurs. Sie fragt sich, welche Tageszeit es ist. Ist schon der nächste Abend? Ist es eine Woche später?

Bekomme ich wirklich mein Baby? Jetzt?

Felix und Jules helfen ihr die alte Holztreppe hinauf. Oben kann sie Olympia hören. Und Toms sanfte Stimme, der Dinge sagt wie: *Atme, wunderbar, alles wird gut …*

»Vielleicht wird es doch nicht so anders«, sagt sie. Die Männer helfen ihr Gott sei Dank die knarrenden Stufen hinauf. »Vielleicht wird es nicht so anders, als ich es mir ursprünglich erhofft hatte.«

Dort oben ist mehr Platz, als sie sich vorgestellt hat. Eine einzelne Kerze erhellt den Raum. Olympia liegt auf einem Handtuch auf dem Boden. Cheryl ist neben ihr. Olympia hat die Knie angezogen, und ein dünnes Bettlaken bedeckt sie von der Mitte abwärts. Jules hilft Malorie auf ihr eigenes Handtuch gegenüber von Olympia. Tom kommt zu ihr.

»Ach, Malorie«, sagt Olympia. Sie ist außer Atem, und ihr

Unterleib zuckt und bäumt sich auf. »Ich bin so froh, dass du da bist!«

Malorie denkt unwillkürlich, sie schläft noch, als sie über ihre bedeckten Knie blickt und Olympia wie ein Spiegelbild aufgebaut sieht.

»Wie lange bist du schon hier oben, Olympia?«

»Ich weiß es nicht. Eine Ewigkeit, glaube ich.«

Felix spricht leise mit Olympia und fragt sie, was sie braucht. Dann geht er nach unten, um es zu holen. Tom ermahnt Cheryl, auf Sauberkeit zu achten. Den beiden geschieht nichts, sagt er, solange alles sauber ist. Sie benutzen frisch gewaschene Handtücher und Laken. Handdesinfektionsmittel aus Toms Haus. Zwei Eimer Brunnenwasser.

Tom wirkt ruhig, aber Malorie weiß, dass er es nicht ist.

»Malorie?«, fragt Tom.

»Ja.«

»Was brauchst du?«

»Wie wäre es mit ein wenig Wasser? Und Musik, Tom.«

»Musik?«

»Ja. Etwas, das angenehm und sanft klingt, vielleicht – *etwas, das die Geräusche meines Körpers auf dem Holzboden eines Dachbodens überdeckt* – die Geigenmusik. Diese eine Kassette.«

»Okay«, sagt Tom. »Ich hole es.«

Er geht an ihr vorbei zu der Treppe, die direkt hinter ihr nach unten führt. Malorie wendet ihre Aufmerksamkeit Olympia zu. Noch immer fällt es ihr schwer, die Benommenheit abzuschütteln. Sie sieht ein kleines Steakmesser neben ihr auf einem Papiertuch liegen. Cheryl hat es gerade in das Wasser getaucht.

»Himmel!«, schreit Olympia plötzlich, und Felix kniet nieder und ergreift ihre Hand.

Malorie sieht zu.

Diese Leute, denkt sie, *die Art Menschen, die auf eine solche Anzeige in der Zeitung antworten, das sind die Leute, die überleben.*

Für einen Moment durchströmt sie ein Gefühl des Friedens. Sie weiß, es wird nicht lange anhalten. Eins nach dem andern huschen die Gesichter der Hausgenossen an ihrem geistigen Auge vorbei. Bei jedem empfindet sie etwas wie Liebe.

Mein Gott, denkt sie, *wir sind so tapfer.*

»O Gott«, schreit Olympia wieder. Cheryl ist sofort an ihrer Seite.

Einmal, als Tom nach Klebeband gesucht hat, hat sie ihn vom Fuß der Leiter aus beobachtet. Aber sie war noch nie selbst hier oben. Jetzt blickt sie schwer atmend zu dem Vorhang, der das einzige Fenster bedeckt, und sie fröstelt. Selbst der Dachboden ist geschützt. Ein Raum, der kaum je benutzt wird, braucht dennoch eine Decke. Ihr Blick wandert an dem hölzernen Fensterrahmen entlang, dann an den holzverkleideten Wänden, dem spitzen Dach, den Kisten mit Zeug, das George zurückgelassen hat. Dann weiter zu einem hohen Stapel Decken, einer Kiste mit Plastikteilen. Alte Bücher. Alte Kleidung.

Jemand steht bei den alten Sachen.

Es ist Don.

Malorie spürt, wie sich etwas zuzieht.

Tom kommt mit einem Glas Wasser und dem kleinen Radiorekorder wieder.

»Hier, Malorie«, sagt er. »Ich habe die Kassette gefunden.«

Knisternder Geigenklang kommt aus den kleinen Lautsprechern. Malorie findet es perfekt.

»Danke«, sagt sie.

Tom sieht sehr müde aus. Seine Augen sind nur halb offen und geschwollen. Als hätte er kaum geschlafen.

Malorie hat so unglaubliche Krämpfe, dass sie es im ersten Moment nicht für möglich hält. Es fühlt sich an, als wäre eine Bärenfalle mit voller Wucht über ihrem Unterleib zugeschnappt.

Hinter ihr dringen Stimmen von unten zum Dachboden herauf. Es sind Cheryl. Jules. Sie nimmt kaum wahr, wer oben bei ihr ist und wer nicht.

»O *Gott!*«, ruft Olympia.

Tom ist bei ihr. Felix ist wieder an Malories Seite.

»Du schaffst es«, ruft Malorie zu Olympia hinüber.

Unterdessen hallt von draußen Donner. Regen prasselt auf das Dach. Irgendwie ist der Regen genau das Geräusch, auf das sie gewartet hat. Die Welt draußen klingt, wie sie sich innerlich fühlt. Stürmisch. Bedrohlich. Gefährlich. Die Hausgenossen tauchen aus dem Halbdunkel auf und verschwinden, Tom sieht besorgt aus. Olympia atmet schwer, keucht. Die Stufen knarren. Jemand Neues ist hier, es ist wieder Jules. Tom teilt ihm mit, dass Olympia weiter ist als Malorie. Donner grollt. Als ein Blitz zuckt, erscheint Dons Gesicht wie gemeißelt, er blickt mürrisch aus tief liegenden, von dunklen Ringen umgebenen Augen.

Um Malories Mitte ist ein unerträglicher Druck. Ihr Körper handelt von allein, wie es scheint, ohne ihr Bedürfnis nach Ruhe und Frieden zu beachten. Sie schreit, und Cheryl wechselt von Olympias Seite zu ihr. Malorie war nicht einmal klar gewesen, dass Cheryl noch hier oben ist.

»Das ist *schrecklich*«, stößt Olympia keuchend aus.

Malorie denkt an Frauen in Vorbereitungsgruppen, an Frauen, die im Einklang mit den Körpern der anderen sind. Bei allem Gerede, wer zuerst dran sein würde, sind sie und Olympia nicht einmal im Spaß auf die Idee gekommen, sie könnten gleichzeitig in den Wehen liegen.

Ach, wie sich Malorie nach einer herkömmlichen Geburt sehnt!

Neuer Donner.

Es ist jetzt dunkler hier oben. Tom bringt eine zweite Kerze, zündet sie an und stellt sie auf den Boden links von Malorie. Im Zucken der Flamme sieht sie Felix und Cheryl, aber Olympia ist schwer auszumachen. Ihr Oberkörper und ihr Gesicht werden von flackernden Schatten verdunkelt.

Jemand steigt hinter ihr die Treppe hinunter. Ist es Don? Sie will nicht den Hals recken. Tom durchquert den Lichtschein der Kerze und ist anschließend nicht mehr zu sehen. Dann Felix, glaubt sie, und Cheryl. Silhouetten bewegen sich phantomartig zwischen ihr und Olympia.

Der Regen prasselt heftiger auf das Dach.

Von unten ist plötzlich Aufruhr zu hören. Malorie ist sich nicht sicher, aber sie glaubt, dass jemand schreit. Verwechselt ihr erschöpfter Verstand etwas? Wer streitet da?

Es klingt allerdings *tatsächlich* wie ein Streit.

Sie kann sich im Augenblick nicht damit beschäftigen. Sie wird es nicht tun.

»Malorie?« Malorie schreit, als Cheryls Gesicht plötzlich neben ihr auftaucht. »Drück meine Hand. Brich sie, wenn es sein muss.«

Schaff Licht hier rein, möchte Malorie sagen. *Hol mir einen Arzt. Bring dieses Ding für mich auf die Welt.*

Stattdessen antwortet sie mit einem Stöhnen.

Sie bekommt ihr Baby. Es gibt keine Frage nach dem *Wann* mehr.

Werde ich jetzt alles anders sehen? Ich habe alles durch das Prisma dieses Babys betrachtet. So habe ich das Haus gesehen. Seine Bewohner. Die Welt. Durch dieses Prisma habe ich die Nachrichten gesehen, als alles losging, und die Nachrichten, als alles zu Ende ging. Ich war entsetzt, paranoid, wütend und mehr. Wenn mein Körper zu der Gestalt zurückkehrt, in der ich früher unbeschwert durch die Straßen geschlendert bin, werde ich dann alles wieder anders sehen?

Wie wird Tom aussehen? Wie werden seine Ideen klingen?

»Malorie!«, ruft Olympia in die Dunkelheit. »Ich glaube, ich schaffe das nicht!«

Cheryl sagt ihr, sie wird es schaffen, sie hat es fast geschafft.

»Was ist los da unten?«, fragt Malorie plötzlich.

Don ist unten. Sie hört ihn streiten. Jules ebenfalls. Ja, Don und Jules streiten sich im Flur unter dem Dachboden. Ist Tom bei ihnen? Felix? Nein, Felix taucht aus dem Dunkel auf und nimmt ihre Hand.

»Alles in Ordnung, Malorie?«

»Nein«, sagt sie. »Was ist los da unten?«

Er zögert. »Ich weiß es nicht genau. Aber du hast jetzt wichtigere Sorgen als Leute, die sich gegenseitig anschreien.«

»Ist es Don?«, fragt sie.

»Zerbrich dir nicht den Kopf darüber, Malorie.«

Es regnet heftiger. Es ist, als hätte jeder Tropfen sein eigenes unüberhörbares Gewicht.

Malorie hebt den Kopf, um Olympias Augen im Halbdunkel zu sehen; sie blicken ihr entgegen.

In diesem Moment glaubt Malorie, ein weiteres Geräusch zu hören.

Jenseits des Regens, des Streits und der Unruhe unten im Erdgeschoss hört Malorie *etwas*. Es klingt süßer als Geigen.

Was ist das?

»Oh, Scheiße«, schreit Olympia. »Mach, dass es aufhört!«

Das Atmen fällt Malorie immer schwerer. Es ist, als würde das Baby ihre Luftversorgung abschneiden. Als würde es in ihrer Kehle heraufkriechen.

Tom ist da. Er ist an ihrer Seite.

»Es tut mir leid, Malorie.«

Sie wendet ihm das Gesicht zu. Der Ausdruck auf seinem Gesicht ist etwas, woran sie sich noch Jahre nach diesem Morgen erinnern wird.

»Was tut dir leid, Tom? Dass es so geschehen musste?«

Toms Augen blicken traurig. Er nickt. Sie wissen beide, dass er keinen Grund hat, sich zu entschuldigen, aber sie wissen auch, keine Frau sollte ihre Entbindung auf dem Dachboden eines Hauses erdulden müssen, das sie nur deshalb ihr Zuhause nennt, weil sie es nicht verlassen kann.

»Weißt du, was ich glaube«, sagt er leise und nimmt ihre Hand. »Ich glaube, du wirst eine wunderbare Mutter sein. Ich glaube, du wirst dieses Kind so gut aufziehen, dass es keine Rolle spielt, ob die Welt so oder so weitergeht.«

Für Malorie fühlt es sich jetzt an, als würde eine rostige Stahlkralle versuchen, ihr das Kind aus dem Leib zu zerren. Ein Abschleppseil aus dem Gerümpel vor ihr.

»Tom«, bringt sie mühsam heraus. »Was ist los da unten?«

»Don regt sich auf, sonst nichts.«

Sie will noch weiter darüber reden. Sie ist nicht mehr böse auf Don. Sie macht sich Sorgen um ihn. Von allen Hausgenossen setzt ihm diese neue Welt am schlimmsten zu. Er findet sich nicht in ihr zurecht. In seinen Augen ist etwas, das noch leerer ist als Hoffnungslosigkeit. Malorie will Tom sagen, dass sie Don liebt, dass ihn alle lieben, dass er nur Hilfe braucht. Aber der Schmerz ist absolut alles, was sie im Moment verkraften kann. Und Worte sind vorübergehend nicht möglich. Der Streit unten klingt jetzt wie ein Witz für sie. Als würde sich jemand über sie lustig machen. Als wolle das Haus ihr sagen: *Versteht ihr, da oben auf meinem Dachboden? Nehmt es trotz des heillosen Schmerzes mit Humor.*

Malorie hat Müdigkeit und Hunger kennengelernt. Körperlichen Schmerz und schwere seelische Erschöpfung. Aber der Zustand, in dem sie jetzt ist, ist neu für sie. Sie hat nicht nur ein Recht darauf, nicht durch ein Wortgefecht unter Hausgenossen gestört zu werden, sie hat es vielmehr fast verdient, dass sie alle das Haus ganz verlassen und mit geschlossenen Augen draußen im Garten stehen, bis sie und Olympia hinter sich gebracht haben, was ihr Körper ihnen abverlangt.

Tom steht auf.

»Ich bin gleich wieder da«, sagt er. »Brauchst du noch Wasser?«

Malorie schüttelt den Kopf und wendet den Blick wieder Olympias Kampf direkt vor ihr zu.

»Wir kriegen Babys!«, sagt Olympia plötzlich wie von Sinnen. »Es passiert!«

So viele Geräusche. Die Stimmen unten, die Geräusche auf dem Dachboden – die aus den Schatten kommen und aus den Gesichtern, die aus jenen Schatten auftauchen –, die ausklappbare Treppe, die jedes Mal knarzt, wenn ein Hausbewohner sie hinauf- oder hinuntersteigt, um die Lage hier oben und dann die Lage unten einzuschätzen; sie weiß, es gibt ein Problem unten, sie kann sich nur im Augenblick nicht darum kümmern. Der Regen fällt, aber da ist tatsächlich noch etwas anderes. Ein weiteres Geräusch. Ein Instrument vielleicht. Die höchsten Tasten des Klaviers im Wohnzimmer.

Plötzlich und merkwürdigerweise wird Malorie erneut von einem Gefühl des Friedens durchströmt. Trotz der tausend Messer, die ihre Lunge, ihren Hals und ihre Brust durchbohren, wird ihr klar, dass das Baby herauskommt, egal was sie tut, egal was geschieht. Welche Rolle spielt es jetzt noch, in was für eine Welt sie dieses Kind gebiert? Olympia hat recht. Es *passiert*. Das Kind kommt. Das Kind ist fast da. Und es war immer ein Teil dieser neuen Welt.

Es kennt Nervosität, Angst, Paranoia. Es hat sich Sorgen gemacht, als Tom und Jules die Hunde suchen gingen. Es war schmerzlich erleichtert, als sie wiederkamen. Es war erschrocken über die Veränderung Dons. Die Veränderung im Haus. Als es sich von einer hoffnungsvollen Zuflucht in einen Ort der Bitterkeit und Furcht verwandelte. Sein Herz war schwer, als ich die Anzeige gelesen habe, die mich hierherbrachte, und schwer, als ich das Notizbuch im Keller las.

Beim Wort »Keller« hört Malorie tatsächlich Dons Stimme von unten.

Er brüllt.

Doch etwas jenseits seiner Stimme beunruhigt sie noch mehr.

»Hörst du dieses Geräusch, Olympia?«

»Was?«, presst Olympia hervor. Es klingt, als hätte sie Büroklammern in der Kehle.

»Dieses Geräusch. Es klingt wie …«

»Das ist der Regen.«

»Nein, nicht das. Da ist noch etwas. Es klingt, als hätten wir unsere Babys bereits.«

»Wie bitte?«

Für Malorie hört es sich tatsächlich wie ein Baby an. Etwas Ähnliches jedenfalls, von jenseits der Hausgenossen am Fuß der Dachbodentreppe. Vielleicht sogar im Erdgeschoss, im Wohnzimmer oder gar …

Vielleicht sogar draußen.

Aber was bedeutet das? Was geht hier vor? Weint jemand auf der Eingangstreppe?

Unmöglich. Es ist etwas anderes.

Aber es ist etwas, das *lebt*.

Ein Blitz zuckt. Der Dachboden ist für einen Sekundenbruchteil zur Gänze sichtbar, albtraumartig. Die Decke vor dem Fenster verharrt vor Malories geistigem Auge, lange nachdem das Licht weg ist und der Donner grollt. Olympia schreit auf, als es geschieht, und Malorie sieht mit geschlossenen Augen den zu einer Maske erstarrten Ausdruck der Angst auf dem Gesicht ihrer Freundin.

Doch ihre Aufmerksamkeit wird wieder von dem unvorstellbaren Druck in ihrer Körpermitte angezogen. Es scheint fast, als würde Olympia für sie mitheulen. Jedes Mal, wenn Malorie dieses grausame Messer in ihre Seite stoßen fühlt, klagt Olympia.

Heule ich auch für sie mit?

Die Kassette bleibt stehen. Dann endet auch der Aufruhr von unten.

Selbst der Regen lässt nach.

Die kleinen Geräusche im Dachboden selbst sind jetzt besser zu hören. Malorie lauscht ihrem eigenen Atem. Die Schritte der Hausgenossen, die sich um sie und Olympia kümmern, sind deutlich unterscheidbar.

Gestalten tauchen auf. Und verschwinden.

Da ist Tom – sicher.

Da ist Felix – glaubt sie.

Da ist Jules, er ist jetzt an Olympias Seite.

Zieht sich die Welt zurück? Oder reise ich tiefer in diesen Schmerz hinein?

Sie hört dieses Geräusch wieder. Wie ein Kleinkind auf der Türschwelle. Etwas, das jung ist und lebt, und es kommt von unten. Nur ist es jetzt deutlicher. Nur muss es sich jetzt nicht mehr durch den Streit, die Musik und den Regen kämpfen.

Ja, es ist klarer jetzt, eindeutiger. Als Tom den Dachboden

durchquert, hört sie das Geräusch zwischen seinen Schritten. Wenn er die Stiefel vom Holzboden hebt, dringen die jugendlichen Töne von unten durch.

Und plötzlich erkennt Malorie sehr deutlich, was es ist.

Es sind die Vögel. O mein Gott, es sind die Vögel.

Der Pappkarton, der gegen die Außenwand des Hauses schlägt, und das leise, liebliche Zirpen der Vögel.

»Jemand ist vor dem Haus«, sagt sie.

Leise zunächst.

Cheryl ist ein Stück von ihr entfernt.

»*Jemand ist vor dem Haus!*«, schreit sie.

Jules blickt hinter Olympias Schulter auf.

Ein lautes Krachen ertönt von unten. Felix schreit. Jules stürzt an Malorie vorbei. Seine Stiefel sind laut und schnell auf der Leitertreppe hinter ihr.

Malorie sieht sich hektisch nach Tom um. Er ist nicht hier oben. Er ist unten.

»Olympia«, sagt sie, mehr zu sich selbst, »wir sind allein hier oben!«

Olympia antwortet nicht.

Malorie versucht, nicht zuzuhören, aber es geht nicht. Es klingt, als wären jetzt alle im Wohnzimmer. Auf jeden Fall im Erdgeschoss. Alle schreien. Hat Jules gerade gesagt: »Tu's nicht!«?

Der Schmerz in Malories Mitte wächst mit dem Radau von unten an.

Da sie mit dem Rücken zur Treppe liegt, reckt sie den Hals. Sie will wissen, was los ist. Sie will ihnen sagen, dass sie aufhören sollen. Auf dem Dachboden sind zwei schwangere Frauen, die eure Hilfe brauchen. *Bitte hört auf!*

Malorie lässt benommen das Kinn auf die Brust sinken. Ihre Augen fallen zu. Sie hat den Eindruck, wenn sie aufhört, sich zu konzentrieren, könnte sie ohnmächtig werden. Oder schlimmer.

Der Regen setzt wieder ein. Malorie öffnet die Augen. Sie sieht Olympia, den Kopf zur Decke verdreht. Die Adern an ihrem Hals treten hervor. Langsam lässt Malorie den Blick durch den Dachboden wandern. Neben Olympia sind die Pappkartons. Dann das Fenster. Noch mehr Kartons. Alte Bücher. Die alte Kleidung.

Ein Blitz erhellt das Dachgeschoss. Malorie schließt die Augen. In ihrer Dunkelheit sieht sie ein erstarrtes Abbild von den Wänden des Raums.

Das Fenster. Die Kartons.

Und einen Mann, der dort steht, wo Don stand, als sie hier heraufkam.

Das ist nicht möglich, denkt sie.

Aber es ist wahr.

Und noch ehe ihre Augen gänzlich geöffnet sind, weiß sie, wer dort steht, wer bei ihr auf dem Dachboden ist.

»Gary«, sagt sie, und hundert Gedanken bedrängen sie. »Du hast dich im Keller versteckt.«

Sie denkt an Victor, der die Kellertür angeknurrt hat.

Sie denkt an Don, der dort unten geschlafen hat.

Während Malorie Gary in die Augen sieht, eskaliert der Streit unten. Jules ist heiser. Don ist fuchsteufelswild. Es klingt, als würden sie sich schlagen.

Gary nähert sich Malorie aus dem Halbdunkel.

Als wir die Augen geschlossen haben und Tom die Haustür geöffnet hat, denkt sie und weiß, dass es stimmt, *hat Don ihn heimlich zurück ins Haus geschafft*.

»Was tust du hier?!«, schreit Olympia plötzlich. Gary sieht sie nicht an. Er kommt nur auf Malorie zu.

»Bleib weg von mir!«, schreit Malorie.

Er kniet sich neben sie.

»Du …«, sagt er. »So verletzlich in deinem gegenwärtigen Zustand. Ich hätte gedacht, du würdest mehr Mitgefühl haben, als jemanden in eine Welt wie diese hinauszuschicken.«

Erneut zuckt ein Blitz.

»*Tom! Jules!*«

Das Baby ist noch nicht draußen. Aber es muss bald so weit sein.

»Hör auf zu schreien«, sagt Gary. »Ich bin nicht wütend.«

»Bitte lass mich in Ruhe. Bitte geh.«

Gary lacht. »Das sagst du ständig. Immer willst du, dass ich gehe!«

Draußen grollt Donner. Die Hausgenossen werden lauter.

»Du bist nie gegangen«, sagt Malorie. Jedes Wort ist, als würde ein kleiner Stein aus ihrer Brust entfernt.

»Das stimmt. Ich bin nie gegangen.«

Tränen treten in Malories Augen.

»Don hatte das Herz, mir die Hand zu reichen, und den Verstand, die Möglichkeit vorauszusehen, ich könnte durch eine Abstimmung aus dem Haus fliegen.«

Don, denkt sie, *was hast du getan?*

Gary beugt sich zu ihr hinunter.

»Hast du etwas dagegen, wenn ich dir in der Zwischenzeit eine Geschichte erzähle?«

»*Was?*«

»Eine Geschichte. Etwas, das dich von dem Schmerz ablenkt. Und lass mich dir sagen, dass du das wunderbar machst. Besser als meine Frau damals.«

Olympias Atem klingt nicht gut, zu angestrengt. Als könne sie die Sache unmöglich überleben.

»Eins von zwei Dingen geschieht hier«, sagt Gary. »Entweder …«

»Bitte«, weint Malorie. »Bitte lass mich in Ruhe.«

»Entweder meine Überlegungen sind richtig, oder – und ich benutze das Wort nur ungern – ich bin immun.«

Es fühlt sich an, als wäre das Baby am Rand ihres Körpers. Doch es fühlt sich zu groß an, als dass es hinausschlüpfen könnte. Malorie keucht und schließt die Augen. Aber der Schmerz ist überall, auch in ihrer Dunkelheit.

Sie wissen nicht, dass er hier oben ist. O *mein Gott, sie wissen nicht, dass er hier ist.*

»Ich habe diese Straße sehr lange beobachtet«, sagt Gary. »Ich habe zugesehen, wie Tom und Jules um den Block gestolpert sind. Ich war nur Zentimeter von Tom entfernt, als er das Zelt untersuchte, das mir Schutz bot.«

»Hör auf damit. HÖR AUF!«

Aber Schreien macht den Schmerz nur schlimmer. Malorie konzentriert sich. Sie presst. Sie atmet. Aber sie kann nicht anders, als zuzuhören.

»Ich fand es faszinierend, welche Anstrengungen der Mann unternahm, während ich unversehrt zusah, wie die Wesen bei Tag und Nacht vorbeispazierten, manchmal im ganzen Dutzend. Das ist der Grund, warum ich mich in dieser Straße niederließ, Malorie. Du hast keine Ahnung, wie viel da draußen oft los ist.«

*Bittebittebittebittebittebittebitte*BITTE …

Vom Stockwerk unter ihr hört sie Toms Stimme.

»Jules! Ich brauche dich!«

Dann donnernde Schritte, die wieder abwärtsführen.

»TOM! Hilf uns! Gary ist hier oben! TOM!«

»Er ist beschäftigt«, sagt Gary. »Dort unten haben sie ein echtes Problem.«

Gary steht auf. Er geht zur Dachbodentür und schließt sie leise.

Dann sperrt er ab.

»Besser so?«, fragt er.

»Was hast du getan?«, zischt Malorie.

Weitere Schreie von unten jetzt. Es klingt, als wären alle gleichzeitig in Bewegung. Einen Moment lang glaubt sie, sie ist verrückt geworden. Egal wie geschützt sie ist, man kann sich vor dem Wahnsinn dieser neuen Welt anscheinend nicht verstecken.

Jemand schreit im Flur unterhalb der abgesperrten Dachbodentür. Malorie glaubt, es ist Felix.

»Meine Frau war nicht vorbereitet«, sagt Gary plötzlich neben ihr. »Ich habe sie beobachtet, als sie eins gesehen hat. Ich habe sie nicht gewarnt, dass das Wesen kommt. Ich …«

»*Warum hast du es uns nicht erzählt?*«, fragt Malorie, während sie weint und presst.

»Weil mir genau wie bei den anderen keiner von euch geglaubt hätte«, sagt Gary. »Außer Don.«

»Du bist *verrückt.*«

Gary lacht, grinst.

»Was ist da unten los?«, schreit Olympia. »Malorie? Was ist los da unten?«

»Ich weiß es nicht!«

»Es ist Don«, sagt Gary. »Er versucht, die anderen von dem zu überzeugen, was ich ihm beigebracht habe.«

»ES IST DON!«

Die Stimme von unten ist so deutlich, als würde sie auf dem Dachboden sprechen.

»DON HAT SIE HERUNTERGERISSEN! DON HAT DIE DECKEN VON DEN FENSTERN GERISSEN!«

»Sie werden uns nichts tun«, flüstert Gary. Die Haare seines feuchten Barts berühren Malories Ohr.

Aber sie hört ihm nicht mehr zu.

»Malorie?«, flüstert Olympia.

»DON HAT DIE DECKEN VON DEN FENSTERN GERISSEN UND DIE TÜR GEÖFFNET! SIE SIND IM HAUS! HAST DU MICH VERSTANDEN! SIE SIND IM HAUS!«

Das Baby kommt das Baby kommt das Baby kommt …

»Malorie?«

»Olympia«, sagt sie niedergeschlagen, bar jeder Hoffnung. – Ist es wahr? Sagt sie es mit ihrer eigenen Stimme? – »Ja. Sie sind jetzt im Haus.«

Der Sturm draußen peitscht an die Wände.

Das Chaos unten klingt unvorstellbar.

»Sie hören sich an wie Wölfe«, schreit Olympia. »Sie hören sich an wie *Wölfe*!«

Don Don Don Don Don Don Don

hat die Decken heruntergerissen

hat sie hereingelassen

jemand hat sie gesehen

hat sie hereingelassen

jemand ist verrückt geworden wer war es?

Don hat sie hereingelassen

Don hat die Decken heruntergerissen

Don glaubt nicht, dass sie uns etwas tun können

Don glaubt, es spiele sich nur in unserem Kopf ab

Gary hat im Esszimmer neben seinem Stuhl gekniet

Gary hat hinter dem Wandbehang im Keller zu ihm gesprochen

Don hat die Decken heruntergerissen

Gary hat ihm erzählt, sie sind Hirngespinste, Gary hat ihm erzählt, sie sind harmlos

vielleicht verrückt geworden wer ist es wer?

Press Malorie, press, du bekommst ein Baby, du hast dich

um ein Baby zu sorgen, schließ die Augen, wenn du musst, aber press, press …

sie sind jetzt im Haus
und alle darin
klingen wie Wölfe.

Die Vögel, denkt Malorie hysterisch, *waren eine gute Idee, Tom. Eine großartige Idee.*

Olympia stellt ihr wie von Sinnen Fragen, aber Malorie kann nicht antworten. Ihr Kopf ist voll.

»Ist es wahr? Ist wirklich eins im Haus? Das kann nicht sein. Wir würden es niemals zulassen! Ist wirklich eins im Haus? Jetzt, *in diesem Augenblick?*«

Etwas kracht unten gegen eine Wand. Ein Körper vielleicht. Die Hunde bellen.

Jemand hat einen Hund gegen die Wand geworfen.

»DON HAT DIE DECKEN HERUNTERGERISSEN!«

Wer hat dort unten die Augen geschlossen? Wer hat die Geistesgegenwart? Hätte Malorie sie? Hätte Malorie die Geistesgegenwart, die Augen zu schließen, während ihre Mitbewohner verrückt werden?

O *mein Gott,* denkt Malorie, *sie werden sterben da unten.*

Das Baby bringt sie um.

Gary flüstert immer noch in ihr Ohr. »Was du da unten hörst, das ist genau das, was ich meine, Malorie. Sie glauben, sie müssen verrückt werden. Aber sie müssen nicht. Ich habe Winter wie Sommer da draußen verbracht. Ich habe sie wochenlang am Stück beobachtet.«

»Unmöglich«, sagt Malorie. Sie weiß nicht, ob sie damit Gary meint, den Radau unten oder den Schmerz, der nach ihrer Überzeugung nie mehr vergehen wird.

»Als ich das erste Mal eines sah, dachte ich, ich sei verrückt geworden.« Gary lacht nervös. »Aber ich war nicht verrückt geworden. Und als mir langsam klar wurde, dass ich noch geistig gesund bin, begann ich zu verstehen, was los war. Was meinen Freunden geschah, meiner Familie. Allen.«

»*Ich will nichts mehr hören!*«, schreit Malorie. Sie hat das Gefühl, als könne sie in der Mitte auseinanderreißen. Es ist ein Irrtum passiert, denkt sie. Das Baby, das aus ihr herauswill, ist zu groß für sie und wird sie in zwei Teile spalten.

Es ist ein Junge, davon ist sie überzeugt.

»Weißt du was?«

»Aufhören!«

»Weißt du was?«

»Nein! Nein! Nein!«

Olympia heult, der Himmel heult, unten heulen die Hunde. Malorie glaubt, speziell Jules zu hören. Sie hört ihn in dem Stockwerk unter ihr umherrasen. Sie hört, wie er im Badezimmer etwas auseinanderzureißen versucht.

»Vielleicht bin ich immun, Malorie. Oder ich habe einfach nur das richtige *Bewusstsein.*«

Weißt du, wie viel du für uns hättest tun können, möchte sie sagen. *Begreifst du, wie viel sicherer du unser Leben hättest machen können?*

Aber Gary ist verrückt.

Und war es wahrscheinlich immer.

Don hat die Decken heruntergerissen.

Gary hat neben ihm im Esszimmer gekniet.

Gary hat hinter dem Wandbehang im Keller zu ihm gesprochen.

Gary ist der Teufel, der ihm einflüstert.

Es klopft donnernd an die Dachbodentür.

»LASST MICH REIN!«, schreit jemand.

Es ist Felix, denkt Malorie. *Oder Don.*

»LASST MICH UM HIMMELS WILLEN REIN!«

Aber es ist keiner von beiden.

Es ist Tom.

»Mach ihm die Tür auf!«, schreit Malorie Gary an.

»Bist du dir sicher, dass du das willst? Es hört sich für mich nicht nach einer guten Idee an.«

»Bitte bitte bitte! Lass ihn rein!«

Es ist Tom, o mein Gott, es ist Tom, es ist Tom.

Sie presst kräftig. O *Gott*, sie presst kräftig.

»Atme«, sagt Gary, »atme. Du hast es fast geschafft.«

»Bitte«, schreit Malorie, *»bitte!«*

»LASST MICH REIN! LASST MICH DA HINAUF!«

Olympia schreit jetzt ebenfalls.

»Mach ihm die Tür auf! Es ist Tom!«

Der Wahnsinn von unten klopft an die Tür.

Tom.

Tom ist verrückt. Tom hat eins der Wesen gesehen.

Tom ist verrückt.

Hast du ihn gehört? Hast du seine Stimme gehört? So hört er sich an. So klingt er ohne seinen Verstand, ohne seinen wunderbaren Geist.

Gary steht auf und durchquert den Raum. Der Regen hämmert auf das Dach.

Und dann hört das Hämmern an der Bodenluke auf.

Malorie schaut zu Olympia hinüber.

Olympias schwarzes Haar vermischt sich mit den Schatten, ihre Augen leuchten von innen heraus.

»Wir haben … es … fast geschafft«, sagt sie.

Olympias Kind kommt. Malorie sieht es im Schein der Kerze halb herausragen.

Instinktiv streckt sie die Hand danach aus, obwohl der halbe Dachboden dazwischen liegt.

»Olympia! Vergiss nicht, die Augen deines Kinds abzudecken. Vergiss nicht …«

Die Bodenluke fliegt krachend auf. Das Schloss ist zerbrochen.

Malorie schreit, aber alles, was sie hört, ist ihr eigener Herzschlag, lauter als die ganze neue Welt.

Dann ist sie still.

Hinter ihr ertönen schwere Schritte.

Malories Baby taucht auf.

Die Stiege ächzt.

»*Wer ist da?*«, schreit sie. »Wer ist es? Tom? Geht es allen gut? Wer ist da?«

Jemand, den sie nicht sehen kann, ist die Leitertreppe hinaufgestiegen und ist jetzt oben auf dem Dachboden mit ihnen.

Malorie, die mit dem Rücken zur Treppe liegt, sieht, wie Olympias Gesichtsausdruck von schmerzverzerrt zu ehrfürchtig wechselt.

Olympia, denkt sie, *sieh nicht hin. Wir waren so tapfer. Sieh nicht hin. Nimm stattdessen dein Kind und halte ihm die Augen zu, wenn es ganz herauskommt. Halt ihm die Augen zu. Und schließ deine eigenen. Sieh nicht hin, Olympia.*

Aber sie weiß, dass es zu spät ist für ihre Freundin. Sie hat bereits hingesehen.

Olympia beugt sich vor. Ihre Augen werden riesig, ihr Mund öffnet sich. Ihr Gesicht besteht nur noch aus drei vollkommenen Kreisen. Malorie sieht, wie sich ihre Züge kurz verzerren, dann leuchten sie.

»Du bist wunderschön«, sagt Olympia und lächelt. Es ist ein kaputtes, zuckendes Lächeln. »Du bist überhaupt nicht böse. Willst du mein Baby sehen? Willst du mein Baby sehen?«

Das Kind, das Kind, denkt Malorie, *das Kind ist in ihr, und sie ist verrückt geworden. O mein Gott. Olympia ist verrückt geworden, o mein Gott, das Ding ist hinter mir, und das Ding ist hinter meinem Kind.*

Malorie schließt die Augen.

Dabei bleibt das Bild Garys zurück, der immer noch am Fenster steht. Aber er sieht nicht so selbstbewusst aus, wie er es nach seinem eigenen Bekunden sein müsste. Er sieht vielmehr aus wie ein verängstigtes Kind.

»Olympia, du musst die Augen deines Kinds abdecken«, sagt Malorie. »Streck die Hand aus. Für dein Baby.«

Malorie kann den Gesichtsausdruck ihrer Freundin nicht erkennen. Aber ihre Stimme offenbart die Veränderung in ihr.

»Wie? Du willst mir erzählen, wie ich mein Kind zu erziehen habe? Was bist du denn für eine Schlampe? Was bist du …«

Olympias Worte verwandeln sich in ein heiseres Knurren.

Wahnsinnsgetue.

Garys kranke, gefährliche Worte.

Olympia bellt.

Der Kopf von Malories Baby erscheint. Sie presst.

Mit einer Kraft, von der sie selbst nicht wusste, dass sie sie besitzt, rückt sie auf dem Handtuch langsam vorwärts. Sie will Olympias Kind. Sie wird es schützen.

Dann hört Malorie in all dem Schmerz und Wahnsinn den ersten Schrei von Olympias Kind.

Schließ seine Augen.

Und nun kommt endlich Malories eigenes Baby heraus, und ihre Hand ist da und wölbt sich über seine Augen. Sein Kopf ist so weich, und sie ist überzeugt, dass sie ihn rechtzeitig erreicht hat.

»Komm her«, sagt sie und holt das Baby an ihre Brust. »Komm her und schließ die Augen.«

Am anderen Ende des Raums lacht Gary nervös. »Unglaublich«, sagt er.

Malorie tastet nach dem Steakmesser. Sie findet es und schneidet ihre Nabelschnur durch. Dann schneidet sie zwei Streifen von dem blutigen Handtuch unter ihr ab. Sie fühlt das Geschlechtsteil des Kindes, es ist ein Junge, und es gibt niemanden, dem sie es sagen kann. Keiner Schwester, keiner Mutter, keinem Vater, keiner Hebamme, keinem Tom. Sie drückt ihn an ihre Brust.

Langsam bindet sie ein Stück von dem Handtuch um seine Augen.

Wie wichtig ist es, dass er das Gesicht seiner Mutter sieht, wenn er die Welt betritt?

Sie hört, wie sich das Wesen hinter ihr bewegt.

»Baby«, sagt Olympia, aber ihre Stimme ist brüchig. Sie klingt, als würde sie die Stimme einer älteren Frau benutzen. »Mein *Baby*«, kräht sie.

Malorie rutscht vorwärts. Ihre Muskeln widersetzen sich. Sie streckt die Hand nach Olympias Kind aus.

»Hier«, sagt sie blind. »Hier, Olympia. Lass es mich halten. Lass es mich sehen.«

Olympia knurrt.

»Warum soll ich es dich halten lassen? Was willst du mit meinem Kind? Bist du *verrückt*?«

»Nein. Ich will es nur sehen.«

Malories Augen sind immer noch geschlossen. Auf dem Dachboden ist es still. Der Regen trommelt leise auf das Dach. Malorie rutscht auf dem Blut unter ihrem Körper vorwärts.

»Darf ich? Darf ich es sehen? Es ist ein Mädchen, hab ich recht? Wie du gesagt hast, oder?«

Malorie hört etwas, das so erstaunlich ist, dass sie mitten in der Bewegung innehält.

Olympia nagt an etwas. Sie weiß, es ist die Nabelschnur des Kindes.

Es dreht ihr den Magen um. Sie hält die Augen geschlossen. Gleich wird ihr schlecht werden.

»Darf ich es sehen?«, bringt sie heraus.

»Hier. *Hier*«, sagt Olympia. »Schau es dir an. Da!«

Endlich sind Malories Hände an Olympias Baby. Es ist ein Mädchen.

Olympia steht auf. Es klingt, als würde sie in eine Regenpfütze treten. Malorie weiß, dass es Blut ist. Nachgeburt, Schweiß und Blut.

»Danke«, flüstert sie. »Danke, Olympia.«

Diese Handlung, diese Herausgabe ihres Kindes, wird für Malorie immer einen Glanz behalten. Der Moment, in dem Olympia das Richtige für ihr Kind tat, obwohl sie den Verstand verloren hatte.

Malorie bindet das zweite Stück Handtuch um die Augen des Babys.

Olympia schlurft zu dem verhängten Fenster. Dorthin, wo Gary steht.

Das Ding hinter Malorie wartet und verhält sich still.

Malorie nimmt beide Babys auf und deckt ihre Augen noch zusätzlich mit ihren blutigen, nassen Fingern ab. Beide Babys schreien.

Und plötzlich müht sich Olympia mit etwas ab, sie schiebt etwas.

»Olympia?«

Es klingt, als würde Olympia etwas aufbauen.

»Olympia? Was machst du, Olympia? Gary, halt sie auf. Bitte, Gary.«

Ihre Worte sind sinnlos. Gary ist der Verrückteste von allen.

»Ich gehe nach draußen, Sir«, sagt Olympia zu Gary, der in der Nähe sein muss. »Ich war sehr lange hier drin.«

»Olympia, halt!«

»Ich gehe jetzt ins FREIE«, sagt sie, und ihre Stimme klingt zugleich wie die eines Kindes und einer Hundertjährigen auf dem Totenbett.

»Olympia!«

Es ist zu spät. Malorie hört das Glas des Dachbodenfensters brechen. Etwas schlägt gegen die Hauswand.

Stille. Von unten. Auf dem Dachboden. Dann spricht Gary.

»Sie hängt! *Sie hängt an ihrer Nabelschnur!*«

Bitte nicht. Lieber Gott, lass es diesen Mann nicht beschreiben.

»Sie hängt an ihrer Nabelschnur! Das ist das Unglaublichste, was ich je gesehen habe. Sie hängt an ihrer Nabelschnur!«

In seiner Stimme ist Lachen, Freude.

Das Ding bewegt sich hinter ihr. Malorie befindet sich im Epizentrum all dieses Wahnsinns. Des althergebrachten Wahnsinns. Die Sorte, in die die Leute früher durch Krieg, Scheidungen oder Armut gestürzt wurden. Oder weil sie miterleben mussten, wie ihre Freundin …«

»Hängt an ihrer Nabelschnur! An ihrer *Nabelschnur!*«

»Halt's Maul!«, schreit Malorie. »Halt den Mund!«

Aber sie verschluckt die Worte, als sie spürt, wie sich das Ding hinter ihr vorbeugt. Ein Teil von ihm – sein *Gesicht?* – bewegt sich nahe an ihren Lippen.

Malorie atmet nur. Sie bewegt sich nicht. Auf dem Dachboden ist es still.

Sie kann die Wärme des Dings neben ihr fühlen.

Shannon, denkt sie, *schau zu den Wolken. Sie sehen aus wie wir. Wie du und ich.*

Sie verstärkt den Griff über den Augen der Kinder.

Sie nimmt wahr, wie sich das Ding hinter ihr zurückzieht. Es klingt, als würde es sich von ihr entfernen, immer weiter.

Es hält inne. Verharrt.

Als sie die hölzerne Stiege knarren hört und sicher ist, dass jemand sie hinuntersteigt, entringt sich ihr ein Schluchzen wie noch nie in ihrem Leben.

Die Schritte werden leiser. Und leiser. Dann sind sie nicht mehr zu hören.

»Es ist weg«, sagt sie zu den Babys.

Jetzt hört sie, wie sich Gary bewegt.

»Komm uns nicht zu nahe!«, schreit sie mit geschlossenen Augen. »Rühr uns nicht an!«

Er rührt sie nicht an. Er geht vorbei, und die Treppe knarrt erneut.

Er ist nach unten gegangen. Er sieht nach, wer es geschafft hat. Und wer nicht.

Sie würgt, alles tut ihr weh vor Erschöpfung. Vom Blutverlust. Ihr Körper befiehlt ihr zu schlafen, zu *schlafen*. Sie sind allein auf dem Dachboden, Malorie und die Babys. Sie legt sich zurück. Sie braucht es. Doch dann wartet sie noch. Sie lauscht. Sie ruht.

Wie viel Zeit ist vergangen? Wie lange halte ich diese Babys schon?

Doch jetzt stört ein neuer Laut ihre Ruhe. Er kommt von unten. Es ist ein Geräusch, das es in der alten Welt sehr häufig gab.

Olympia hängt – *hat er gesagt, hat er gesagt* – aus dem Dachbodenfenster.

Ihr Körper schlägt im Wind an das Haus.

Und jetzt läutet etwas von unten.

Es ist das Telefon. Das Telefon läutet.

Malorie ist wie hypnotisiert von dem Geräusch. Wie lange hat sie das nicht mehr gehört?

Jemand ruft bei ihnen an.

Jemand ruft *zurück*.

Malorie dreht sich, sie gleitet in der Nachgeburt. Sie legt sich das Mädchen in den Schoß und deckt es vorsichtig mit dem Shirt zu. Mit der freien Hand tastet sie nach dem oberen Ende der Leitertreppe. Die Treppe ist steil. Sie ist alt. Keine Frau, die gerade ein Kind zur Welt gebracht hat, sollte sie hinuntersteigen müssen.

Aber das Telefon läutet. Jemand ruft zurück. Und Malorie wird rangehen.

Klinglingklinglingklingling …

Trotz der Augenbinden befiehlt sie den Babys, die Augen geschlossen zu halten.

Nichts wird sie in den kommenden vier Jahren so häufig und regelmäßig zu ihnen sagen. Und nichts wird sie davon abhalten, es zu sagen, egal, ob sie zu klein sind, es zu verstehen, oder nicht.

Klinglingklinglingklingling …

Sie rutscht auf dem Hintern zum Rand des Fußbodens und setzt die Beine auf die oberste Stufe. Ihr Körper schreit sie an aufzuhören.

Aber sie macht weiter.

Jetzt die Treppe hinunter. Sie hält den Jungen im rechten Arm, ihre Handfläche ist über seinem Gesicht. Das Mädchen ist in ihr Shirt gewickelt. Ihre Augen sind geschlossen, und die Welt ist schwarz, und sie braucht so dringend Schlaf, dass sie durchaus von der Treppe fallen könnte, weil sie unterwegs einschläft. Aber sie geht, Schritt für Schritt, und lässt sich von dem Telefon leiten.

Klinglingklinglingklingling …

Ihre Füße berühren den hellblauen Teppichboden im weiß getünchten Flur des Obergeschosses. Da sie die Augen geschlossen hat, sieht sie diese Farben nicht, genauso wenig, wie sie Jules mit dem Gesicht nach unten an der Wand liegen sieht und die fünf blutigen Streifen, die von ihrer Kopfhöhe bis zu seiner Hand auf dem Boden an der Wand abwärtsführen.

An der Treppe zum Erdgeschoss hält sie inne. Sie atmet tief ein. Sie denkt, dass sie es schaffen kann. Dann geht sie weiter.

Sie kommt an Cheryl vorbei, aber sie weiß es nicht. Noch nicht. Cheryls Kopf zeigt zum Erdgeschoss, ihre Füße zum oberen Stock. Ihr Körper ist schrecklich, unnatürlich verdreht.

Ohne es zu wissen, steigt Malorie nur Zentimeter an ihr vorbei.

Beinahe berührt sie Felix am Fuß der Treppe. Aber sie tut es nicht. Später wird ihr der Atem stocken, als sie das Loch in seinem Gesicht ertastet.

Klinglingklinglingklingling …

Sie hat keine Ahnung, dass sie an einem der Huskys vorbeikommt. Er liegt zusammengesunken an der Wand. Die Wand ist purpurrot verfärbt.

Ist da noch jemand, möchte sie sagen. Sie würde es am liebsten schreien. Aber das Telefon läutet, und sie glaubt nicht, dass es aufhört, ehe sie sich meldet.

Sie folgt dem Geräusch an der Wand entlang.

Regen und Wind dringen durch zerbrochene Fenster ins Haus.

Ich muss ans Telefon gehen.

Wären ihre Augen offen, sie könnte die Menge an Blut im Haus nicht verkraften.

Klinglingklinglingklingling …

Sie wird später alles sehen. Aber im Augenblick ist das Telefon so laut, so nahe.

Malorie dreht sich, lehnt sich an die Wand und rutscht dann unter Schmerzen auf den Teppich hinunter. Das Telefon steht auf dem kleinen Tisch. Alles an ihrem Körper brennt und schmerzt. Nachdem sie den Jungen neben das Mädchen in ihren Schoß gepackt hat, streckt sie die Hand aus und tastet nach dem Telefon, das unablässig weitergeläutet hat.

»Hallo?«

»Hallo.«

Es ist ein Mann. Seine Stimme klingt so ruhig. So entsetzlich unangemessen.

»Wer ist da?«, fragt Malorie.

Sie kann es kaum fassen, dass sie ein Telefon benutzt.

»Mein Name ist Rick. Wir haben eure Nachricht vor ein paar Tagen erhalten. Wir hatten ein bisschen viel zu tun, würde ich sagen. Wie heißen Sie?«

»Wer spricht da?«

»Noch einmal, mein Name ist Rick. Ein gewisser Tom hat eine Nachricht für uns hinterlassen.«

»Tom.«

»Ja. Er lebt doch dort, oder?«

»Ich heiße Malorie.«

»Geht es Ihnen gut, Malorie? Sie klingen fix und fertig.«

Malorie atmet tief ein. Sie glaubt nicht, dass es ihr jemals wieder gut gehen wird.

»Ja«, antwortet sie, »alles in Ordnung.«

»Wir haben jetzt nicht so viel Zeit. Sind Sie interessiert

daran, von dort wegzukommen, wo Sie jetzt sind? Einen sichereren Ort zu finden? Ich nehme an, die Antwort ist ja.«

»Ja«, sagt Malorie.

»Dann müssen Sie Folgendes tun. Schreiben Sie es nach Möglichkeit auf. Haben Sie einen Stift?«

Malorie bejaht und greift nach dem Kugelschreiber neben Toms Telefonbuch.

Die Babys weinen.

»Hört sich an, als hätten Sie ein Baby bei sich.«

»Das habe ich.«

»Dann ist das wahrscheinlich der Grund, warum Sie einen besseren Ort suchen. Also, hier sind die Informationen für Sie: Fahren Sie den Fluss hinunter.«

»Was?«

»Fahren Sie den Fluss hinunter. Sie wissen, wo er ist?«

»J... ja. Ich weiß, wo er ist. Er ist direkt hinter dem Haus. Achtzig Meter vom Brunnen entfernt, hat man mir gesagt.«

»Gut. Fahren Sie den Fluss hinunter. Das ist natürlich unglaublich gefährlich, aber ich denke, wenn Sie und Tom so lange durchgehalten haben, können Sie es schaffen. Ich habe Ihre Straße auf der Karte gefunden, und es scheint, als müssten Sie wenigstens zwanzig Meilen fahren. So. Der Fluss teilt sich ...«

»Er tut was?«

»Tut mir leid. Wahrscheinlich gehe ich zu schnell vor. Aber dort, wohin ich Ihnen den Weg beschreibe, haben Sie es besser.«

»Wie das?«

»Nun, zum einen gibt es keine Fenster. Wir haben fließendes Wasser. Und wir bauen unsere eigenen Lebensmittel an. Wir sind so autark, wie es heutzutage möglich ist. Es gibt jede Menge Zimmer. Hübsche Zimmer. Die meisten von uns finden, dass wir es jetzt besser haben als früher.«

»Wie viele seid ihr?«

»Einhundertacht.«

Es könnte jede Zahl für Malorie sein. Es könnte Unendlichkeit sein.

»Aber lassen Sie mich erst erklären, wie Sie hierherkommen. Es wäre eine Tragödie, wenn das Telefon ausfallen würde, bevor Sie es wissen.«

»In Ordnung.«

»Der Fluss wird sich in vier Arme aufteilen. Sie brauchen den zweiten von rechts. Sie können sich also nicht einfach an das rechte Ufer halten, wenn Sie es schaffen wollen. Es ist knifflig. Und Sie werden die Augen öffnen müssen.«

Malorie schüttelt langsam den Kopf. *Nein.*

Rick fährt fort.

»Und so werden Sie wissen, wann es so weit ist«, fährt der Mann fort. »Sie werden eine Aufnahme hören. Eine Stimme. Wir können nicht den ganzen Tag am Fluss sitzen. Es ist zu gefährlich. Stattdessen haben wir einen Lautsprecher dort aufgestellt. Er wird durch einen Bewegungsmelder aktiviert. Wir wissen aufgrund solcher Vorrichtungen ziemlich gut Bescheid, was in den Wäldern und im Wasser rund um unsere Einrichtung vor sich geht. Sobald der Lautsprecher aktiviert ist, wird die Aufnahme dreißig Minuten lang als Endlosschleife abgespielt. Sie werden sie hören. Dieselben vierzig Sekunden Tonaufzeichnung, ständig wiederholt. Es ist laut, deutlich. Und wenn Sie es hören, müssen Sie die Augen öffnen.«

»Danke, Rick. Aber das kann ich einfach nicht.«

Ihre Stimme klingt matt. Hoffnungslos.

»Ich verstehe, dass es eine erschreckende Vorstellung ist.

Natürlich ist es das. Aber ich schätze, das ist der Haken bei der Sache. Einen anderen Weg gibt es nicht.«

Malorie denkt daran, einfach aufzulegen. Aber Rick spricht weiter.

»Hier bei uns passieren so viele gute Dinge. Wir machen täglich Fortschritte. Natürlich sind wir noch nicht annähernd da, wo wir gern wären. Aber wir bemühen uns.«

Malorie beginnt zu weinen. Was dieser Mann ihr sagt – macht es ihr Hoffnung? Oder ist es nur eine abgründigere Variation der tiefen Hoffnungslosigkeit, die sie bereits fühlt?

»Wenn ich tue, was Sie mir erklärt haben«, fragt Malorie, »wie geht es danach weiter?«

»Von dort, wo sich der Fluss teilt?«

»Ja.«

»Wir haben ein Alarmsystem. Es ist dieselbe Technik, die das Abspielen der Aufnahme auslöst. Wenn Sie im richtigen Kanal sind, fahren Sie noch einmal hundert Meter. Dann lösen Sie unseren Alarm aus. Ein Zaun wird heruntergelassen. Sie stecken fest. Und wir kommen nachsehen, was sich in unserem Zaun verfangen hat.«

Malorie schaudert.

»Ach ja?«, fragt sie.

»Ja. Sie klingen skeptisch.«

Bilder der alten Welt jagen ihr durch den Kopf, aber mit jeder Erinnerung taucht eine Leine, eine Kette auf und das instinktive Gefühl, egal ob dieser Mann, dieser Ort, gut oder schlecht ist, besser oder schlechter als das, wo sie jetzt ist – frei wird sie nie mehr sein.

»Wie viele seid ihr?«, fragt Rick.

Malorie lauscht in die Stille des Hauses. Die Fenster sind zerbrochen. Die Tür steht wahrscheinlich offen. Sie muss aufstehen und sie schließen. Die Fenster abdecken. Aber sie hat das Gefühl, als würde das alles jemand anderem passieren.

»Drei«, sagt sie leblos. »Wenn sich die Zahl ändert …«

»Zerbrechen Sie sich darüber nicht den Kopf, Malorie. Sie können mit so vielen Personen kommen, wie Sie wollen. Wir haben genügend Platz für ein paar Hundert, und wir erweitern unsere Kapazitäten laufend. Kommen Sie einfach, so schnell es geht.«

»Rick, können Sie jetzt kommen und mir helfen?«

Sie hört, wie Rick tief Luft holt.

»Tut mir leid, Malorie, das ist zu gefährlich. Ich werde hier gebraucht. Mir ist klar, das klingt egoistisch. Aber ich fürchte, Sie müssen zu uns kommen.«

Malorie nickt schweigend. Inmitten von all dem Blut, allem Verlust und allem Schmerz respektiert sie, dass dieser Mann seine Sicherheit nicht aufgeben darf.

Nur kann ich im Moment meine Augen nicht öffnen, und ich habe zwei Neugeborene im Schoß, die noch keinen Blick in diese Welt geworfen haben, und es riecht überall nach Pisse, Blut und Tod. Von draußen strömt Luft herein. Es ist kalt, und ich weiß, das bedeutet, dass das Fenster zerbrochen oder die Haustür offen ist. Gefährlich offen. Deshalb hört sich das alles gut an, Rick, wirklich, aber ich weiß noch nicht einmal, wie ich es ins Badezimmer schaffen soll, ganz zu schweigen von einer Zwanzig-Meilen-Reise auf dem Fluss oder wie viel du gesagt hast.

»Malorie, ich werde nachfragen, wie es euch geht. Ich rufe wieder an. Oder denken Sie, Sie kommen jetzt sofort?«

»Ich weiß es nicht. Ich weiß nicht, wann ich in der Lage sein werde zu kommen.«

»Okay.«

»Aber ich danke Ihnen.«

Malorie hat das Gefühl, es ist der aufrichtigste Dank, den sie in ihrem Leben ausgesprochen hat.

»Ich rufe in einer Woche wieder an, Malorie.«

»Okay.«

»Malorie?«

»Ja.«

»Wenn ich nicht anrufe, kann es bedeuten, dass die Leitung endgültig tot ist. Aber verlassen Sie sich einfach darauf, wenn ich sage, wir werden hier sein. Sie können kommen, wann Sie wollen. Wir werden hier sein.«

»Okay.«

Rick gibt ihr seine Telefonnummer, und Malorie kritzelt sie blind auf eine Seite des aufgeschlagenen Telefonbuchs.

»Auf Wiederhören, Malorie.«

»Auf Wiederhören.«

Ein ganz normales, alltägliches Telefongespräch.

Malorie legt auf. Dann lässt sie den Kopf sinken und weint. Die Babys bewegen sich in ihrem Schoß. Sie weint ununterbrochen zwanzig Minuten lang, bis sie aufschreit, weil sie etwas an der Kellertür kratzen hört. Es ist Victor. Er bellt, weil er herausgelassen werden will. Aus irgendeinem Grund war er zu seinem Glück im Keller eingesperrt. Vielleicht hat Jules ihn eingesperrt, als er sah, was kommen würde.

Nachdem sie die Decken wieder aufgehängt und die Türen geschlossen hat, wird sie mit einem Besenstiel jeden Quadratzentimeter des Hauses nach Wesen abtasten. Es wird sechs Stunden dauern, bis sie sich sicher genug fühlt, die Augen zu öffnen, und da wird sie dann sehen, was im Haus geschehen ist, während sie ihr Baby bekam.

Doch zuvor wird Malorie mit fest geschlossenen Augen aufstehen und durch das Wohnzimmer zurückgehen, bis sie das obere Ende der Kellertreppe erreicht.

Und dort wird sie an Toms Leiche vorbeikommen.

Sie wird nicht wissen, dass er es ist, sie wird denken, es ist ein Sack Zucker, gegen den ihr Fuß stößt, als sie vor dem Eimer Brunnenwasser niederkniet und mit der mühseligen Säuberung der Kinder und ihrer selbst beginnt.

Sie wird in den kommenden Monaten einige Male mit Rick sprechen. Bald aber wird die Leitung zum Haus tot sein.

Es wird sechs Monate dauern, bis sie das Haus von den Leichen und dem Blut gereinigt hat. Sie wird Don auf dem Boden in der Küche finden, die Hand zum Keller ausgestreckt. Als wäre er, verrückt geworden, hierhergerannt, um seinen Verstand von Gary zurückzufordern. Sie wird alles nach Gary absuchen. Aber sie wird nie eine Spur von ihm finden. Sie wird sich seiner immer bewusst bleiben. Der Möglichkeit seiner Existenz. Da draußen. In der Welt.

Die meisten Hausgenossen wird sie in einem Halbkreis um den Brunnen hinter dem Haus begraben. Immer wenn sie Wasser für sich und die Kinder holen geht, wird sie die unförmigen Erhebungen spüren, die Gräber, die sie mit verbundenen Augen ausgehoben und gefüllt hat.

Tom wird näher am Haus begraben werden, unter dem Flecken Gras, auf den sie die Kinder mit verbundenen Augen hinausführt, damit sie an die frische Luft kommen. Ein Platz, wo ihre Seelen am freiesten atmen, wie sie hofft.

Es wird vier Jahre dauern, bis sie mit einem Ja auf die Frage antwortet, ob sie bald zu dem Ort kommt, den Rick am Telefon beschrieben hat.

Aber jetzt macht sie erst einmal die Babys sauber. Und die Babys schreien.

43

Toms aufgezeichnete Stimme beginnt von vorn.

Er hinterlässt eine Nachricht.

»Zwei-sieben-drei Shillingham. Mein Name ist Tom. Sie verstehen sicherlich, wie erleichtert ich bin, Ihren Anrufbeantworter zu hören …«

Die Augenbinde wird immer noch zwei Zentimeter von ihren geschlossenen Augen weggehalten.

Sie hebt eine Hand und legt die Finger auf das schwarze Tuch. Einen Moment lang halten sowohl sie als auch das Wesen dieselbe Binde. Dieses Wesen, oder solche wie es, haben ihr Shannon, ihre Eltern und Tom geraubt. Dieses Ding und die anderen Dinger haben den Kindern die Kindheit geraubt.

In gewisser Weise fürchtet sich Malorie nicht. Sie haben ihr bereits alles angetan.

»Nein«, sagt sie und zerrt an dem Tuch. »Das gehört mir.«

Zuerst geschieht nichts. Dann berührt etwas ihr Gesicht. Malorie zuckt zusammen. Aber es ist nur die Augenbinde, die auf ihren Platz über Nasenrücken und Schläfen zurückkehrt.

Du wirst die Augen öffnen müssen.

Es stimmt. Die Aufnahme mit Toms Stimme bedeutet, dass sie dort angekommen ist, wo sich Rick zufolge der Fluss teilt. Tom spricht wie früher im Wohnzimmer des Hauses, wenn er etwa sagte: *Vielleicht wollen sie uns nichts Böses. Vielleicht sind sie überrascht, was sie uns antun. Es ist eine Über-*

schneidung, Malorie. Ihre Welt und unsere. Nur ein unglückliches Zusammentreffen. Vielleicht gefällt es ihnen kein bisschen, dass sie uns schaden.

Aber was immer ihre Absichten sein mögen, Malorie muss die Augen öffnen, und wenigstens eins der Wesen ist in der Nähe.

Sie hat die Kinder unglaubliche Dinge tun sehen. Einmal blätterte sie im Telefonbuch, und der Junge rief plötzlich, sie sei bei Seite hundertsechs. Er lag nicht weit daneben. Und Malorie weiß, sie wird jetzt auf der Stelle eine ähnliche Leistung von ihnen brauchen.

Links von ihr ist Bewegung im Wasser. Das Wesen ist entweder nicht länger wegen der Augenbinde neugierig und entfernt sich, oder es wartet, um zu sehen, was Malorie als Nächstes tut.

»Junge?«, sagt sie, und mehr braucht sie nicht zu sagen. Er hat verstanden, was sie will.

Erst ist er still. Lauscht. Dann antwortet er.

»Es verlässt uns, Mommy.«

Trotz Vogelgekreische in der Ferne und Toms schöner, beruhigender Stimme aus dem Lautsprecher hat sie den Eindruck, als würde ein Moment der Stille eintreten. Einer Stille, die von diesem Ding ausgeht.

Wo ist es jetzt?

Das Ruderboot wird nun, da es losgelassen wurde, von der Strömung fortgetragen. Malorie weiß, das Rauschen des Wassers ein Stück voraus muss die Gabelung sein. Sie hat nicht viel Zeit.

»Junge«, sagt sie, und ihre Kehle ist trocken, »hörst du sonst noch etwas?«

Der Junge ist still.

»Junge?«

»Nein, Mommy. Sonst nichts.«

»Bist du dir sicher? Bist du dir absolut sicher?«

Sie klingt hysterisch. Ob sie bereit ist oder nicht, der Augenblick ist gekommen.

»Ja, Mommy. Wir sind wieder allein.«

»Wohin ist es gegangen?«

»Es ist weggegangen.«

»In welche Richtung?«

Schweigen. Dann: »Es ist hinter uns, Mommy.«

»Mädchen?«

»Ja. Es ist hinter uns.«

Malorie ist still.

Die Kinder sagen, dass das Ding hinter ihnen ist.

Wenn es etwas gibt, worauf sie sich in der neuen Welt stützen kann, dann darauf, dass sie die beiden gut trainiert hat.

Sie vertraut ihnen.

Sie muss. Jetzt sind sie auf gleicher Höhe mit Toms Stimme. Es klingt, als wäre er mit ihnen im Boot.

Plötzlich fühlt es sich für Malorie wie ein Zeichen an. Tom ist hier. Tom ist bei ihr. Und deshalb wird sie überleben.

Sie schluckt schwer.

Sie wischt sich Tränen von den Lippen.

Sie atmet tief ein.

Nun spürt sie es. Genau wie damals, als sie Tom und Jules wieder ins Haus ließen. Oder als sie dachten, sie würden Gary hinauslassen.

Der Moment dazwischen.

Nachdem man entschieden hat, die Augen zu öffnen, und bevor man es tut.

Malorie dreht das Gesicht in Richtung der Gabelung und öffnet die Augen.

Sie muss sie gleich wieder zusammenkneifen. Nicht wegen des Sonnenlichts, sondern wegen der Farben.

Der Atem stockt ihr, und sie legt die Hand an den Mund.

Ihr Geist ist leer, keine Gedanken, keine Befürchtungen, Ängste oder Hoffnungen. Sie kennt keine Worte, um zu erklären, was sie sieht.

Es ist ein Kaleidoskop. Endlos. *Prachtvoll.*

Sieh mal, Shannon! Diese Wolke sieht aus wie Angela Markle aus meiner Klasse!

In der alten Welt hätte sie auf eine doppelt so strahlende Umgebung blicken können, ohne zu blinzeln. Aber jetzt schmerzt sie die Schönheit.

Sie könnte ewig schauen. Auf jeden Fall noch einige Sekunden. Aber Toms Stimme drängt sie weiter.

Wie in Zeitlupe beugt sie sich in die Richtung, aus der seine Stimme kommt, und kostet jedes Wort von ihm aus. Es ist, als würde er dort stehen. Ihr sagen, dass sie es fast geschafft hat. Malorie ist klar, dass sie die Farben, die sie sieht, nicht behalten darf. Sie muss die Augen wieder schließen. Sie muss sich trennen von all diesen Wundern, von dieser Welt.

Sie schließt die Augen.

Sie kehrt in die Dunkelheit zurück, die sie inzwischen so gut kennt.

Sie beginnt zu rudern.

Als sie sich dem zweiten Arm von rechts nähert, fühlt es sich an, als wären die Jahre mit im Boot. Die Erinnerungen. Ihr damaliges Ich, als sie herausfand, dass sie schwanger war, als sie Shannon tot fand, als sie auf die Anzeige in der Zeitung geantwortet hat. Die Malorie, die sie war, als sie beim Haus eintraf, die Hausgenossen kennenlernte und einverstanden war, Olympia hereinzulassen. Als Gary eintraf. Sie selbst auf einem Handtuch auf dem Dachboden, als Don die Decken von den Fenstern riss.

Sie ist jetzt stärker. Sie ist mutiger. Ganz allein hat sie zwei Kinder in *dieser* Welt aufgezogen.

Malorie hat sich verändert.

Das Boot schaukelt plötzlich, als es eins der Ufer des Flussarms berührt. Malorie weiß, sie ist im Arm.

Von hier an rudert sie als die Person, die sie war, als sie die Kinder allein hatte. Vier Jahre. Als sie die beiden großgezogen hat. Trainiert. Sie vor einer Außenwelt beschützt hat, die mit jedem Tag gefährlicher geworden sein muss. Auch Tom ist mit ihr im Boot, und die Dutzende von Dingen, die er gesagt hat, sind es. Die zahllosen Dinge, die er tat und hoffte und die sie inspiriert und ermutigt haben und sie zu der Überzeugung führten, dass es besser ist, dem Wahnsinn mit einem Plan entgegenzutreten, statt still zu sitzen und sich von ihm kaputt machen zu lassen.

Das Boot bewegt sich jetzt schnell. Rick sagte, es seien nur hundert Meter bis zu der Stelle, wo der Alarm ausgelöst wird.

Sie rudert als die Person, die sie war, als sie heute aufgewacht ist. Die Person, die dachte, der Nebel könnte sie und die Kinder vor jemandem wie Gary verbergen, der womöglich noch immer da draußen war und beobachtete, wie sie den Fluss hinunterfuhren. Sie rudert zusammen mit ihrem eigenen Ich, als der Wolf sie angriff. Als der Mann im Boot verrückt wurde. Als die Vögel verrückt wurden. Und als das Wesen, das Ding, das sie mehr als alles fürchtet, mit ihrem einzigen Schutz spielte.

Mit der Augenbinde.

Beim Gedanken an dieses Stück Stoff und seine Bedeutung für sie hört Malorie einen lauten, metallischen Knall.

Das Ruderboot kracht in etwas. Malorie tastet rasch nach den Kindern.

Sie weiß, dass es der Zaun ist. Sie haben Ricks Alarm ausgelöst.

Malories Herz hämmert. Sie braucht nicht mehr zu rudern; sie legt den Kopf in den Nacken und schreit. Sie schreit ihre Erleichterung hinaus, ihren Zorn, alles.

»Wir sind hier!«, ruft sie laut. »*Wir sind hier!*«

Vom Ufer hören sie Bewegung. Etwas kommt schnell auf sie zu.

Malorie hält die Ruder umklammert. Sie hat das Gefühl, ihre Hände werden für alle Zeit in dieser Stellung bleiben.

Sie zuckt zusammen, als etwas ihren Arm berührt.

»Es ist gut!«, sagt eine Stimme. »Mein Name ist Constance. Es ist gut. Ich gehöre zu Rick.«

»Sind deine Augen offen?«

»Nein. Ich trage eine Augenbinde.«

Vage vertraute Klänge durchfluten Malories Geist.

So hört sich eine Frau an. Sie hat keine andere Frauenstimme mehr gehört, seit Olympia verrückt geworden ist.

»Ich habe zwei Kinder bei mir. Wir sind nur zu dritt.«

»Kinder?«, sagt Constance und klingt plötzlich aufgeregt. »Nimm meine Hand, ich helfe euch aus dem Boot. Dann bringe ich euch zur Tucker.«

»Tucker?« Malorie zögert.

»Ja, ich zeige es euch – dort leben wir, es ist unsere Einrichtung.«

Constance hilft Malorie, zuerst die Kinder an die Hand zu nehmen. Dann hilft sie allen dreien aus dem Boot.

»Du musst entschuldigen, dass ich eine Waffe trage«, sagt Constance schüchtern.

»Eine Waffe?«

»Du kannst dir nicht vorstellen, was für Tiere unseren Alarm schon ausgelöst haben. Bist du verletzt?«, fragt Constance.

»Ja.«

»Wir haben Medikamente. Wir haben Ärzte.«

Malories Lippen spannen schmerzhaft, als sie lächelt, wie sie seit vier Jahren nicht mehr gelächelt hat.

»Medikamente?«

»Ja. Medizin, Werkzeuge, Papier. Jede Menge.«

Sie setzen sich langsam in Bewegung. Malories Arm liegt auf Constances Schultern. Sie kann nicht allein gehen. Die Kinder halten sich an Malories Hose fest und folgen mit verbundenen Augen.

»Zwei Kinder«, sagt Constance leise und beruhigend. »Ich kann mir nur vorstellen, was du durchgemacht hast.«

Es klingt, als meine sie die Fahrt, aber beide wissen, sie redet von den Jahren.

Sie gehen eine Anhöhe hinauf, und Malories Körper pocht vor Schmerz. Dann verändert sich der Untergrund plötzlich. Beton. Ein Gehsteig. Malorie hört ein leises Klicken.

»Was ist das?«

»Dieses Geräusch?«, fragt Constance. »Ein Gehstock. Aber wir brauchen ihn nicht mehr. Wir sind da.«

Malorie hört, wie sie an eine Tür klopft.

Eine Tür, die nach massivem Metall klingt, öffnet sich quietschend, und Constance führt sie alle hinein.

Die Tür fällt krachend hinter ihnen zu.

Malorie riecht Dinge, die sie seit Jahren nicht mehr gerochen hat. Essen. *Selbst zubereitetes* Essen. Sägespäne, als würde jemand etwas bauen. Sie hört es auch, das leise Summen einer Maschine. Die Luft wirkt sauber und frisch, und von fern hallt der Klang von Gesprächen zu ihr.

»Ihr dürft jetzt die Augen öffnen«, sagt Constance freundlich.

»Nein!«, ruft Malorie und packt den Jungen und das Mädchen. »Nicht die Kinder! Ich öffne sie zuerst.«

Eine weitere Person nähert sich. Ein Mann.

»Mein Gott«, sagt er. »Bist du es wirklich? Malorie?«

Sie erkennt die tiefe, raue Stimme, die sie vor Jahren am anderen Ende einer Telefonleitung gehört hat. Vier lange Jahre hat sie mit sich gerungen, ob sie die Reise antreten soll, um diese Stimme noch einmal zu hören.

Es ist Rick.

Sie zerrt sich die Augenbinde vom Kopf und öffnet langsam die Augen. Das harte weiße Licht in dem Gebäude blendet sie.

Sie befinden sich in einer großen, lichtdurchfluteten Eingangshalle. Es ist so hell, dass Malorie kaum die Augen offen halten kann. Das Gebäude ist eine riesige Schule. Die Decken sind hoch, mit gewölbten Lichtpaneelen, die Malorie das Gefühl geben, als wäre sie im Freien. Die Wände sind mit Anschlagbrettern bedeckt. Schreibtische, Glasvitrinen. Es gibt keine Fenster, aber die Luft fühlt sich frisch an, wie draußen. Der Boden ist sauber und kühl, der Flur vor ihnen hat Ziegelwände und ist sehr lang. Malorie wendet sich Rick zu, sie blickt in sein faltiges Gesicht und versteht.

Seine Augen sind offen, aber auf nichts Bestimmtes konzentriert. Sie liegen schlaff in den Höhlen, glasig und grau, und haben ihren Glanz schon vor Jahren verloren. Das volle braune Haar hängt lang und struppig über die Ohren, verbirgt aber nicht eine tiefe und verblasste Narbe nahe dem linken Auge. Er berührt sie befangen, als hätte er Malories Blick gespürt. Sie bemerkt seinen hölzernen Stock, der krumm und abgenutzt ist und offenbar von einem abgebrochenen Ast stammt.

»Rick«, sagt sie und zieht die Kinder hinter sich. »Du bist blind.«

»Ja, Malorie. Viele von uns hier sind es. Aber Constance sieht so deutlich wie du. Wir haben es weit gebracht.«

Malorie sieht sich langsam um. Handgeschriebene Banner vermerken die Fortschritte der Bewohner bei ihrem Neuaufbau, Flugblätter verkünden tägliche Aufgaben in Landwirtschaft oder Wasseraufbereitung, ein Kalender für ärztliche Untersuchungen ist voller Termine.

Ihr Blick bleibt an der Wand über ihr hängen, wo Buchstaben aus Messing in einen gemauerten Bogen eingelassen sind. Sie liest:

JANE TUCKER BLINDENSCHULE

»Der Mann ...« Rick hält inne. »Der auf der Aufnahme – er ist nicht bei dir, oder?«

Malorie fühlt, wie sich ihr Herzschlag beschleunigt, und schluckt mühsam.

»Malorie?«, sagt er besorgt.

Constance berührt Ricks Schulter und flüstert: »Nein, Rick, er ist nicht bei ihnen.«

Malorie tritt einen Schritt in Richtung Tür zurück. Sie hält die Kinder weiter umklammert.

»Er ist tot«, antwortet sie steif und sucht den Flur nach anderen Leuten ab. Sie hat kein Vertrauen. Noch nicht.

Rick tippt mit seinem Gehstock auf, er nähert sich Malorie und streckt die Hand nach ihr aus.

»Malorie – wir haben im Lauf der Jahre mit vielen Leuten Kontakt aufgenommen, allerdings mit weniger, als man meinen könnte. Wer weiß, wie viele von uns noch am Leben sind, da draußen? Und wer weiß, wie viele noch geistig gesund sind? Außer dir haben wir mit niemandem gerechnet, der den Fluss herunterkommt. Das heißt natürlich nicht, dass es nicht jemand tut, aber nach reiflicher Überlegung sind wir zu dem Schluss gekommen, Toms Stimme würde dich einerseits darauf aufmerksam machen, dass du dein Ziel erreicht hast, und andererseits Fremden verraten, dass eine Art Zivilisation in der Nähe ist, falls sie von dem Zaun gestoppt würden. Hätte ich gewusst, dass Tom nicht mehr bei dir ist, wir hätten unbedingt etwas anderes verwendet. Bitte akzeptiere meine Entschuldigung dafür.«

Sie beobachtet ihn aufmerksam. Seine Stimme klingt hoffnungsvoll, optimistisch sogar. Sie hat lange keinen solchen Tonfall mehr gehört. Dennoch verrät sein Gesicht die Belastungen eines Lebens in dieser neuen Welt genau wie ihres. Genau wie die der Hausgenossen vor Jahren.

Als er und Constance zu erklären beginnen, wie die Einrichtung funktioniert, als sie von den Kartoffeläckern und Kürbisfeldern erzählen, von der Beerenernte im Sommer und den Methoden zur Wasserreinigung, nimmt Malorie hinter Ricks Kopf schemenhafte Bewegung wahr.

Eine kleine Gruppe junger Frauen in schlichter hellblauer Kleidung kommt aus einem Zimmer. Sie klopfen mit Gehstöcken auf den Boden und schwenken die Hände vor dem Körper hin und her. Die Frauen ziehen still, geisterhaft an ihnen vorbei, und Malorie wird von Furcht gepackt, als sie ihre leeren Augenhöhlen sieht. Ihr ist schwindlig und übel, als müsse sie sich gleich übergeben.

Wo die Augen der Frauen sein sollten, sind nur riesige, dunkle Narben.

Malorie drückt die Kinder fester an sich. Sie umklammern ihre Beine.

Constance streckt die Hand nach ihr aus, aber Malorie

weicht zurück und sucht den Boden hektisch nach ihrer Augenbinde ab.

»Sie hat sie gesehen«, sagt Constance zu Rick.

Er nickt.

»Bleibt weg von uns!«, fleht Malorie. »Rührt uns nicht an. Was geht hier vor?«

Constance wirft einen Blick über die Schulter und sieht, wie die Frauen den Flur verlassen. Es ist wieder still bis auf Malories Keuchen und leises Weinen.

»Malorie«, beginnt Rick, »so haben wir es *früher einmal* gemacht. Wir mussten. Wir hatten keine andere Wahl. Als wir hier ankamen, hungerten wir. Wie vergessene Siedler in einem fremden, feindseligen Land. Wir verfügten nicht über die Annehmlichkeiten, die wir jetzt haben. Wir brauchten Essen. Also haben wir gejagt. Leider gab es auch nicht die Sicherheitsvorkehrungen, die wir jetzt haben. Eines Nachts, während eine Handvoll von uns draußen nach Essen suchte, drang eins der Wesen hier ein. Wir haben in dieser Nacht viele Menschen verloren. Eine Mutter schnappte von einem auf den anderen Moment über und tötete vier Kinder in einem Wutanfall. Es dauerte Monate, bis wir uns erholt und alles wiederaufgebaut hatten. Wir schworen, dieses Risiko nie wieder einzugehen. Zum Wohle der ganzen Gemeinschaft.«

Malorie sieht Constance an, die keine Narben hat.

»Es geschah nicht freiwillig«, fährt Rick fort. »Wir blendeten uns mit allem, was wir hatten – mit Gabeln, Küchenmessern, unseren Fingern. Blindheit, Malorie, war der absolute Schutz. Aber das war die alte Methode. Wir tun es nicht mehr. Nach einem Jahr erkannten wir, dass wir die Schule ausreichend befestigt hatten, um diese furchtbare Last von unseren Schultern nehmen zu können. Bis jetzt gab es keine Sicherheitslücken mehr.«

Malorie denkt an George und sein Video, an die gescheiterten Experimente. Sie denkt daran, wie sie ihre Kinder in einem Akt opferbereiter Verzweiflung beinahe selbst geblendet hätte.

Constance kann sehen. Sie ist nicht blind. Hättest du den Mut hierherzukommen schon vor vier Jahren gefunden, wer weiß, was mit dir und den Kindern passiert wäre.

Rick stützt sich auf Constance.

»Wenn du hier gewesen wärst, du würdest es verstehen.«

Malorie hat Angst. Aber sie versteht es tatsächlich. Und in ihrer Verzweiflung will sie diesen Leuten vertrauen. Sie will glauben, dass sie die Kinder an einen besseren Ort geführt hat.

Als sie sich umdreht, fängt sie ihr Spiegelbild in der Glasscheibe einer Bürotür ein. Sie ähnelt kaum mehr der Frau, die sie war, als sie im Spiegel ihren noch flachen Bauch betrachtet hat und Shannon wegen der Nachrichten im Fernsehen zu ihr heraufrief. Ihr Haar ist dünn, verfilzt und festgebacken mit Schmutz und Vogelblut. An manchen Stellen ist die Kopfhaut sichtbar, rot und wund. Sie ist hager. Die Knochen ihres Gesichts haben sich verschoben – anstelle der feinen Züge sind scharfe Kanten und Spitzen getreten, ihre Haut ist straff und fahl. Als sie den Mund öffnet, kommt ein halb abgeschlagener Zahn zum Vorschein. Es muss passiert sein, als sie auf dem Fluss das Bewusstsein verlor. Ihre Haut ist blass, voller Blut und blauer Flecken. Die tiefe Wunde, die ihr der Wolf geschlagen hat, entstellt den geschwollenen Arm. Dennoch sieht sie eine Energie in der Frau in dem Glas brennen. Ein Feuer, das sie viereinhalb Jahre lang angetrieben hat, das verlangte, dass sie durchhält und ihren Kindern ein besseres Leben ermöglicht.

Malorie lässt das Haus hinter sich, und sie lässt den Fluss hinter sich. Erschöpft sinkt sie auf die Knie und nimmt den

Kindern die Augenbinden ab. Ihre Augen sind offen, sie blinzeln in das grelle Licht. Der Junge und das Mädchen stehen da und schauen eingeschüchtert, still und unsicher. Sie verstehen nicht, wo sie sind, und blicken Malorie nach Orientierung suchend an. Dies ist der erste Ort außerhalb ihres Hauses, den sie in ihrem Leben sehen.

Keins der beiden Kinder schreit, keines beschwert sich. Sie sehen zu Rick hinauf und hören zu.

»Wie gesagt«, fährt Rick fort, »wir sind hier zu vielen Dingen in der Lage. Die Einrichtung ist wesentlich größer, als der Eingangsbereich hier vermuten lässt. Wir bauen unsere eigenen Lebensmittel an, und es ist uns gelungen, ein paar Tiere einzufangen. Es gibt Hühner für frische Eier, eine Kuh, die Milch gibt, und zwei Ziegen, mit denen wir eine Zucht starten können. Wir hoffen, uns in Kürze auf die Suche nach weiteren Tieren machen zu können, um eine kleine Farm aufzubauen.«

Malorie atmet tief ein und sieht Rick zum ersten Mal voller Hoffnung an.

Ziegen, denkt sie. *Außer Fischen haben die Kinder noch nie ein lebendes Tier gesehen.*

»Wir sind hier vollkommen autark im Tucker – ein medizinisches Team widmet sich ausschließlich Reha-Maßnahmen für die Blinden. Ich denke, du wirst hier Frieden finden, Malorie. Ich finde ihn jeden Tag.«

»Und ihr beiden«, sagt Constance und geht vor den Kindern in die Hocke. »Wie heißt ihr?«

Es ist, als würde die Frage zum ersten Mal eine Rolle für Malorie spielen. Plötzlich ist in ihrem Leben Platz für solchen Luxus wie Namen.

»Das«, sagt sie und legt die blutbefleckte Hand auf den Kopf des Mädchens, »das ist Olympia.«

Das Mädchen wirft rasch einen Blick zu Malorie. Es errötet. Es lächelt. Es gefällt ihm.

»Und das hier«, sagt Malorie und drückt den Jungen an sich, »ist Tom.«

Er grinst, schüchtern und glücklich.

Auf Knien umarmt Malorie ihre Kinder und weint heiße Tränen, die besser sind als jedes Lachen, das sie je gelacht hat.

Sie lässt den Tränen freien Lauf und denkt daran, wie die Hausgenossen zusammengearbeitet haben, um Wasser vom Brunnen zu holen, wie sie auf dem Boden des Wohnzimmers schliefen, wie sie über die neue Welt diskutierten. Sie sieht Shannon, die lacht und Gestalten in den Wolken sieht, die Wärme und Freundlichkeit verströmt und Malorie anhimmelt.

Sie denkt an Tom, dessen Verstand nie ruhte, der immer an einem Problem arbeitete. Der es immer *versuchte*.

Sie denkt an seine Liebe zum Leben.

Weiter vorn in dem langen Schulflur kommen andere Personen aus verschiedenen Räumen. Rick legt eine Hand auf Constances Schulter, und die beiden machen sich auf den Weg zurück in das Gebäude. Es ist, als hätten sich alle hier darauf verständigt, Malorie und ihre Kinder einen Moment sich allein zu überlassen. Als hätten alle verstanden, dass sie hier endlich sicher sind.

Sicherer.

Während sie ihre Kinder im Arm hält, ist Malorie zumute, als wären das Haus und der Fluss nur zwei mystische Orte, die sich irgendwo in all der Unendlichkeit verlieren.

Hier, das weiß sie, sind sie nicht ganz so verloren.

Und nicht so allein.